U1012339

纪伯伦文选

The Best Short Stories by Gibran

〔黎巴嫩〕纪伯伦◎著

章语澜◎译

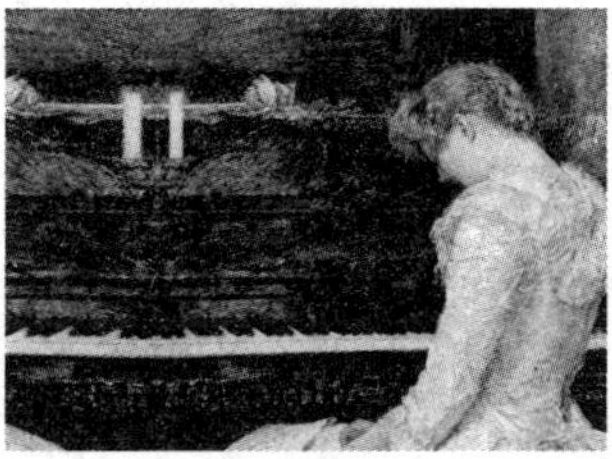

團結出版社

UNITY PRESS

图书在版编目（CIP）数据

纪伯伦文选 /（黎巴嫩）纪伯伦著；章语澜译. --北京：团结出版社，2017.1

ISBN 978-7-5126-4707-7

Ⅰ.①纪… Ⅱ.①纪… ②章… Ⅲ.①散文诗-诗集-黎巴嫩-现代 Ⅳ.①I378.25

中国版本图书馆 CIP 数据核字（2016）第 317749 号

出版： 团结出版社
（北京市东城区东皇城根南街 84 号　　邮政编码：100006）
电话：（010）65228880　　65244790（出版社）
（010）65238766　　85113874　　65133603（发行部）
（010）35133603（邮购）
网址：http：//www.tjpress.com
E-mail：65244790@163.com（出版社）
fx65133603@163.com（发行部邮购）
经销　全国新华书店
印刷　北京富达印务有限公司

开本　640×920　1/16
印张　28
印数　3000 册
字数　448 千字
版次　2017 年 1 月第 1 版
印次　2017 年 1 月第 1 版印刷

书号　ISBN 978-7-5126-4707-7
定价　32.00 元

目　录

散文诗选

经典小说选

散文诗选

散文诗

在神殿门口

我用圣火净化我的嘴唇，以便谈论爱情，然而我开口时发觉自己说不出话来。

我还不懂得爱情的时候，我经常吟咏爱情的歌曲，

然而我学懂爱情的时候，我嘴里便变得没有语言、只有叹息，

而我胸中的歌曲也归于深沉的寂静。

过去，你们总是向我询问爱情的秘密和神秘，

我总是侃侃而谈，很有把握地回答你们。

然而，如今爱情已经用衣裳把我打扮起来，

却轮到我来向你们请教爱情的一切方式和一切奇迹。

你们中间谁能回答我的问题呢？

我来向你们询问探讨我的自我和我的内心。

你们之中，有谁能向我的心敞开我的心，

向我的自我透露我的自我呢？

告诉我吧，这在我胸中燃烧，消耗着我的力量，消融着我的希望和欲望的，

究竟是什么火焰啊？

这些轻盈的、温柔的、迷人的手，

在我孤独寂寞的时刻里拥抱我的心灵的，

在我那心的杯子里注入了混合着欢乐的辛酸和痛苦的甜蜜的醇酒的，

究竟是什么手啊？

是什么翅膀在寂静的长夜里绕着我的床盘旋又盘旋，

使我通宵不寐，守望着——我不知道守望着什么；

我谛听着我听不见的，凝望着我看不见的；

沉思着我不了解的，占有着我不曾获得的。

唉，我通宵不寐，唉声叹气，

因为对我说来，叹息和悲哀倒比欢笑和热闹可爱；

我通宵不寐，落在一种看不见的力量的手掌之中，它杀死了我，然后又使我复活，

直到天色破晓，我的屋子角角落落里都充满阳光。

这时我倒入睡了，而我那不寐的阴影仍旧在我枯槁的眼睑之间颤动，

一个梦的幻影在我石头床的上方徘徊。

我们称之为爱情的，它究竟是什么？

告诉我，藏在我们的生命外衣下的，活在我们的生存的心里的，这神秘的秘密，它究竟是什么？

作为一切结果的一个原因、一切原因的一个结果而到来的，这莫大的解放，它究竟是什么？

催促着采集死和生，并由此创造出比生更新奇、比死更深刻的梦来的，这种鞭策，它究竟是什么？

告诉我，我的兄弟们，当心灵感受到爱情的雪白手指抚摸的时候，

告诉我，你们之中有谁不愿意从生的睡眠中醒来？

当他心爱的少女呼唤他的时候，

你们之中有谁不愿意抛弃他的父母和他的出生之地？

你们之中有谁不愿意穿越沙漠，攀登高山，远涉重洋，

去寻找心向往之的她呢？

如果有个人儿，她的气息、声音和爱抚，他觉得甜蜜而又健康，如果她在天涯海角等他，

当真有什么青年不情愿追到天涯海角去吗？

面对一个关心他的渴望、答允他的请求的神祇，

什么人不情愿把他的灵魂当作香来焚烧呢？

只不过是昨天，我站在神殿门口，

向来往的过客，询问爱情的神秘和恩泽。

一个中年人走过，枯槁憔悴，愁眉苦脸，他答复道：

“爱情是我们从最原始的人继承下来的天生的弱点。”

接着是一个青年，身体健康，胳膊粗壮，歌唱着走来：

“爱情是伴随着我们的生存的一种刚毅果断之情，它把现在同过去和将来的时代都连结起来了。”

其后经过的是一个满脸愁容的妇人，她一面叹息一面说道：

“爱情是一种致命的毒液，可怕的毒蛇从地狱深渊里把它撒在空间，

让它化为露水降在饥渴的灵魂上，

于是那灵魂从此就变得沉醉片刻，清醒一载，垂死永无穷期。”

可是，一个年轻的姑娘，面色红润，朱唇嫣然，她说道：

“瞧，爱情是一种琼浆玉液，由黎明的新娘们斟给强壮的人们痛饮，

使他们容光焕发地站起来面对黑夜的星辰，兴高采烈地面对白天的太阳。”

此后来了一个穿深黑袍子的男人，稀稀朗朗的胡须飘拂在胸前，他严厉地说道：

“爱情是一种愚蠢，随着青春的黎明来临，跟着青春的黄昏远去。”

而跟在他后面的人倒容光焕发，神情安详，以安宁平静的欢乐情绪说道：

“爱情是超凡人圣的智慧，它使我们内在的和外表的眼睛明明昭昭，

像神祇一样明察万事万物。”

接着走过来一个盲人，他用他那陈旧的拐杖叩着地面探路，他说话时嗓音里夹着呜咽：

“爱情是笼罩灵魂、遮蔽人生景象的浓雾，

使灵魂只看见它那欲望的影子

消失在峻岩之间，

只听见它在凄凉山谷里叫喊的回声。”

然后是一个年轻男子经过，他一面弹奏七弦竖琴，一面唱道：

“爱情是敏感的自我从内心深处发出来的神圣的光芒，

照耀着周围的一切，

使自我得以把世界看作是在青青草地上列队前进的仪仗，

把人生看作是介乎两次觉醒之间的一个美梦。”

尾随着这年轻男子的，是个衰老的人，他拖着沉重的脚步，战战兢兢，说道：

“爱情是悲伤的肉体在寂静的坟墓里得到安息，

是灵魂在永恒的堡垒里确保安全。”

最后来了个年纪不过五岁的小孩儿，他一边儿跑一边儿嚷道：

“爱情是我的父亲，爱情是我的母亲；

除了我的母亲和我的父亲，没有人懂得爱情。”

如今白昼已尽，所有的人都在神殿门口经过了，

人人都讲到了爱情，

人人在每个字里都泄漏了他自己的憧憬和欲望，

也透露了人生秘密的神秘。

黄昏完全来临，流动的人群各走各的路了，

万籁俱寂之时，
我听到神殿里一个声音说道：
“一切生命都是孪生的：
一个是冰冻的小川，
一个是燃烧的火焰，而燃烧的火焰便是爱情。”

于是我走进神殿里，一躬到地，跪下来恳求，
并且秘密地在我心里曼声祈祷：
“主啊，让我充作燃烧的火焰的燃料吧，
上帝啊，让我充作圣火的燃料吧，
阿门！”

启　示

夜渐渐深沉，睡眠把它的斗篷覆盖在大地的脸上，

这时我离开了我的眠床，去寻找大海，我同我自己说：

“大海永不睡眠，大海的清醒不眠给失眠的灵魂带来安慰。”

我到达海滨的时候，大雾已经从山顶上降落下来，遮盖着世界，就像面纱装饰着少女的脸。

我站在海滨凝望着波涛，谛听着涛声，思索着藏在波涛后面的力量——这力量与风暴一起奔腾，与火山一起咆哮，与嫣然的花朵一起微笑，与潺潺的溪流一起奏乐。

过了一会儿，我转过身来，嗨，

我瞧见三个人影儿坐在附近的一块岩石上，

我看到雾霭遮掩着他们，可又遮掩不了。

被某种我不知道的力量所吸引，我慢慢地向他们所坐的岩石走去。

我站在离岩石几步路的地方，凝望着他们，

因为那儿有一种魔力，它使我的目的明朗化具体化，并且触动了我的幻想。

这时候三个人影儿中有一个站起来了，他用一种在我听起来像是发自大海深处的声音说道：

“没有爱情的生命像是没有花或果的树，而没有美的爱情就像是没有

芳香的花、没有种子的果。

“生命、爱情、美，三者统一于一个自我，自由自在，无穷无限，既不知变化，又不会分离。”

他说罢就重新坐在他的位置上。

于是第二个站起来了，用一种像是激流奔腾澎湃的声音说道：

“没有反抗的生命像是没有春天的季节。

而没有正义的反抗就像是春天埋没在干旱荒芜的沙漠里。

“生命、反抗、正义，三者统一于一个自我，其中既无变化，又无分离。”

他说罢就重新坐在他的位置上。

然后第三个站起来了，用像是雷鸣隆隆的声音说道：

“没有自由的生命像是没有心灵的肉体，

而没有思想的自由就像是个混淆是非黑白的心灵。

生命、自由、思想，三者统一于一个永恒的自我，

既不消失，又不化为乌有。”

接着，三个人都站了起来，用庄重威严的声音说道：

“爱情和爱情所产生的一切，

反抗和反抗所创造的一切，

自由和自由所孕育的一切，

这三者是神祇的三个方面……

而神祇乃是有限的和有意识的世界之无限无穷的心灵。”

随之而来的是寂静，寂静中充满了看不见的翅膀的振动以及缥缈的身体的战栗。

我闭上了眼睛，静听着我所听见的格言的回声。

当我睁开眼睛的时候，我只看见大海藏在一条雾霭毛毯之下，

我向岩石走近去，

我只看见一炷香烟冉冉升向天空。

灵 魂

……于是众神之神便创造灵魂，按照美的模样制作灵魂。

众神之神赋予灵魂以黎明微风的温柔，花的芳香，月光的明媚。

神也给灵魂以欢乐的酒杯，并且嘱咐道：

“除非你忘掉了过去，抛弃了将来，你可别喝这欢乐的酒杯。

神也给灵魂以悲哀的酒杯，嘱咐道：

“喝吧，喝了你就懂得欢乐的意义了。”

神在灵魂里存放了爱情，发出第一声心满意足的叹息时便会离去的爱情，也存放了甜蜜，吐出第一句傲慢不逊的话时便会逃之夭夭的甜蜜。

神做了个手势引导灵魂走上真理之路，

神在灵魂深处安置了一只可以看见那看不见的东西的眼睛，

神在灵魂里创造一种幻觉，它像一条河，载着幻影和活动的形象川流不息。

神给灵魂穿上渴望的袍子，袍子是天使们纺织而成的，原料来自彩虹。

神也在灵魂里放进了迷惑昏乱的黑暗，那黑暗是光明的影子。

神还取来了愤怒的锻铁炉里的火，

从愚昧的沙漠里刮出来的风，

神从自私自利的海滩上采集了沙子。

从时代的脚下采集了尘土，

神就这样的制作了人。

神赋予人以盲目的力量，这力量在激情疯狂的片刻里一跃而为火焰，在欲望面前又躺倒了。

神赋予人以生命，而生命就是死亡的影子。

于是众神之神微笑而又哭泣，神懂得一种无垠而又无穷的爱；

神就这样的把人和灵魂结合在一起。

夜　歌

夜是默不作声的，
梦躲藏在寂静里。
月亮正在升起来——
月亮有眼睛守望着白昼。

来吧，田野的女儿，
让我们到
葡萄园里去，
情人们都在那儿约会。
因为，也许在那儿
我们也会以爱情的美酒
为我们的欲望解渴，

听哪，夜莺
把它的歌声
倾注在幽谷里，
而众山已使幽谷
充满了薄荷的绿色芳香。
别害怕，亲爱的，
繁星将对我们的幽会严守秘密，

而温柔的夜雾
亦将遮掩我们的拥抱。
别害怕——
神灵的年轻的新娘，
在她那迷人的山洞里，
沉醉于爱情，
躺在那儿沉沉睡去，
几乎躲过了
女神的眼睛。

即使神灵之王万一走过，
那么爱情也会使他转身折回，
因为，难道他并非跟我一样是个情人，
难道他自己心里的痛苦
不是一吐为快？

我的灵魂劝导我

我的灵魂同我说话，劝导我爱别人憎恨的一切，

劝导我同别人所诽谤的人们友好相处。

我的灵魂劝导我启发我：爱不仅使爱者尊严高贵，而且使被爱者尊严高贵。

在此之前，我认为爱是彼此挨近的两朵鲜花之间的一丝蛛网；

如今在我心目中，爱变成了神圣的光环，无始无终，

环绕着已经存在的一切，而且永远在增长扩大，以拥抱那行将存在的一切。

我的灵魂劝导、教育我洞察那被形式和色彩所遮掩的美。

我的灵魂责令我目不转睛地注视着被认为丑的一切事物，直到我看出美来。

在我的灵魂这样责令我劝导我之前，

我看到的美仿佛是一炷炷浓烟之间的摇曳不定的火焰，

可是如今浓烟消散了，化为乌有了，我只看见熊熊燃烧。

我的灵魂劝导我责令我谛听那并非来自舌上嗓间的声音，

在此之前，我的听觉迟钝，只有喧哗吵闹和高声大叫传到我的耳边，

可是如今我学会了谛听寂静，

听见了寂静的唱诗班唱着世纪的歌，

吟咏着空间的诗，解释着永恒的秘密。

我的灵魂同我说话，劝我用那不能倒在杯里，举在手里，

也不能沾在唇上的醇酒解渴。

在此以前，我的干渴就像是灰堆里的一点暗淡的火星，

随便哪个泉水的一滴水，就把这火星扑灭了：

可是如今我的强烈渴望变成了我的杯子，

爱情变成了我的醇酒，而孤寂则变成了我的欢乐。

我的灵魂劝导、责令我寻求那看不见的事物；

我的灵魂向我启示：我们掌握在手里的，便是我们的欲望所追求的。

过去我满足于冬天的温暖和夏天的凉风，

可是如今我的手指变得像雾一样，

让手里掌握的全都落掉，同我的欲望如今所追求的、看不见的事物混成一片。

我的灵魂同我说话，邀请我呼吸一棵树的芳香，

这棵树无根，无干，无花，没有人看见过。

在我的灵魂这样劝导我之前，我总是在花园里，在插着馥郁的香草的瓶子里，在盛着薰香的器皿里，去寻找芳香；

可是如今我只知道一种不能点燃的薰香，

它发出的香气，较之大地上一切花园里的气息，以及宇宙空间一切风所吹送的气息还要芬芳馥郁。

我的灵魂劝导我，责令我在未知而危险的事物呼唤我的时候，一定要回答道："我来了。"

在此之前，我只回答过市场上叫卖者的声音，

只走那有地图可凭的、大家都走过的道路；

可是如今那已知的成了一匹骏马，以便我跨上去寻求那未知的，

道路变成了一架梯子，我可以借此攀登危险的顶峰。

我的灵魂劝导我，忠告我用这句格言衡量时间：

“有过一个昨天，并且行将有一个明天。”

在此之前，我认为过去是个已经消失和行将被忘却的时代，

而将来是个我所达不到的时代；

可是如今我懂得了这个道理：

在短促的现在里，一切时间，以及时间中的一切，

都完成了，实现了。

我的灵魂同我说话，给我启示：我不因“这儿，那儿，远在那一边儿”这些话而为空间所局限。

从前我站在我的山上，其他的山似乎是远的和遥远的，

可是如今我知道我所居住的山事实上便是众山，

我所下降的山谷包括一切山谷。

我的灵魂劝导我，要求我在别人睡觉时守夜，别人醒来时才落枕安睡。

因为在过去的岁月里，我都没有观察他们的梦，他们也没有观察我的梦。

可是如今我在白天的梦中插翅飞翔，

而他们睡眠时我看到他们在夜间自由解脱，

我为他们的自由而欢欣鼓舞。

我的灵魂劝导我，告诫我：不要因为过分称赞而得意洋洋，

不要因为害怕责备而苦恼万分。

在此之前，我对自己亲手做的事情怀疑其价值，

可是如今我懂得了这个道理：

树木春天开花，夏天结果，

秋天落叶，冬天光秃秃的，

它既不得意洋洋，又不害怕和害臊。

我的灵魂劝导我，使我确信：

我不比侏儒高大，也不比巨人矮小。

在此之前，我认为人类可分成两种：

一种是弱小者，我嘲笑或怜悯他们，

一种是强者，反叛之际我不是跟随他们就是反对他们。

可是如今我知道了：制造我的尘土，必定就是用以创造众人的同一尘土，

我的种种元素也就是他们的种种元素，而我的内在的自我也就是他们的内在的自我。

我的奋斗就是他们的奋斗，而他们的经历便是我自己的经历。

如果他们违法犯罪了，那么我也是违法的罪人，

如果他们做了好事，那么其中也有我的一份功劳。

如果他们起飞了，我也同他们一起起飞；

如果他们落后了，我也陪着他们落后。

我的灵魂劝导我教诲我：要看到我拿在手里的灯不是我的光，

我奏的歌不是我内心里创作出来的，

因为，虽然我带着灯旅行，我可不是灯光，

虽然我是配着弦索的诗琴，

我可不是演奏诗琴的人。

我的兄弟啊，我的灵魂劝导我，我的灵魂启发我。

而你的灵魂，也时常劝导你和启发你。

因为你像我一样，我们之间并无区别；

所不同的，不过是我把我在自己沉默时所听到的、内心里的东西，用语言表达出来罢了，

而你却守卫着你内心里的东西，你守得很牢，正如我说得很多一样。

我的生日

（作于1908年1月6日，时在巴黎攻读艺术）

我的母亲在这一天生下了我，
二十五年前的这一天，
寂静把我摆在人生的巨掌里，而人生是充满斗争和冲突的。
嗨，我已经环绕太阳旅行了二十五圈，
月亮环绕我旅行了多少圈我可不知道。
然而这一点我是知道的：我还没有认识到光明的秘密，
我也不曾懂得黑暗的神秘。

二十五年了，我同地球、月亮、太阳和星辰一起环绕着宇宙旅行，
嗨，如今我的灵魂低声念着宇宙体系的各种名称，
就像大海的深谷里回响着波涛的声音，
因为灵魂是存在于宇宙间的一道激流，然而灵魂并不知道它的力量。
灵魂吟咏着宇宙的韵律，或者高昂，或者低沉，
然而还达不到和谐的极致。
二十五年了，时间把我写在这新奇而又可怕的人生之书里。
嗨，我是一个字，有时毫无意义，有时意义繁多。
每年逢到这一天，种种思想和种种回忆都涌到了我的灵魂里！
它们在我的面前逗留——逝去的岁月的队列，
黑夜的幽灵的游行——

它们又被疾卷而去，就像风从天边上把云朵疾卷而去一样；

它们消失在我屋子的黑暗里，就像小河的歌声消失在荒凉而又遥远的山谷里。

每年逢到这一天，这些塑造我的心灵的神灵们，
都从海角天涯走拢来寻找我，
吟咏着充满了哀伤的回忆的诗篇。
然后它们就走了，躲藏到这生活的表象后面去了，
仿佛是鸟儿，降落到打谷场上，找不到可以吃的谷粒，
不过徘徊了一会儿，就从这儿飞到别处去觅食了。

每逢这一天，我往昔的生活的意义，站在我的面前，
像一面模糊暗淡的镜子，
我朝镜子里望了一会儿，只看见岁月的像尸体一样的苍白的脸，
只看见早已丧失的希望和梦想的、布满皱纹的衰老面容。
我再一次的照照这些镜子，在镜子里只看见我自己的宁静的脸。
我凝视着脸，除了悲哀，我一无所见。
我问悲哀，然而我发觉悲哀无言无语，
如果悲哀能够说话，我想它会吐露比欢乐还要甜蜜的词儿的。

已经二十五年了，我曾爱得很多，
有时候我曾爱别人所憎恨的。
然而，凡我作为孩子爱过的，如今我仍爱着，
而如今我仍爱着的，我必将爱到此生的结束；
因为爱就是我所拥有的一切，谁也不能使我失掉爱。

有时候我曾爱上死亡，

我公开地和秘密地用甜蜜的名字称呼死亡，用多情的话讲起死亡。

然而，尽管我并没有忘记或者破坏对死亡的山盟海誓，

我也曾学习热爱生。

因为在我看来，死与生，在美丽和欢乐方面是相等的，

它们分担了我的憧憬和欲望的发展成长，

它们分享了我的爱情和温柔。

我也曾爱过自由，就像我爱生与死一样，

我对自由的爱逐渐发展壮大，而对于人们之受暴政和鄙夷的奴役，我的了解也随之逐渐深化，

其时我看到了人们屈服于偶像，

这种偶像是由黑暗的时代造成，经过愚昧的抚养，由奴隶的嘴唇粉饰过的。

但我爱那些奴隶正如我爱自由一样，我可怜他们，因为他们是盲人，

他们亲吻着嗜血的野兽的肮脏嘴巴，却视而不见；

他们吸吮着邪恶的毒蛇的毒液，却毫无感觉；

他们亲手挖掘着自己的坟墓，却一无所知。

我热爱自由甚于其他的一切，

因为我发觉自由像一个少女，在匮乏和孤僻里虚度芳华，

终于变成了踯躅于寂寞街道上房屋间的一个幽灵，

幽灵招呼过路的人，过路的人却既没有听见，又没有看见。

同所有的人一样，这二十五年里我曾热爱幸福，

就像他们一样，我曾学会了早晨醒来便寻求幸福，

但我从来没有在他们的路上找到幸福，也没有在他们的住宅附近沙地上看到幸福走过的脚印，

更没有听到从他们的神殿窗子里传来幸福的回声。

我乃独自寻找幸福。

我听到我的灵魂凑近我的耳朵说道：

“幸福是个少女，生于心的深闭固拒的城堡里，并且在这城堡里抚养长大，

这少女可从不迈出城墙一步。”

然而，当我打开我的心的大门，去寻找幸福的时候，

我在这城堡里只看见少女的镜子、眠床和衣裳，少女本人我却找不到了。

我曾热爱人类。啊，我曾十二万分地热爱人们，

在我看来，人们可分为三类：

第一类咒骂人生，第二类祝福人生，第三类思索人生。

我爱第一类人是由于他们的苦恼，爱第二类人是由于他们的慈善，爱第三类人是由于他们的智慧。

二十五年就这样过去了，

我的日日夜夜就这样过去了，它们在我的生活里互相追逐着，

就像树叶在秋风里萧萧散落。

今天我停下来回忆着，就像一个疲倦的登山者，停顿在到达山巅的中途一样，

我回首返顾，我左顾右盼，可是，我哪儿也没有瞧见，

我可以提出所有权的宝库，声明道：“这是我自己的。”

我也没有在我的一年四季里得到什么收获；得到的，只不过是几张雪

白的纸，满纸都是黑墨水的笔迹，

只不过是几块奇怪的零散的画布，上面涂满了线条和色彩，和谐而又不和谐。

我曾把我思索过和梦想过的秀丽和自由，

穿上寿衣，埋葬在这些稿纸和画布里，正如庄稼汉跑到田地里，把他的种子播在垅沟里，

然后在黄昏时分回到家里，希望着，等待着。

可是我，虽然把我那心的种子好好地播种下去了，

我却既没有抱什么希望，也没有等待。

如今我跨进了我的一生的这一季节：

往昔仿佛隐藏在叹息和悲哀的雾霭背后了，

而将来却又透过往昔的面纱显示出来。

我停下步来，从我的小窗口凝望着人生；我看到众人的脸，我听到他们的喊声响彻云霄。

我注意他们的脚步落在房屋栉比的街道上，我觉察到了他们的精神的交流，他们的欲望的迫切，以及他们的心的向往。

我停下步来，看到孩子们大笑大叫着互相投掷尘土，

我看到男孩子们昂首仰望，仿佛他们正在读一首《青春颂》，

那颂歌写在一片云的边缘上，而那云又镶着阳光的辉煌灿烂的边。

我看见年轻的姑娘身体摇曳有如树枝，

微笑如花，从眼睑底下凝视着青年男子，

而眼睑则因爱情和温柔的欲望而颤动着。

我看见老年人弯腰曲背，缓缓而行，

倚着拐杖，固执地凝望着大地，

仿佛昏花的老眼正在尘土中寻找那失去了的灿烂珍宝。

我站在我的窗旁，凝望着这一切形象和影子默默地在城里移动、蠕行。

然后我远望城外的旷野，

我看到了旷野上的一切可怕的美和大声呼唤着的寂静，

我看到了旷野上的高丘和小山谷，摇曳的树木和抖动的青草，

我看到了盛满芳香的花朵和喃喃低语的河流，

喈喈而鸣的野鸟以及一切嗡嗡嘈嘈的飞禽。

我远远眺望旷野之外，啊，我看到那儿有海洋——

海洋有它深不可测的奇观，神秘的秘密，蕴藏的宝库；

我看到了愤怒的、奔腾的、冒着泡沫的海面上的一切，

我看到了升腾的浪花和下降的濛气。

我远远地透视海洋之外，看见了空间的无穷无限，

看见了飘浮的天体，闪烁的星座，太阳和月亮，恒星和流星；

我看见了种种迹象，证明多种力量互相吸引又互相排斥，各种元素互相战斗，创造着，变化着，而又受制于一条规律：没有开端也没有结束。

我在我的小窗口沉思着这些事物，我忘记了我的二十五年的岁月，

忘记了在此之前的一切世纪，

忘记了在此之后的一切时代。

于是我的生活及其启示与神秘，在我看来就仿佛是个孩子的叹息，

这孩子在永恒的深度和高度所形成的空虚里颤抖。

然而这个原子，这个我称之为“我”的自我，常常发出一阵骚动和一片喧哗，

振翅向辽阔的太空飞去，

举手向天涯海角伸去，

它的存在，在时间的某一点上保持平衡，

而时间的某一点则给它以自觉的生命。

这活的火花住在神殿的至圣所里，从那儿腾起来一个声音，响亮地说道：

“愿你平安，生命！

“愿你平安，觉醒！

“愿你平安，认识！

“愿你平安，白昼，你大量的光明包围了大地的黑暗！

“愿你平安，黑夜，你的黑暗透露了天空的光明！

“愿你平安，各个季节！

“愿你平安，春天，你使大地重新焕发青春！

“愿你平安，夏天，你使太阳增光生辉！

“愿你平安，秋天，你带来辛苦的果实和劳动的收获！

“愿你平安，冬天，你以风暴恢复了大自然浪费掉的力量！

“愿你平安，岁月，你显示了年复一年已经掩盖的事物！

“愿你平安，时代，你恢复了世纪已经毁坏的事物！

“愿你平安，时间，你和我们一起走向完美的日子！

“愿你平安，精灵，你谨慎地制驭着人生的缰绳，而阳光刺眼，我们是看不见这缰绳的！

“愿你平安，心啊。

“你涕泪滂沱，被感动得向平安欢呼！

“愿你平安，嘴唇啊。

“你吃着辛酸的面包，呼唤着平安！”

静默吧，我的心

静默吧，我的心。空间听不见你。
静默吧，我的心。太空因哀悼痛哭而阴沉沉的，它受不了你的歌。
静默吧，因为黑夜幽灵不会注意你神秘的窃窃私语，
而黑暗的仪仗队也不会在你的梦境前停留。
静默吧，我的心，一直静默到黎明吧。
因为谁耐心地等待早晨，谁就有力量迎接早晨，
谁热爱光明，谁就会被光明所热爱。
静默吧，我的心，静听我的话吧。

我在梦境中听到一只画眉在一个喷火的火山口上方歌唱，
我看到一朵百合花在雪地里抬起头来，
我看到一个赤身裸体的女神在墓碑之间跳舞，
我看到一个婴儿一面哈哈大笑一面玩耍头颅骨，
我在一个梦里看到了这一切。

我醒来时环顾四周，嗨，我看见了火山喷着愤怒的熔山石，
然而我听不见画眉的歌唱。
我看见天空把大雪撒在丛山里和幽谷里，
给沉默的百合花披上白色的尸衣。
我看见坟墓，一行复一行的，耸立在时代的宁静里，

然而没有人在坟墓间舞蹈或祈祷。

然后我看到了堆成山的头颅骨，但那儿除了嘲笑的风外可没有欢笑。

我醒过来只看见悲哀和烦恼。

那么，梦中的欢乐到哪儿去了呢？

我们的睡眠的灿烂光华又藏在哪儿呢？

它的形象是怎样消失的呢？

灵魂怎么能耐心等待，直等到灵魂的渴望的影子随着睡眠一起回来呢？

静默吧，我的心，注意听我的话吧。

这不过是昨天的事啊，我的灵魂是棵强壮的老树，

它的树根钻到大地深处，它的树枝伸向无穷的空间，春天开花，秋天结实，

秋天来临，我把果实摘到银盘子里，放在十字路口，

过路的人们伸手拿起果实，把果实吃掉了就走他们的路了。

秋天逝去的时候，它的歌声便变成了号啕和挽歌，

我瞧瞧我的盘子，看到过路的人只吃剩一粒果实。

我尝尝滋味，觉得这果实苦如芦荟，酸如未熟的葡萄，

于是我对我自己说道：

“唉，糟了，我要惹得人们嘴上咒骂、肚子里怨恨了。

“我的灵魂啊，你的树根从大地的胸膛上所吸取的甜蜜，你是怎么处理的呢？

“你的树枝从太阳的光芒里所畅饮的芳香，你又是怎么处理的呢？”

于是我连根拔掉了我那灵魂的强壮的老树，

我把它和过去切断分开，剥掉了它成千个春秋的回忆。

我把我那灵魂的树木种在另外一个地方。

我把它种在远离时间大路的田野里，我不睡不眠地在树木旁守夜，一面给树木饮我的泪水和血水，一面说道：

“血水里有滋味，泪水里有甜蜜。”

春天回来的时候，我那灵魂的树木又开花了，并且在夏天结出了果实。

秋天来临，我再一次摘下成熟的果实，盛在金盘子里，放在大路交汇的地方。

人们走过了，可是没有人伸手去拿那果实。

于是我把果实拿来吃了，我觉得它甜如蜜，甘美如琼浆玉液，芬芳馥郁如茉莉的花气，醇香清冽如巴比伦的美酒。

我大声叫喊，说道：

“人并不想在嘴唇上品尝幸福的滋味。并不想在脏腑里品尝真理的滋味，

因为幸福是泪水的女儿，而真理只不过是痛苦的儿子。”

接着我便回去坐在我那灵魂的孤寂树木的绿阴下，在那远离时间大路的田野里。

静默吧，我的心，一直静默到黎明吧。

静默吧，因为空间充满了死亡之物的气味，沉重得很，不能吸入你那生机勃勃的气息了。

静默吧，我的心，静听我的声音吧。

这不过是昨天的事啊，我的思想像一条船，在大海的波涛上颠簸，随

着风从这个海岸漂到那个海岸。

我的思想的船是空空的，船里只有七个小瓶，小瓶里满满地装了七种色彩，简直是彩虹的七彩。

我对于在水面上漂流感到厌倦的时候，我说道：

“我要驾着我的思想的空船，回到我诞生的那个城市的港口去。”

我在返航之时，用那七种色彩涂抹我的船舷。

船舷彩色生辉，黄如夕阳，青如天空，红彤彤的好比血红的海葵；

我还在帆和舵上都描了动人悦目的图画。

涂好了画好了，我那思想的船显得像是先知的幻象

飘浮在无穷的大海和无限的天空之间。

如今我的船到达港口了，嗨，所有的人都来迎接我了；

打着铃鼓，吹着芦笛，

他们欢欢喜喜，高声呼喊，把我接进城去。

他们这么欢迎我，是因为我的船看起来悦目迷人，

可是没有一个人登上我那思想的船，

也没有一个人注意到我驾驶了一条空船进入港口。

于是我对我自己说道：

“我把人们引入歧途了，我以七彩蒙骗了他们内心的眼睛和外表的眼睛。”

一年逝去，我重新登上我那思想的船，出海去了。

我航行到了东方的小岛，在岛上采集没药、乳药和檀香，装在我的船上；

我航行到了南方的小岛，从那儿装运金、玉、绿柱石和各种宝石，

我航行到了北方的小岛，找到了珍贵的丝绸、天鹅绒和各种刺绣；

我从那儿又到了西方的小岛，收集到了锁子甲、长矛、剑以及各式各样的武器。

我就这样的在我那思想的船里装满了世界上昂贵而新奇的物品，

转过船头回到我诞生的城市的港口去，我心里说道：

“这一回我的人民将赞美我是一个值得赞美的人，

这一回他们一定会用歌唱和笛声把我迎到市场上去。”

然而，你瞧，我到达港口的时候，却没有一个人来接我欢迎我。

我独自一人走进我的城市的街道，把我带来的世界上的果实和好东西统统告诉了大家，

可是他们冷眼瞧着我，他们脸上透着讥笑，唇边挂着嘲笑。

他们转身走了，不睬我了。

我就这样的给搅得又苦恼又沮丧，我转身回到了港口。

我的视线刚落在船上，我就觉察了一件事，我在航海和寻求精美货物的过程中，对这件事可没有在意。

所以我在委屈中喊了起来：

“瞧啊，大海的波涛冲刷掉了我船上的七彩，

如今我这船看上去不过是一具骷髅罢了，

风，暴风雨以及赤日炎炎，抹掉了帆上神奇悦目的形象，

如今它们好像不过是一件褪色的破衣衫罢了。

我确实搜罗了世界上珍贵的宝物装到船里，在水面上漂浮，

终于回到我的人民的身边，可他们转身走了，不睬我了。

因为他们的眼睛看得见的只不过是外观。”

我在该时该刻舍弃了我那思想的船，寻访死者的城市，

我要在那儿坐在白茫茫的坟墓之间，沉思默想坟墓的秘密。

静默吧，我的心，一直静默到黎明吧。

静默吧，尽管暴风雨嘲笑你内心深处的喃喃细语，

静默吧，我的心，一直静默到黎明吧，

因为谁耐心地等待早晨，

早晨就会温柔地拥抱谁。

瞧啊，我的心，黎明来了，

你就说话吧，如果你还有说话的力量，

瞧啊，我的心，瞧这早晨的仪仗队。

夜的寂静，岂不在你内心深处酝酿了一支欢迎早晨的歌吗？

瞧啊，鸽子和画眉在幽谷之上飞翔，

望而生畏的黑夜，岂不使你的翅膀强壮有力，堪与鸽子和画眉齐飞吗？

瞧啊，牧童把羊群从羊栏里带出来了，

黑夜的黑影，岂不促使你也想跟着羊群进入牧场吗？

瞧啊，少男少女们匆匆忙忙赶到葡萄园里去了，

你愿意起来参加他们这一伙吗？

起来吧，我的心。起来，跟黎明一起行动吧。

因为黑夜过去了，对黑夜的恐惧也随着黑夜的黑梦一起消失了。

起来吧，我的心，引吭高歌吧。

因为谁不参加黎明的歌唱，谁就不过是黑暗的儿子。

夜

夜啊，诗人、情人和歌手们的盘桓之地，

夜啊，影子同精灵和幻象一起居住之所，

夜啊，拥抱我们的憧憬、欲望和回忆的巨人，

站在黄昏的云彩侏儒和黎明的美丽新娘之间的、硕大无朋的巨人，

佩着令人生畏的宝剑，戴着月亮的皇冠，披着寂静的长袍，

用一千只眼睛注视着人生深处，

用一千只耳朵静听着孤独和死亡的叹息。

正是你的黑暗向我们启示了天空的光明，

因为白昼的光明用大地的黑暗掩盖了我们。

正是你的诺言打开我们的眼界，使我们看到了永恒，

因为白昼的虚荣使我们局限于时间和空间的世界里，就像盲人一样。

正是你的安宁的寂静，揭开了永远觉醒的、永远坐立不安的精灵的秘密；

因为白昼是一片纷扰喧哗，灵魂在纷扰喧哗里躺在野心和欲望的铁蹄之下。

夜啊，你是个牧人，把弱者的梦和强者的希望，都赶进了睡眠的羊栏。

你是个预言者，你用神秘的手指，合上了可怜人的眼皮，把他们的心，高举到比这个世界更加慈悲的世界里。

在你那灰色衣服的褶层里，情人们找到了他们的洞房，

在你那被天空露水沾湿的脚边，内心孤寂的人们流下了眼泪；

在你那散发着田野和葡萄园的芳香的手掌里，陌生人放下了他们的渴望和失望；

你是情人们的朋友，孤寂者的安慰人，孤苦伶仃者的东道主。

在你深深的浓阴下，诗人浮想联翩，在你的胸膛上，

预言者的心灵觉醒过来；在你的额上，想象纵笔挥写。

因为你是诗人的主宰，预言者的幻觉，思想家的知己。

当我的灵魂对人感到厌倦，我的眼睛懒得去凝视白昼的面容的时候，

我寻访遥远的田野，逝去的时代的影子在那儿沉沉入睡。

我在那儿站在一个黑暗而沉默的存在之前，它用一千只脚走过山岭，走过幽谷和平原。

我在那儿凝视着黑暗的眼睛，静听着看不见的翅膀的飒飒飞翔之声。

我在那儿感觉到那无形的衣裳在飘拂我，并且为目不能见的恐怖事物所震撼。

夜啊，我在那儿看到你，悲痛的、美丽的、令人望而生畏的，

耸立在天与地之间，云彩是你的衣裳，雾霭是你的腰带，

你讥笑太阳的光芒，讪笑白昼的霸道，

你嘲笑那不睡不眠、跪在偶像面前的一群群奴隶，鄙夷那躺在绸缎被窝里睡觉做梦的君王；

我在那儿看到你凝视窃贼的眼睛，看到你在上方守护着酣睡的婴儿；

我看到你对着娼妓的微笑哭泣，对着情人的眼泪莞尔微笑，

我看到你右手高举心胸伟大的人，双脚践踏精神卑鄙的人。

我在那儿看到了你，夜啊，你也看到了我；

你，以令人望而生畏的美，于我仿佛是父亲；而我，在我的梦里，便仿佛是儿子；

因为，存在的幕布已被揭开，怀疑的面纱也撕破了；

你向我透露了你那秘密的目的，我把我的一切希望和欲望也都告诉了你，

于是你的威严化为乐曲，其美丽胜过花朵的温柔蜜语，

而我的畏惧也变为信赖，其程度也超过了众鸟的信赖；

于是你把我举了起来，放在你的肩膀上，

你教我的眼睛观察，教我的耳朵谛听，教我的嘴唇说话，还教我的心热爱；

你以你魔术般的手指触动了我的思想，

我的思想乃喷涌而出，好比一条潺潺流动的溪水，凡是枯草都卷走了。

而你又以你的嘴唇亲吻我的心灵，把它点燃成为火焰，

火焰把一切死亡的和垂死的东西都吞灭了。

我紧跟你，夜啊，直至我变得跟你相像；

我跟着你做你的伙伴，直至你的欲望变成我的欲望；

我热爱你，直至我的整个存在确实成为具体而微的、你的形象。

因为在我黑暗的自我里，有着发光的星星，热情在黄昏时分把这些星星撒出去，怀疑在黎明时分又把它们收起来；

在我的内心里有一轮明月，它时而同密云搏斗，时而同充满空间的一系列的梦互相斗争。

如今在我觉醒的灵魂里居住着一片安宁，这安宁揭示了情人的秘密和信徒的祈祷；

如今在我的头上罩着一张神秘的面纱，死的痛苦会撕破这面纱，但青春之歌会把这面纱重新织起来。

夜啊，我是同你相像的；如果人们认为我吹牛夸口，

难道他们并没有夸口他们同白昼相像吗？

我是同你相像的，像你一样受到许多莫须有的责备，

我是同你相像的，我的存在以及我的一切梦和一切希望，都同你相像。

我是同你相像的，尽管黄昏并不给我戴上金羊毛的皇冠，

我是同你相像的，尽管早晨并不以珍珠和玫瑰装饰我那飘拂下垂的袍子。

我是同你相像的，尽管我还没有把银河当作腰带束在身上。

我也是个黑夜，辽阔，宁静，可是受到束缚而又反抗。

我的黑暗没有开端，我的深度没有穷尽。

当死者的灵魂升腾，以欢乐的光明自豪的时候，

我那黑夜的灵魂，亦将因其痛苦的黑暗而光荣地下降，

我是同你相像的，夜啊，在我的黎明来临的时候，我的大限也就到了。

在死人的城市里

这不过是昨天的事，我逃脱了城市的喧哗，

到城外寂静的田野里去散步；

我行近一座高山，

大自然慷慨的手在山上撒下了许多礼物。

我登上山去，返首回顾城市。

嗨，城市出现了，连同它的一切高塔和寺庙，

城市蛰伏在浓重的黑烟的云霾之下，而黑烟是从城市的煅铁炉和工厂里冒出来的。

我坐下来从远处思考着人类的作为，

我觉得大部分都是徒劳的、没有效益的。

我的心灵由衷地避开亚当的子孙们的一切所作所为，

我转而瞻望田野，上帝伟大的光荣所在之地。

我在其中看到了一个墓地，雪白的大理石墓碑，柏树成林。

我坐在那儿，坐在活人的城市和死人的城市之间，

沉思着人生中的无穷无尽的斗争和无休无止的骚乱，

沉思着死亡里的包罗一切的寂静和莫大的庄严。

在这一边，我看到了希望和失望，爱和恨，富裕和贫穷，信仰和无信仰；

在那一边，我看到了尘土归于尘土，大自然把尘土掺和了，

从中形成了它那苍翠的世界，培植出在夜深人静时繁荣的生物。

当我这样思考着的时候，瞧，一大群人在缓缓前进，进入了我的视野，

我听到了音乐，这音乐使空气中充满了凄凉的调子。

我的眼前走过了一列送葬的人群，包括人类中伟大的和卑贱的，

他们一起走在一个行列里，为一个曾经有财有势的人送葬，活人跟着死人。

那些人大哭大喊，使白昼充满了他们的号啕和哀叹，

而且一直哭到安葬的地方。

教士在那儿摇晃着香炉，做着祈祷，

吹笛人呜呜咽咽地吹着笛子。

演讲者站出来朗读颂词，

诗人哀吟矫揉造作的诗句，

直到大家疲倦为止。

然后这群人便分散了，露出一块不可一世的墓碑：

做这墓碑，石刻者竞显身手，灵巧的手雕了许多花冠，编了许多花环。

于是这一行人向城市走回去，而我坐在远处遥望、思索。

却说太阳正向西方沉落，岩石和树木的影子开始拉长了，它们也在卸下光明的衣衫。

此时此刻我转眼一看，瞧啊，有两个人肩上扛着一具普普通通的木头棺材；

他们后面走着一个衣衫褴褛的妇人。

她胸前抱一个婴儿，脚边跟着一条狗，那狗时而看看妇人，时而看看木头棺材。

一个穷苦而地位卑微的人，给他送葬的行列就只有这些——

以默默无言的泪水表明其哀痛的妻子，

因为母亲哭泣而跟着号啕的婴儿，也情愿跟随送葬的、一条忠实的怀着喑哑的悲哀的狗。

当这些人和这条狗到达坟场的时候，

他们把棺材下放到一个坑里，这坑在远处一个角落里，离那高大的大理石墓远远的。

于是她们默不作声地凄凄凉凉地转身踅回去了，

那狗的眼睛时常回顾它的朋友和主人的最后栖身之所，

直到他们在树木背后消失踪影为止。

于是我俯视活人的城市，自言自语道：

“这是为有财有势的人的。”

然后我又俯视死人的城市，说道：

“这也是为有财有势的人的。”

我大声呼喊：“那么，主啊，哪儿是那些无财无势的人们的栖身之所呢？”

我一面这样说，一面仰望天上的云，伟大太阳的金光把云染得辉煌灿烂。

我听到我内心里一个声音说道：“就在那儿！”

诗 人

我在这世界上是个流放者，

我是个流放者，我是孤独的，为我的孤寂所苦，孤寂总是把我的思想导向一个魔术般的未知的国土，

使我的梦里充满了一个遥远而不可见的地方的憧憧黑影。

我是个远离亲人、国人的流放者，如果我遇到其中一人，我就会自言自语：

“那么，这人是谁呢？我是在什么地方认识他的呢？

是什么纽带把我同他联系起来的呢？为什么我要靠拢他坐在他的旁边呢？”

我是个远离自己的流放者，如果我听到我的舌头在说话，我的耳朵会觉得陌生。

有时候我向内心观察，我看到了我的秘密的自我，又笑又哭、又勇敢又害怕的、一个躲躲藏藏的自我。

于是我的存在对我的存在感到惊异，我的心灵对我的心灵产生疑问。

然而我依然是个流放者，不为人知，迷失在雾霭里，

披着沉默的衣裳。

我是个远离我的肉体的流放者，当我站在镜子面前时，

瞧，我脸上的表情不是我的灵魂所设想的，我眼睛里的神情也不是我内心深处所孕育的。

当我在城里街道上散步的时候，孩子们跟随着我，大声叫喊：

“瞧这瞎子！让我们给他一根拐杖，叫他有个倚靠。”

于是我急急忙忙从他们身边逃走了。

如果我遇到一群少女，挨近我的衣服，曼声歌唱：

“他聋得像块石头！让我们使他的耳朵里充满爱情和情欲的音乐。”

我也急急忙忙从她们身边逃走了。

我不论什么时候在市场里走近中年人，他们总是把我围起来，喊道：

“他一声不吭，就像坟墓一样！让我们把他弯曲的舌头弄直。”

我诚惶诚恐、急急忙忙从他们身边逃走了。

如果我在一群老人面前走过，他们就用颤抖的手向我指指点点，说道：

“他是个疯子，他在神仙和鬼魅的国土上丧失了他的理智。”

我在这世界上是个流放者。

我是个流放者，因为我曾横渡地球走遍东方和西方，

然而我找不到我的诞生地，也没有人认识我或听到过我的姓名。

我早晨醒来发觉自己被囚禁在一个漆黑的山洞里，

洞顶有毒蛇咄咄逼人，各种各样的爬虫又侵扰着四壁和地面。

当我寻求洞外的光亮时，我的身体的影子大踏步走在

我的前面——

我不知道要到什么地方去，我寻求着我不理解的，掌握着我不需要的。

黄昏来临，我便回到洞里，躺在荆棘和羽毛的床上，

奇怪的思想，不论是可怕的或欢乐的，都在欺骗我，而欲望又挟着它的痛苦与喜悦围困我。

午夜时分，过去的时代的阴影都落在我的身上，而忘却了的地方的幽灵都来拜访我探望我，

我也凝视着它们，对它们说话，并且问起古代的事情，

它们怀着亲切和微笑回答我。

可是我要抱住留住它们的时候，它们都逃走了，

消失无遗了，仿佛它们不过是空气中的烟霭罢了。

我在这世界上是个流放者，

我是个流放者，没有人懂得我的灵魂的语言，

我迈步在荒野之中，我看到流水从山谷深处攀缘着上了山顶，

片刻之间，光秃秃的树木在我眼前开花、结果、落下枯叶，

树木的桠枝在我眼前掉到低地上，变成了黑色的蛇。

唉，我的幻觉是稀奇古怪的，同谁的幻觉也不一样，

因为我看见鸟儿先以歌声、然后以哭声鼓动它们的翅膀，迎着早晨飞去，

我看见它们栖息下来，在我的眼前变成赤裸裸的女人，披头散发，头发长长的，

她们从那为爱情而化妆过的眼睑底下凝视着我，并以浸过蜂蜜的嘴唇对我微笑，

她们向我伸出白皙的手来，手上散发着乳香和没药的馥郁之气，

而当我向她们注目而视的时候，她们便像受了震动的雾霭一样消失了，

倒在空间里留下了她们的嘲笑的回声。

我在这世界上是个流放者，

我是个诗人，凡是生命以散文传布的，我都用诗句采集起来，

凡是生命用诗句采集起来的，我都用散文传布。

因此我是个流放者，我将永远是个流放者，直至死亡抬举我，把我运到我的故土。

名　誉

落潮时我在沙滩上散步，
我俯下身来，在沙滩上写了一行诗。
我在这行诗里抒写了
我的心灵所思索的，我的灵魂所渴望的。

潮水高涨的时候，
我又回到了这个海滨，
我写下的那行诗什么也找不到了，
我只找到了盲目行人留下的拐杖痕迹。

泥　土

泥土挟着体力和精力从泥土中冒出来，

泥土然后庄严而自豪地覆盖在泥土上，

从泥土中来的泥土为国王们建筑王宫，

为一切人民建筑凌霄高塔和美丽的寺庙，

编织新奇的神话，严格的法律和微妙的教义。

当这一切事情都办理停当的时候，泥土便对泥土的劳动感到厌倦了，

从泥土的光明和黑暗里，创造出了灰色的影子，温柔慵倦的幻想，迷惑人的梦。

泥土的瞌睡于是欺骗了泥土的沉重的眼睑，

在深沉的安静的睡眠里，它们闭眼不看一切事物。

于是泥土向泥土呼唤，说道：

“瞧啊，我是子宫，我又是坟墓，

我将永远司生又司死，

唉，直至繁星不复存在，

直至太阳变成死灰。”

沙与沫

一

我永远行走在这些海滩上，
行走在沙土和海沫之间。
高潮会抹掉我的脚印，
风也会吹走海沫，
但大海和沙滩
永远存在。

二

我曾在手里握满雾霭。

我张开手掌一看，咦，雾霭变成了一条蠕虫。

我合上手掌又张开手掌，看见掌心里有一头鸟。

我再次合上手掌又张开手掌，空空的掌心里站着一个人，满脸愁容，仰首望天。

我再合上我的手掌，及至张开时，掌心里便只有雾霭了。

但我听到了一支极为和谐悦耳的歌。

三

仅仅是昨天，我以为自己是在生命的天空里毫无节奏地颤动的碎片。

现在我知道我便是天空，而一切生命都是在我身心之内有节奏地运转的碎片。

四

他们觉醒时对我说：“你和你所居住的世界，不过是无垠大海的无穷沙滩上的一粒沙子。”

而我在梦中对他们说：“我就是无垠大海，而大千世界不过是我海滩上的粒粒沙子。”

五

我只有一次窘得无辞以对。当时有个人问我：“你是谁?”

六

神第一念想到的是天使。

神第一语说及的是人。

七

大海和森林里的风授与我们语言之前的百万年中，我们一直是扑动着、漂泊着、渴望着的生物。

现在我们怎么能以仅仅是昨天的声音，来表达那存在于我们内心的太古岁月呢?

八

斯芬克斯只说过一次话；斯芬克斯说："一粒沙子是一个沙漠，而一个沙漠是一粒沙子；现在让我们重新沉默吧。"

我听到斯芬克斯说的话，可是我不理解他的话。

九

我一旦看见一个女人的脸，我就看到了她所有尚未出生的子女。

而有个女人瞧瞧我的脸，她就知道了在她出生之前便已死去的、我所有的祖先们。

一〇

现在我但愿完满实现自己的抱负。但，除非我变成一个居住着才智之士的星球，我又怎样能如愿呢？

难道这不是每个人的目标吗？

一一

一粒珍珠是由痛苦围住一粒沙子建成的一座神殿。

是什么愿望围住什么沙粒，建成我们的肉体的呢？

一二

神把我这石子扔进这神奇的湖里时，我以无数圆圈扰乱了湖面。

但，当我沉到深处时，我就变得十分安静了。

一三

给我以寂静，我就敢于面对黑夜。

一四

我的灵魂和肉体相爱而结婚时，我就获得了第二次新生。

一五

从前我认识一个人，他的听觉十分敏锐，可他没法儿说话。他曾在一场战役中丧失了他的舌头。

现在我知道在那伟大的沉默袭来之前，那人打的是什么仗。我为他的去世高兴。

这世界不够大，容不下我们两个人。

一六

我在埃及的尘土里躺了长久，默默无言，不知季节的变换。

然后太阳给了我新生，我站起来在尼罗河岸上散步，

我和白昼一起唱歌，我和黑夜一起做梦。

如今太阳用一千只脚踩我，要踩得我重新躺在埃及的尘土里。

但拭目瞧瞧一个奇迹和一个谜吧！

把我聚集起来复苏的太阳，却不能使我粉身碎骨了。

我依旧昂然挺立，步履稳健地在尼罗河岸上散步。

一七

记忆是一种相见的形式。

一八

忘却是一种解脱的方式。

一九

我们根据无数太阳的运转，测定时间，而他们根据小口袋里的小机器，测定时间。

请告诉我：我们如何才能在同一个地方、同一个时间相遇呢？

二〇

对于从银河的窗口俯瞰的人，空间就不是地球与太阳之间的空间了。

二一

人性是一条光明之河，从永恒之前流向永恒。

二二

住在太空里的精灵，难道不羡慕人的痛苦吗?

二三

我在到圣城去的路上遇到一位香客，我问他："这确实是到圣城去的路吗?"

他说："跟我走吧。你一天一夜就可以到达圣城了。"

我跟他走。我们走了几天几夜，还是没有到达圣城。

使我惊异的是：他竟对我大发其怒，因为他把我带错了路。

二四

神啊，您与其让兔子被我捕食，还不如让我先被狮子捕食吧。

二五

除非通过黑夜之路，人是不可能到达黎明的。

二六

我的房屋对我说："不要离开我，因为我这儿居住着你的过去。"

而道路对我说，"来跟我走吧，因为我是你的未来。"

于是我对房屋和道路说道："我没有过去，我也没有未来。如果我留在这儿，我的留中有去；如果我走出去，我的去中有留。只有爱与死可改变万事万物。"

二七

睡在羽绒上的那些人所做的梦，并不比睡在地上的那些人所做的梦更美丽，我怎能对生命的公平丧失信心呢？

二八

很奇怪，期望某些乐趣，竟是我的痛苦的一部分。

二九

我曾七次鄙视我的灵魂。

第一次，我看见它为求高升而作谦卑状。

第二次，我看见它在瘸子前面跛行。

第三次，容它选择难易时它避难就易。

第四次，它犯错误时以别人也犯错误自慰。

第五次，它因软弱而容忍时，以忍耐为坚强。

第六次，它鄙夷丑陋的脸时，不知这原是它自己的面具之一。

第七次，它侧身于生活的污泥中，虽不甘心，却又畏首畏尾。

三〇

我对于绝对真理一无所知。但我对自己的无知是心服口服的，此种谦虚之中自有我的荣誉和报酬。

三一

人的想象和成就之间有一段空间，全靠他的憧憬来跨越过去。

三二

天堂就在那儿，在门背后，在隔壁房间里，然而我把钥匙丢失了。

也许我不过是把钥匙放错了地方。

三三

你是瞎子，我又聋又哑，让我们互相抚摸着手求得了解吧。

三四

一个人的意义，不在于他已经获得的成就，而是在于他渴望要达到的成就。

三五

我们有些人像墨水，有些人像白纸。

若不是由于我们有些人墨黑，我们有些人就会变成哑巴；

若不是由于我们有些人雪白，我们有些人就会变成瞎子。

三六

给我耳朵，我就给你声音。

三七

我们的头脑是海绵，我们的心是溪水。

而我们大多数人宁愿吸收而不肯奔流，这岂不奇怪吗？

三八

你渴望着无以名之的幸福，你无缘无故地悲哀的时候，你就确实和万物一起成长，向你的“大我”升华了。

三九

一个人沉醉于一个幻象之中时，便以为他对幻象的轻描淡写，就是醇酒本身了。

四〇

你喝酒但求一醉，我喝酒但求从其他醉酒中清醒过来。

四一

我的酒杯喝空时，我就听任它空着；但，酒杯半空半满时，我又为其半空半满而愤怒。

四二

人的另一面的真实，不在于他向你显示出来的，而是在于他不能向你泄露的。

因此，如果你要了解他，别听他说出口的话，倒要琢磨他不说的话。

四三

我所说的话，一半是没有意义的；我之这样说，为的是使你能领会到另外一半的意义。

四四

幽默感便是分寸感。

四五

人们称赞我健谈的缺点而责备我沉默的美德时，我的孤独寂寞便产生了。

四六

生命找不到一个歌唱家唱出她的心情时，她就产生一个哲学家来阐明她的思想。

四七

真理是人们始终知道的，有时才把它说出口来。

四八

我们天生内在的真实是默默无言的；而后天习得的，倒是夸夸其谈的。

四九

我内在的生命之音，传不到你内在的生命之耳；可是让我们交谈吧，这样我们就不会感到寂寞了。

五〇

两个女人交谈时，她们什么也没有讲出来；一个女人自言自语，倒说出了人生的一切。

五一

青蛙说不定会叫得比牛更响，然而青蛙既不能拉犁耕田，也不能拖动轮子榨酒，你也没法儿用它们的皮做出鞋子来。

五二

只有哑巴才妒忌健谈的人。

五三

如果冬天竟说："春天在我心里。"谁会相信它呢？

五四

每颗种子都是一个愿望。

五五

假如你真正睁开眼睛细看，你就会在一切形象里看到你自己的形象。

假如你真正放开耳朵谛听，你就会在一切声音里听到你自己的声音。

五六

发现真理需要我们两个人合作：一个把真理讲出来，另一个把真理了解透。

五七

虽然言语的波浪在我们的上面永远澎湃不绝，但在我们的深处永远是缄默无声的。

五八

许多学说像一扇窗户。我们通过它看到了真理，但它也把我们同真理隔了开来。

五九

让我们玩儿捉迷藏吧。如果你躲在我的心里，要找到你就不难。但，如果你躲在你自己的躯壳的背后，那么，谁要找到你都是徒劳的。

六〇

一个妇人可以用微笑像面纱似的蒙住她的脸。

六一

一颗悲哀的心，竟同欢乐的心一起唱一支欢乐的歌——这心多么豁达。

六二

要理解女人、或分析天才、或解答沉默之神秘的人，就是那个挣扎着要从美梦中醒来，坐到早餐桌上去的人。

六三

我愿同那些行路的人们一同行走。我不愿站定了看行列走过。

六四

为你服务的人，你欠他的不光是金钱。把你的心给他，或是为他服务吧。

六五

不，我们并未白活。难道他们不曾用我们的白骨垒成堡垒吗？

六六

让我们不要挑剔，不要持门户之见。诗人的心灵和蝎子的尾巴，都是从同一个大地上光荣地孕育出来的。

六七

每一条毒龙都促成一个屠龙的圣·乔治的诞生。

六八

树木是大地写在天空的诗篇。我们斫伐树木，用它们造出纸来，以便我们记录我们的空虚无知。

六九

如果你有心要写作，（只有圣人才知道你干吗要写作）你必须有知识、艺术和魔术——措辞的音乐知识，自然而不雕琢的艺术，热爱读者的魔术。

七〇

他们把笔在我们心里蘸了一下，便以为自己有了灵感了。

七一

如果一棵树木写它的自传，那就不会不像一个民族的历史的。

七二

如果我要在“写诗的能力”和“未写成诗前的心醉神怡”之间做一选择，我要选择“心醉神怡”，那是更美妙的诗。

但你和我所有的邻居，一致地认为我总是不善于选择。

七三

诗不是一个表达出来的意见。诗是从流血的伤口或是莞尔微笑的笑口涌出来的一支歌。

七四

语词是万古常新的。你说话作文时遣字用词，要精通语词的这个特色。

七五

一个诗人是一位退位的国王，坐在他的王宫的灰烬里，竭力从灰烬中塑造出一个形象来。

七六

诗是大量的欢乐、痛苦和神奇，酌加少许词汇。

七七

诗人寻找他心里诗歌的母亲，将是徒劳的。

七八

我曾对一个诗人说："我们总要在你去世之后才认识你的价值。"

诗人回答道："是的，死亡总是个启示者。如果你真的要认识我的价值，那么，真相是：我心里的诗多于形诸吟咏的，想写的，又多于动手写出来的。"

七九

如果你歌唱美，尽管你独自在沙漠的中央，你也会有听众。

八〇

诗是令人心醉的智慧。

智慧是在头脑里歌唱的诗。

如果我们能使一个人心醉神迷，同时又在他的头脑里歌唱，

那么，他就真正生活在神的影子里了。

八一

灵感总是歌唱；灵感从不解释。

八二

我们时常给孩子们唱催眠曲，以求我们自己可以安眠。

八三

我们所有的语词，都是从我们头脑的筵席上散落下来的碎屑。

八四

思索始终是诗歌的绊脚石。

八五

伟大的歌唱家，便是把我们的沉默唱出来的人。

八六

如果你的嘴里塞满了食物，你怎么能歌唱呢？

如果你的手里捞满了金子，你怎么能举起手来祝福呢？

八七

据说夜莺唱它的情歌的时候，把荆棘刺进自己的胸膛。

我们大家都是这样干的。不然的话，我们怎么唱得出来呢？

八八

天才不过是姗姗来迟的春天开始时知更鸟唱的一支歌。

八九

即使是最崇高的精神，也无法躲避物质的需要。

九〇

作为一个音乐家，疯子并不比你我逊色；只不过他弹奏的乐器有点儿走调罢了。

九一

在母亲的心上默默地淌着的歌，在她孩子的嘴里唱了出来。

九二

没有始终不能如愿的愿望。

九三

我跟另一个自我，从来没有完全一致过。事物的真理似乎横亘在我们两者之间。

九四

你的另一个自我总是为你忧愁。但，你的另一个自我在忧愁中成长。所以这就一切都好了。

九五

除了在那些灵魂酣睡、肉体失调的人们的心灵里，灵魂与肉体之间是没有斗争的。

九六

你到达生命的核心时，将在万物中找到美，甚至在瞧不见美的人的眼睛里，也会找到美。

九七

我们活着只是为了发现美。其他一切都是一种等待的形式。

九八

种一颗种子下去，大地会给你生出一朵花来，向苍天做一个梦，苍天会给你把情人送来。

九九

你出生的那天，魔鬼死了。

现在你不必穿过地狱去会见天使了。

一〇〇

许多女子借到了男子的心；可很少女子能占有这心。

一〇一

如果你想占有，那就切不可索取。

一〇二

一个男子接触到一个女子的手时，他们两人都接触到了永恒的心。

一〇三

爱情是介乎情人与情人之间的轻纱。

一〇四

每个男子都爱上两个女人：一个是他的想象所创造出来的，另一个是还没有诞生的。

一〇五

男子汉而不原谅女人的小疵，便永远不会赏识女人的大德。

一〇六

爱情而不日日自新，不日引月长，则先变成习惯，后转化成为奴役。

一〇七

情人们拥抱了他们之间的东西，他们自己却没有互相拥抱。

一〇八

爱情和猜疑从不互相交谈通气。

一〇九

爱是一个光明的字，以光明的手，写在光明的一页上。

一一〇

友谊始终是个和蔼可亲的责任，从来不是个机会。

一一一

如果不在各种各样的情况下了解你的朋友，你就永远不会了解他。

一一二

你那最为光彩照人的袍子是别人纺织的；

你那最为鲜美的一餐是在别人的桌子上吃的；

你那最为舒适的床铺是在别人的房屋里的；

请你告诉我，你怎么能把你自己同别人分开呢？

一一三

你的头脑和我的心永远不会一致，除非你的头脑不再沉溺于打算盘，我的心不再恍惚于云雾里。

一一四

除非我们把语言减少到七个字，我们彼此就不会互相了解。

一一五

除了打碎我的心，怎么使它启封敞开呢？

一一六

只有大的忧患和大的欢乐才能显示你的真实面目。

如果你愿意显示真面目，那你就必须赤身裸体在阳光里跳舞，或是背上你的十字架。

一一七

如果大自然注意到了我们所说的心满意足的话，就没有江河会寻求大海，没有冬天会变成春天。如果大自然注意到了我们所说的种种节约的话，我们有多少人会呼吸到这空气呢？

一一八

你背对太阳时就只看见自己的黑影了。

一一九

你在白昼的太阳面前是自由的，你在黑夜的繁星面前是自由的。

没有太阳、没有月亮、没有星星的时候，你是自由的。

你闭上眼睛不看这一切的时候，你也是自由的。

然而，你在你所爱的人面前，你却是个奴隶，因为你爱上了他。

你在那爱你的人面前，你也是个奴隶，因为他爱上了你。

一二〇

我们都是寺庙门前的叫花子，国王进出庙门时，我们每个人都得到一份布施。

然而我们大家都互相妒忌，这是小看国王的另一种方式。

一二一

你不能超过食欲消耗粮食。那半块面包是属于别人的；还应该为那不速之客留一点儿面包。

一二二

若不是为了款待客人，所有的房屋都会成为坟墓的。

一二三

一头彬彬有礼的狼对一头单纯的羊说："你不光临寒舍、使之蓬荜生辉吗？"

羊答道："如果贵府不建在尊驾的肚子里，我们将以造府为荣。"

一二四

我在门口拦住了我的客人，"不，进门时不必擦脚，出门时再擦吧。"

一二五

慷慨不在于把我比你更需要的东西给我，而在于把你比我更需要的东西给我。

一二六

你施舍时的确是慈善的，而施舍之际，你要转过脸去，不看那接受施舍者的羞愧。

一二七

最穷和最富的人之间的差别，不过是一整天的饥饿和一小时的口渴之差。

一二八

我们时常向明天告贷，来偿还昨天的债务。

一二九

也有许多天使和魔鬼来访问我，但是我把他们都支走了。

天使来访时，我念一段老一套的祷文，天使厌烦而去。

魔鬼来访时，我犯一个司空见惯的过失，魔鬼便从我身旁颠儿了。

一三〇

这毕竟是个不坏的牢房；但我不喜欢那介乎我的单身牢房同另一个囚徒的单身牢房之间的墙壁；

然而我向你保证：我不愿责备狱卒，也不愿责备建造监狱的人。

一三一

你要鱼而给你蛇的那些人，也许除了蛇别无他物可给。就他们说来，也算是慷慨的了。

一三二

诡计有时成功，但它始终是自杀。

一三三

当你宽恕从不流血的杀人者、从不偷盗的窃贼、从不撒谎的诳者时，你才真正是个宽宏大量的人。

一三四

能把手指放在区别善恶的分界线上的人，就能触及上帝圣袍的边缘了。

一三五

如果你的心是座火山，你怎么能指望繁花在你手掌里开放呢？

一三六

好一个任性放纵的奇怪方式！有时候我宁可受到损害和欺骗，以便叫那些认为我并不知道自己被损害和欺骗的人们付出代价：受到我的嘲笑奚落。

一三七

追求者而扮演被追求者的角色，我有什么话可说呢？

一三八

一双肮脏的手在你袍子上乱擦的那个人，让他把你的袍子拿走吧。他也许再需要你的袍子，你却肯定不会要它了。

一三九

可惜钱币兑换商不能做个好园丁。

一四〇

请勿以后天习得的道德粉饰你天生就有的缺点。我倒情愿你有这种缺点；它们跟我自己的缺点十分相似。

一四一

我时常把我从未犯过的罪孽拉在自己身上，使人家在我面前感到舒心适意。

一四二

即使是生命的面具，也都是更深刻的奥秘的面具。

一四三

你不妨只根据你对你自己的理解，去判断别人。

请告诉我，在我们中间，谁是有罪的，谁是无罪的呢？

一四四

对你的过失感到一半内疚的人，才是真正公平的人。

一四五

只有白痴和天才才会破坏人为的法律，因为他们最接近上帝的心。

一四六

你只在被追逐时才变成飞毛腿。

一四七

我没有敌人；然而，神啊，如果我有个敌人的话，

那就让他的力量同我旗鼓相当，只让真理可以旗开得胜。

一四八

当你和你的敌人都去世的时候，你们将十分友好。

一四九

也许一个人在自卫时可能自杀。

一五〇

很久以前，有一个人，由于过分热爱他人，由于本人过分可爱，被钉在十字架上了。

说也奇怪，我昨天遇见了他三次。

第一次，他在恳求警察不要把一个妓女投入监狱；第二次，他在和一个无家可归者一起喝酒；第三次，他在教堂里和一个检察官拳斗。

一五一

如果他们所谈论的善与恶都是正确无误的，那么，我的一生便是长期犯罪了。

一五二

怜悯不过是打了对折的公平。

一五三

唯一对待我不公平的人，我也曾不公平地对待过他的兄弟。

一五四

你看见一个人被带进监狱时，心中说道：“也许他正在从一个更狭小的监狱里逃出来哩。”

你看见一个人喝醉时，心中说道：“也许他正在谋求逃避某些更加丑恶的事物哩。”

一五五

我时常在自卫时感到憎恶；但，如果我是个更加强大的人，我就不会使用这种斗争手段了。

一五六

竟想用唇上的微笑来弥补眼里的憎恨，这个人真蠢。

一五七

只有在我之下的人能妒忌或憎恨我。

我从未受到妒忌或憎恨；我不在任何人之上。

只有在我之上的人能称赞或藐视我。

我从未受到称赞或藐视；我不在任何人之下。

一五八

你对我说：“我不了解你”这话过分赞美了我，也不是你自己应得的侮辱。

一五九

我多卑鄙呵！人生给了我金子时我却给了你银子，还自以为慷慨大度哩。

一六〇

你到达生命的心里时，你就会发现你自己既不高于重罪犯人、又不低于先知。

一六一

奇怪的是，你竟可怜那脚步迟缓的，不可怜那头脑迟钝的；

可怜那盲目者，却不可怜那盲心者。

一六二

瘸子还是不在他敌人的脑袋上打断他的丁字拐杖比较聪明。

一六三

他是多么盲目，认为他从口袋里掏东西给你，他就可以从你心里掏东西出去哩。

一六四

人生是一支队伍。脚步慢的人觉得队伍走得太快，他就退伍了。

而脚步快的人又觉得队伍走得太慢，他也退伍了。

一六五

如果真有作孽的事，那么，我们有些人紧跟祖先的足迹，倒退着作孽；

有些人对孩子们过分严加管束，超前地作孽。

一六六

真正的善人，同被认为是坏人也者的一切人站在一起。

一六七

我们都是囚徒，不过关押我们的牢房，有些有窗，有些没窗。

一六八

奇怪的是，我们大家保护我们的错误所用的力气，竟大于捍卫我们正当的行为。

一六九

如果我们大家互相坦白承认自己的罪过，我们就会由于毫无创造性而互相嘲笑了。

一七〇

如果我们大家互相显示自己的美德，我们也会由于毫无创造性而哈哈大笑的。

一七一

个人在违背人为的习俗之前，是超越于人为的法律之上的；

违背习俗以后，他就既不在任何人之上，又不在任何人之下了。

一七二

政府是你和我自己之间的协议。而你和我自己是时常错误的。

一七三

罪恶乃是需要的别名，或是疾病的表象。

一七四

岂有比意识到别人的过失更大的过失吗?

一七五

如果别人嘲笑你，你可以怜悯他；但如果你嘲笑他，你就永远不会原谅你自己。

如果别人伤害你，你可以忘掉它；但如果你伤害他，你就永远牢记在心。

事实上，别人就是附在另一个肉体上的、你那最敏感的自己。

一七六

你愿意让人们用你的翅膀飞翔，而你连一根羽毛也没法儿给他们：你好轻率啊。

一七七

以前，有个人坐在我的餐桌旁，吃我的面包，喝我的酒，临走还嘲笑我。

此后他再来要吃要喝，我拒绝了他。

于是天使便嘲笑我。

一七八

憎恨是个死掉了的东西。你们有谁愿意充当坟墓埋葬它呢?

一七九

被谋杀者的光荣，便是他并非杀人凶手。

一八〇

人道的保护，是在默默无言的心里，从不在夸夸其谈的头脑里。

一八一

他们认为我疯了，因为我不愿为了金钱而出卖我的岁月。

而我也认为他们疯了，因为他们竟认为我的岁月是可以定价买卖的。

一八二

他们把他们的最贵重的金子和银子、象牙和黑檀摊在我们的面前，我们把我们的心和精神摊在他们的面前；

然而他们反宾为主，自以为是主人，倒把我们当作客人了。

一八三

在男子汉中，我宁可做一个有梦想并有完成梦想的愿望的、最最渺小的人，倒不想做一个无梦想又无愿望的、最最伟大的人。

一八四

男子汉中最可惜的，乃是把自己的梦想变成金银的人。

一八五

我们大家都在攀登我们的心愿的高峰，如果别的登山者偷了你的粮袋和钱包，靠粮袋吃胖了，因钱包而负荷沉重了，你应该怜悯他；

他身上的胖肉会使他攀登困难，重负会使他的路程漫长。

你在身体消瘦的情况下，如果看见他臃着胖肉向上攀登，你就帮他一步；帮他，你就会加快你的速度了。

一八六

对于任何人，你都不能超过你对他的理解去判断他，而你的理解又是那么浅薄。

一八七

我可不愿听一个征服者对被他征服的人们说教。

一八八

真正自由的人，就是那忍耐地扛着奴隶的重担的人。

一八九

千年以前，我的邻居对我说：“我憎恨生命，因为它不过是一件痛苦的东西。”

昨天我经过一个墓地，看见生命在他的坟上跳舞。

一九〇

大自然中的竞争，不过是混乱渴求秩序罢了。

一九一

孤独幽居是无声的风暴，吹得我们的一切枯死枝条都断了下来。

可它又把我们的生机勃勃的根须，更深地送进生机勃勃的大地的生机勃勃的心里。

一九二

我曾对一条小溪谈起大海，小溪认为我不过是个异想天开的夸大者。

我曾对大海谈起一条小溪，大海认为我不过是个贬损他人的诽谤者。

一九三

竟把蚂蚁的忙碌，抬高到纺织娘的歌唱之上，何其眼界狭窄呵。

一九四

这个世界里的最高德行，也许是另一个世界里的最低标准。

一九五

深与高都在直线上达到深度和高度；只有那广阔的，能绕着圈儿运转。

一九六

如果我们没有度量衡的观念，我们站在萤火虫面前就会像站在太阳面前一样的不胜敬畏之至。

一九七

科学家而没有想像力，就像只有钝刀和旧秤的屠夫一样。

既然我们并非都是蔬食主义者，你又该如何呢？

一九八

你唱歌的时候，饥馑者以其朽腹听歌。

一九九

死亡跟老人的距离，并不比它跟新生婴儿的距离更近；

生命亦然如此。

二〇〇

如果你确实必须坦率陈辞，那就坦率得漂亮点儿；不然的话，你就缄口别说了，因为我们的邻居有人快要咽气了。

二〇一

说不定人间的葬礼是天使们的喜筵。

二〇二

一个被忘却的现实可能死去，它的遗嘱里却留下七千条真情实事，作为办理丧葬，建筑坟墓的费用。

二〇三

实际上我们只对自己说话，但有时我们说得响一点，让别人也听得见。

二〇四

显而易见的东西，从来就是人们视而不见的，非要等到有人简单地点明不可。

二〇五

如果银河不在我的内心里，我怎么会看见银河或知道银河呢？

二〇六

除非我是医生中的医生，他们不会相信我是个天文学家的。

二〇七

或许大海给贝壳下的定义是珍珠。

或许时间给煤下的定义是钻石。

二〇八

名誉乃是热情站在阳光里的影子。

二〇九

根乃是一朵轻视名誉的花。

二一〇

离开了美，既没有宗教，又没有科学。

二一一

我所认识的伟大人物的性格之中总有某些渺小的东西；正是这些渺小的东西，防止了懒惰、疯狂，或自杀。

二一二

真正伟大的人物，是不愿管制人、也不受人管制的。

二一三

我不会仅仅因为他杀了罪犯和先知，便相信他是个平庸无能之徒。

二一四

容忍是对高傲症害上了相思病。

二一五

蠕虫会转身拐弯；然而甚至大象也会屈服，岂不奇怪吗？

二一六

一场争论，也许是沟通两个头脑的捷径。

二一七

我是烈火，我又是干柴，我的一部分消耗了我的另一部分。

二一八

我们都在探索圣山的顶峰；但，如果我们把过去当作一张地图而不是一个向导，我们的路程岂不可以缩短吗？

二一九

当智慧骄傲得不肯哭泣，严肃得不肯欢笑，自满得万事不求教时，智慧就不成其为智慧了。

二二〇

如果我把你所知道的一切都塞满了我的脑子，我还有什么余地可以容纳你所不知道的一切呢？

二二一

我曾从健谈的人学习缄默，从褊狭的人学习容忍，从残酷的人学习仁爱，但，说也奇怪，我对这些老师并不感谢。

二二二

执迷不悟者是个充耳不闻的演说家。

二二三

妒忌者的沉默，是太吵太闹了。

二二四

到达你应该理解的终点时，你便将处于应该感觉的起点了。

二二五

夸张是真理失控，大发脾气。

二二六

如果你只能看到亮光所显示的，只能听到声音所宣告的。

那么，你其实并没看见也并没听见。

二二七

一件事实是个未区分性别的真理。

二二八

你不能同时又笑又残酷。

二二九

没有国土的国王，不知如何求乞的穷人，离我的心最近。

二三〇

一个羞惭的失败，比一个自负的成功更加高尚。

二三一

在大地上任何地方挖掘，你都可以找到一个宝库，只是你必须以农民的信心去挖掘。

二三二

一只狐狸，被二十个骑手和二十条猎狗所追逐，它说："当然他们会杀死我的。但他们必定是十分可怜和愚蠢的。如果二十只狐狸骑着二十头驴子，还带上二十只狼，去追逐和杀死一个人，那可真是太不值得了。"

二三三

屈服于我们自己制定的法律的，乃是我们的头脑，我们内在的精神可从不屈服。

二三四

我是个旅行者，我也是个领航员，我每天在我的灵魂里发现一个新大陆。

二三五

一个妇人抗议道："当然这是一场正义的战争。我的儿子在这场战争中倒下牺牲了。"

二三六

我对生命说，"我要听死亡说话。"

生命稍稍提高一点儿嗓门，说道："现在你听到死亡说话了。"

二三七

你解答了生命的一切奥秘时，你就盼望死亡了，因为死亡不过是生命的另一个奥秘。

二三八

生与死，是勇敢的两种最崇高的表现。

二三九

我的朋友，你和我对于生命将始终是陌生人，

而且我们彼此将始终是陌生人，各人对自己也始终是陌生人，

除非到了那一天：你说，我听，

我把你的声音当作我自己的声音；

而我站在你面前时，

又以为我自己站在一面镜子跟前。

二四〇

他们对我说："如果你知己，就会知众人。"

而我说："只有我探索众人时，我才有自知之明。"

二四一

人有双重自我：一个在黑暗中醒着，另一个在光明中沉睡。

二四二

隐士弃绝一鳞片甲的世界，以求不受干扰地享受完整的世界。

二四三

学者与诗人之间隔着一片苍翠的田野，如果学者越过这田野，他就变成一个圣贤；如果诗人越过这田野，他就变成一个先知。

二四四

昨天晚上，我在市场上看到哲学家们把他们的脑袋装在篮子里高声叫卖："智慧，廉价出售智慧！"

可怜的哲学家们啊！他们必须出售他们的脑袋来喂养他们的心。

二四五

一个哲学家对一个扫街的工人说："我同情你，你干的活儿又累又脏。"

扫街工人说："谢谢你，先生。可是请告诉我，你干的是什么工作呢?"

哲学家答道："我研究人的心灵，人的行为和愿望。"

于是扫街工人继续扫地，一面微笑，一面说："我也同情你。"

二四六

倾听真理者也不逊于讲述真理者。

二四七

没有人能在必需和奢侈之间划条界线。

只有天使能划分，天使是聪明而又充满憧憬的。

或许天使就是我们在天空中的更加高尚的思想。

二四八

在托钵僧心里找到自己的宝座的，才是真正的王子？

二四九

慷慨是施舍超过力所能及，高傲是所取少于所需。

二五〇

实际上你不仰仗任何人。可你把一切都归功于众人。

二五一

所有以前生活过的人们，现在都和我们一起生活。我们当然没有一个人会做怠慢客人的无礼主人。

二五二

憧憬最多的人，活得最长。

二五三

他们对我说："一鸟在手，价值相当于十鸟在林。"

但我说："一鸟一羽在林，胜过十鸟在手。"

你所寻求的一羽，乃是脚上长着翅膀的生命，不，它就是生命本身。

二五四

这个世界里只有两个要素：美与真；美在情人们的心里，真在耕田者的手里。

二五五

伟大的美俘虏我，但更伟大的美却把我从它的手掌之中释放出来。

二五六

美，在渴望美的人的心里，较之在看到美的人的眼里，放出更加灿烂的光芒。

二五七

我钦佩向我披肝沥胆的人；我尊重对我吐露梦想的人。但，在为我服务的人面前，为什么我却腼腆，甚至感到羞愧呢？

二五八

有才华的人从前以侍奉王子自豪。

现在他们以服务于贫民为荣。

二五九

天使们知道：讲究实际的人，就着梦想家额上的汗、吃他们的面包，这种人为数太多了。

二六〇

妙语连珠常常是个面具。如果你能撕开这面具，你就会发现一种被激怒的才华，或是一种要把戏的聪明。

二六一

颖悟者以颖悟归功于我，愚钝者以愚钝归罪于我。我认为他们两个都是对的。

二六二

只有那些心中藏着秘密的人，才能猜度我们心里的秘密。

二六三

只能和你同甘而不能共苦的人，便将丢掉天堂七座大门中的一把钥匙。

二六四

是的，是有涅槃这种境界的；在带领你的羊群到达碧绿牧场的时候，在哄你孩子人睡的时候，在写下你的诗篇的最后一行的时候，便达到了这种境界。

二六五

在体验到我们的欢乐和哀愁之前，我们就已经做出了选择了。

二六六

悲哀不过是介乎两个花园之间的一堵墙壁。

二六七

你的欢乐或你的哀愁变大时，世界就变小了。

二六八

愿望是半个生命；冷漠是半个死亡。

二六九

我们今天最辛酸的悲哀，乃是追忆我们昨天的欢乐。

二七〇

他们对我说："你必须在今生的欢娱和来世的安宁之间做出选择。"

我跟他们说："我既选择了今生的喜悦，又选择了来世的安宁。因为我心里明白：至高无上的诗人只写了一首诗，这诗格律完美，押韵妥帖。"

二七一

信仰是心里的绿洲，思索的骆驼队可永远走不到那儿。

二七二

当你达到你的高度时，你将只是为愿望而愿望，为饥饿而饥饿，为更大的渴而渴。

二七三

如果你对风泄露了你的秘密，风又把那秘密泄露给树木，你就不应该责怪风了。

二七四

春天的花，是天使们在早餐桌上谈论的、冬天的梦。

二七五

臭鼬对月下香说："瞧我跑得多快，而你却不会走，连爬也不会爬。"

月下香对臭鼬说："啊，最最高贵的飞毛腿，请赶快跑吧。"

二七六

关于道路的情况，乌龟能讲得比兔子更详细。

二七七

奇怪的是，没有背脊骨的生物，都有最坚硬的外壳。

二七八

最为夸夸其谈的人是最不聪明的，一个演说家和一个拍卖人之间，简直没有什么区别。

二七九

可喜的是：你不必依靠父亲的名望或叔父的财产把日子过下去。

但，最可喜的是：没有人必须依靠你的名望或财产把日子过下去。

二八〇

耍把戏的人，只有在他接不到球时，才引起我的兴趣。

二八一

妒忌我的人，在不知不觉中称赞了我。

二八二

你久已是你母亲睡眠中的一个梦，她醒来便把你生下来了。

二八三

种族的胚芽，存在于你母亲的愿望里。

二八四

我的父母要有个孩子，他们便生下了我。

而我要有个母亲有个父亲，我就得到了黑夜和大海。

二八五

我们的子女，有的无可非议，有的却使我不胜遗憾。

二八六

当黑夜来临，你也黯然神伤之时，你就躺下，由着性子黯然神伤吧。

当早晨来临、你仍黯然神伤时，你就站起身来，由着性子对白昼说：“我仍旧黯然神伤哩。”

对黑夜和白昼装腔作势地演戏，乃是愚蠢的。

黑夜和白昼都会嘲笑你。

二八七

笼罩在雾里的山岳不是丘陵，淋在雨里的橡树不是垂泪的杨柳。

二八八

试瞧这似非而是的隽语：较之模棱两可，深和高彼此倒更加相近。

二八九

我像一面澄明的镜子似的站在你的面前，你凝视着我，看到你自己的形象。

于是你说：“我爱你”。

但事实上你爱的是在我身上体现出来的你自己。

二九〇

对邻居街坊发慈悲而以此为一种享乐，那就不复是仁义道德了。

二九一

爱情而不是始终在生长发展，那就总是在逐渐死亡了。

二九二

你不能同时青春焕发而又具有关于青春的学问。

因为青春太忙于生活了，顾不上求得这方面的学问，而学问又太忙于探索它自己了，顾不上去生活。

二九三

你也许在窗口眺望来往行人。眺望时你也许看见一个尼姑朝你右边走来，一个妓女朝你左边走来。

你也许率真地说："这一个多么高尚，那一个多么卑贱。"

但，如果你闭上眼睛静听一会儿，你就会听到空中有个声音说道："这一个在祈祷中寻求我，那一个在痛苦中寻求我。在每个人的心灵里都有一个供奉我的殿堂。"

二九四

每隔一百年，拿撒勒的耶稣便同基督教的耶稣在黎巴嫩山中一个花园里相会。他们两人谈了很久很久；拿撒勒的耶稣每次离别时总是对基督教的耶稣说："我的朋友，我恐怕咱俩永远、永远不会意见一致了。"

二九五

但愿上帝喂饱过剩的人口吧。

二九六

一个伟大的人物有两颗心：一颗心流血，另一颗心宽容。

二九七

如果有人说了既不伤害你，又不伤害任何人的谎话，为什么不在你心里说：他那贮存事实的房屋太小了，容纳不下他的幻想，于是他就不得不把幻想留给更大的空间了？

二九八

在每一道紧闭的门背后，都有一个加了七道封皮的秘密。

二九九

等待是时间的马蹄。

三〇〇

如果你家东墙上的一扇新的窗子引起了麻烦，你怎么办呢?

三〇一

你也许会忘记同你一起笑过的人，但你绝不会忘记同你一起哭泣过的人。

三〇二

盐里必定有些神圣得出奇的东西。我们的泪水里和大海里也有盐。

三〇三

我们的上帝在他慈悲为怀的干渴之际，会把我们——露水和泪水——全都喝下去的。

三〇四

你不过是你的“大我”的一片碎块，一张寻求面包的嘴，一只替干渴的口举起杯子的、盲目的手。

三〇五

只要你从种族、国家和自身升高一腕尺，你就会真的变成神明一般了。

三〇六

如果我是你，我就不会对低潮时的大海吹毛求疵。

船是一条好船，我们的船长又是能干的；只不过你的肠胃不大好罢了。

三〇七

我们渴望而无法得到的东西，总比我们已经得到的东西宝贵。

三〇八

如果你坐在一片白云上，你就看不到这个国家和那个国家之间的国境线，你也看不到这个农场和那个农场之间的分界线。

可惜你无法坐在一片白云上。

三〇九

七个世纪以前，七只白鸽从深谷里飞到山岳的戴雪峰巅上。瞧着鸽子飞翔的七个人中，有一个说道：“我看见第七只鸽子的翅膀上，有一块黑斑。”

于是今天那山谷里的人们便说：七只黑鸽飞上了积雪山岳的峰巅。

三一〇

我在秋天里收集了我的一切烦恼，把它们埋在我的花园里。

四月来临，春天来与大地结婚，我的花园里长出了与众不同的美丽繁花。

我的邻居来看花，他们大家都对我说，“秋天再来时，到了播种的时刻，你是否愿意把这些花的种子分点儿给我们，让我们的花园里也开出这种花来？”

三一一

如果我伸出空手而得不到什么东西，固然是苦恼的；但，如果我伸出放满东西的手而找不到人来接受它们，那才是绝望哩。

三一二

我渴望着来生，因为我在那里将遇到我的未写出的诗和未画出的画。

三一三

艺术是从自然走向无限的一步。

三一四

一件艺术品是雕塑成形象的一堆云雾。

三一五

甚至编制荆棘之冠的双手，也比无所事事的双手强。

三一六

我们的最最神圣的泪水，永远不寻求我们的眼睛。

三一七

每一个人，都是以往存在过的、每一个国王和每一个奴隶的后裔。

三一八

如果耶稣的曾祖父知道他身体里储藏着什么种子，难道他不会对自己肃然起敬吗？

三一九

犹大之母对儿子的爱，难道逊于马利亚对耶稣的爱吗？

三二〇

我们的兄弟耶稣有三桩奇迹尚未载入圣经：第一：他像你和我一样，是个人；第二：他具有幽默感；第三：他知道他是个征服者，尽管他是被征服的。

三二一

给钉上十字架的人啊，你是钉在我的心上；穿透你双手的钉子，还穿透了我的心壁。

明天陌生人经过各各他[①]时就不会知道有两个人在这儿流血了。

陌生人会认为这是一个人的血。

---

① 典出《新约全书》耶稣便是在各各他刑场上被钉死在十字架上的。各各他，即髑髅地之意。

三二二

也许你听说过幸福山。

这是我们世界上最高的山。

如果你到达这山的峰顶，你就只有一个愿望，那就是走下山去，同住在最深的山谷里的人们待在一起。

这就是为什么管它叫幸福山的缘故。

三二三

我禁闭在我的文字里的每一个思想，我都必须用实际行动把它们解放出来。

先
知

船来了

阿尔①穆斯塔法，上帝特选者和众人爱戴者，乃是当代的曙光；他在奥法利思城中等待了十二年，等他的船到来，载他回归他出生的岛上去。

在第十二年，收获之月（伊卢尔）的第七天，他登上城墙外的小山，瞭望大海；他望见他的船随雾霭驶来。

于是他的心扉突然打开，他的欢喜之情远远的飞越大海。他合上眼睛，在灵魂里默默祷告。

但他下山的时候，一缕悲哀袭来，他心里寻思。

我怎么会毫无烦恼，平平静静地走了呢？不，我离开这个城市，精神上不是没有一点儿创伤的。

我在这城郭之内，度过了漫长的痛苦的白天，度过了漫长的、孤寂的黑夜，谁能离开他的痛苦和孤寂而毫不惋惜呢？

我撒在这些街道上的、我的精神的碎片，实在太多，赤裸裸地在这些小山里行走的、我的渴望的子女，实在太多，我不能离开它们而心里毫无负担和痛苦。

今天我不是脱下了一件袍子，而是亲手撕下了一层皮。

也不是丢下了一种思想，而是丢下了一颗因饥渴而变得甜蜜的心。

然而我不能再耽搁了。

---

① 阿尔：按英文本音译．意即神的使者，先知。

召唤万物来归的大海在召唤我，我必须上船了。

因为，待下来的话，夜间的归思虽然热情如焚，却要冰冻、结晶、埋没于腐蚀土中了。

我很想把这里的一切都随身带走，然而我怎么带呢？

舌和唇给声音以远走高飞的翅膀，可声音不能带着舌和唇飞走。声音必须独自去寻求天空。

鹰隼也必须抛下它的巢，独自飞过太阳。

却说阿尔穆斯塔法走到山脚下，重新转身面向大海，他看见他的船在靠近港口，船头上站着水手，正是他自己家乡的人们。

他的灵魂向同乡们呼唤，他说：

弄潮儿啊，我古老的家乡之子啊。

你们时常在我的梦里航行。现在你们来了，在我梦醒的时候，那可是我的更加深沉的梦。

我准备要动身了，我的迫不及待之情，同篷帆一起扯足张满，等待着顺风。

我只要在这宁静的空气里再吸一口气，只要向背后再投送温情脉脉的一瞥

然后我就站到你们中间去，成为航海者中的一员。

还有你，不眠的母亲，浩浩瀚瀚的大海，

唯独你才是江河和溪流的和平而自由的归宿之地。

我这溪水还有仅仅一个转折，一次林间空地里的汩汩流动，

然后我就要到你那儿去，无限的涓滴归向无限的海洋。

阿尔穆斯塔法行走的时候，远远的看见男男女女们离开他们的农田和葡萄园，赶紧朝城门口走来。

他听见他们呼唤他的名字，在阡陌间大声叫嚷，互相通知：他的船来了。

于是他对自己说道：

别离的日子行将成为聚会的日子吗？

可以说：我的黄昏其实是黎明吗？

对中途放下耕犁的人，对停转榨酒机轮子的人，我将给他什么呢？

我的心将变成一棵果实累累的树，以便采果分给他们？

我的愿望将喷涌如泉水，以便斟满他们的杯子？

我可是上帝之手可以弹奏的竖琴，或是上帝之气息可以吹弄的长笛？

我是一个寂静的探索者，我在寂静中找到了什么宝藏可以放心地散播出去呢？

如果今天是我收获的日子，那么，我是在哪一个已经忘却的季节里，在什么田畴里播下种子的呢？

如果这确实是我举起我的明灯的时辰，那么，灯里燃烧着的，可不是我点亮的火焰。

我将举起的灯，空虚而又黑暗。

守护黑夜的人，将给灯添上油，也点亮火焰。

这些话，是他说出口的。然而，许多话留在心底里，没有说出来。因为他自己也表达不出他心中更深的秘密。

却说他进城的时候，众人都来迎接他，异口同声地呼唤他。

城中长老站出来说道：

且不要离开我们归去。你曾经是我们暮色苍茫里的丽日中天，你的青春曾让我们做了许多好梦。

你在我们中间既不是一个陌生人，又不是一个客人，倒是我们的儿子，我们深情钟爱的人。

别让我们因渴望见到你的脸而望眼欲穿。

接着，男女祭司对他说道：

现在别让大海的波涛把我们分开，别让你在我们中度过的岁月变成一种回忆。

你以一个神灵行走在我们中间，你的影子曾是照在我们脸上的光明。

我们曾深深地爱戴你。但我们的爱是无言的，它还蒙上了面纱。

然而它现在大声呼唤你，要站在你面前揭开它的面纱。

爱一直不知道它自己的深度，及至离别，方始恍然大悟。

其他的人也过来求他别走。但他并不回答他们。他仅仅垂着头，站在他附近的人看见他的泪水落在胸膛上。

于是他和众人走向神殿前的大广场。

却说有个名叫阿尔米特拉的妇人从内殿里走出来。她是个预言者。

他以极大的深情瞧着她，因为他在这城里不过一天光景的时候，第一个寻找他相信他的，正是她。

她招呼他，说道：

上帝的先知，极境的探求者，你向远处寻觅你的船已经很久了。

如今船来了，你必须归去了。

对于回忆中的故土和更大愿望的寓所，你的渴念是那么深切；我们的爱系不住你，我们的需要也留不住你。

然而，在你离开之前，我们请你跟我们说说话，给我们讲讲真理。

我们将把你的话传给我们的子女，他们也将传给他们的子女，如此代代相传不绝。

你曾在你的孤独里观察我们白昼的活动，你曾在你的清醒不寐里谛听我们睡眠中的哭泣和欢笑。

现在请把我们的本色揭示给我们看吧，并且把你所见到的、生与死之间的种种，告诉我们吧。

于是阿尔穆斯塔法回答道，

奥法利思的老百姓啊，除了如今在你们灵魂里激动的事物之外，我还能说什么呢？

论　爱

阿尔米特拉说：请给我们谈论爱吧。

阿尔穆斯塔法抬起头来瞧瞧老百姓，一片寂静落了下来。他以洪亮的声音说道：

爱向你招手召唤时，跟随他走吧。

虽然爱的道路是艰难而又险峻的。

爱的翅膀庇护你时，你要顺从他，

尽管翮里藏着刀剑会伤害你。

爱跟你说话时要相信他，

尽管他的声音会震碎你的好梦，犹如朔风吹得花园凋零。

爱给你加冕，却要把你钉在十字架上。爱要栽培你生长壮大，却要替你修剪枝叶。

爱升到你的树顶最高处，抚摸你在阳光里颤动的、最为柔嫩的细枝。

爱也将降到你的根柢里，动摇根柢对泥土的依附。

爱把你收拢来，像一束束谷物，

他打得你赤裸裸的。

他筛得你去尽麸壳。

他碾得你雪白。

他揉得你柔韧。

然后他把你安置在圣火上，叫你成为上帝神圣筵席上的神圣面包。

所有这些都是爱要施之于你的事情，使你因而可以知道你心中的种种秘密，而你有了这点见识，便可成为“生命”之心的一鳞片甲。

但如果你有所畏惧而只寻求爱的安宁和爱的愉悦，

那么你就不如掩盖你的赤身裸体，躲避爱的捶打。

踏进那没有季节的世界，你将在那儿欢笑而没有笑个畅快，哀泣而没有哭个痛快。

爱除自身之外什么也不给，爱除自身之外什么也不取。

爱既不占有，又不愿被占有。

因为相悦相爱也就足够了。

你爱时不该说“上帝在我心中”，倒是要说“我在上帝心中”。

休想你能指引爱的路径，因为爱若觉得你够格，他自会指引你的路径。

爱除了把爱付诸实现之外，别无其他愿望。

但你若爱而又需要有些愿望，那就让这些成为你的愿望吧：

溶化自己，像激流似的，对黑夜汩汩地唱它的歌。

体会柔情过浓带来的痛苦。

让你对爱的理解损伤你自己；

而且心甘情愿地欣然流血如注。

黎明醒来时有一颗插翅飞翔的心，感谢又一个爱的白昼的到来；

中午休息时光，深思爱的心醉神迷。

黄昏时分，怀着感激之情回家。

然后临睡前为你心中所爱的人祈祷，唇边吟一曲赞美之歌。

论婚姻

阿尔米特拉开口问道：夫子，那么婚姻又如何呢?

于是阿尔穆斯塔法答道：

你们天生在一起，而且将永远结合在一起。

当死亡的白色翅膀驱散你们的岁月的时候，你们也将结合在一起。

是呀，甚至在默默回忆上帝时，你们也将是结合在一起的。

然而，让你们的结合中留有回旋的空间。

让天风在你们之间来回跳舞。

彼此相爱，可别铸成一条爱的锁链：

让你们的灵魂的海岸之间宁可有个波涛起伏的大海。

斟满彼此的酒杯，可别在同一个杯子里喝酒。

互相传递你俩的面包，可别两人同吃一块面包。

一起唱歌跳舞，欢欢乐乐，但让各自清静，独处。

甚至诗琴的琴弦也是彼此分开的，尽管它们合奏同一个乐曲。

互相推心置腹，但不要把心交给对方保管。

因为只有“生命”的手才能接纳你们的心。

两人站在一起，然而不要靠得太拢。因为神殿里的柱子也是分开排列的。

而橡树和柏树也不长在彼此的阴影里。

论孩子

一位胸前抱着个婴儿的妇女说：给我们谈谈孩子吧。

于是阿尔穆斯塔法说道：

你们的孩子并不是你们的孩子。

他们是“生命”为自己所渴望的儿女。

他们凭借你们而来，却并非来自你们，

他们虽然和你们生活在一起，他们可并不属于你们。

你们可以把你们的爱给予孩子，却无从把你们的思想给予孩子。

因为孩子自有他们自己的思想。

你们可以房屋庇护他们的身体，却无从庇护他们的灵魂。

因为他们的灵魂住在明天的房屋里，那可是你们即使在梦中也无从见到的。

你们可以力图像他们，但不要谋求使他们像你们。

因为生命是并不倒退的，也不与昨天一起滞留不前。

你们是弓，你们的孩子是从弓弦上发射出去的、活的箭。

神箭手在“无限”的途径上看准了目标，用他的神力弯弓引满，使他的箭可以迅速地射得远远的。让你们在神箭手的手里欣然弯曲引满吧；神就像爱那飞驰的箭一样，也爱那固定的弓。

论施舍

有个富翁说：给我们谈论施舍吧。

于是阿尔穆斯塔法答道：

你把你的财产给人时，你只是施舍了一丁点儿。

只有你把自己奉献出来时，你才是真正的施舍。

因为你的财产，岂不是你担心明天需要它们而留存保管起来的东西吗?

然而明天啊，那过分审慎的狗，跟着香客到圣城去时，把骨头埋在了无臭迹的沙土里，明天又能给那狗带来什么呢?

除了需要本身之外，需要还担心什么呢?

井水满满时而担心口渴，难道你的口渴是无从解除的吗?

有些人财产很多，却只施舍了一丁点儿——他们为沽名钓誉而施舍，他们暗地里的欲望，玷污了他们所施舍的东西。

有些人财产极少，却全都给了人了。

这些人，对生命以及生命的慷慨深信无疑，他们的银箱倒是从来不空空如也的。

有些人欣然施舍，欢欣之感便是他们的报酬。

有些人痛苦地施舍，痛苦便是他们的洗礼。

有些人施舍了，施舍时不感到痛苦，不谋求欢欣，也没考虑到为善积德。

他们施舍，一如那边山谷里的桃金娘花，把芳香馥郁之气弥漫空间。

上帝通过这些人乐善好施的手说话，上帝在这些人的眼睛背后对着大地莞尔微笑。

人家恳求你而施舍，固然是好；然而出于默契，不待恳求而施舍，那就更好了。

对慷慨好施者说来，寻找接受周济的人，其乐大于施舍。

有什么东西你必须留给自己的呢？

有朝一日，你所有的一切都将丢下的，

因此，现在就施舍吧，施舍的时机是属于你的，而不是属于你的财产继承人的。

你时常说："我要施舍的，但只给那配受周济的人。"

你果园里的树木可不这样说，你牧场上的羊群也不这样说。

它们施舍以求生存，自己留着不放，倒会导致毁灭。

毫无疑问，大凡配接受白昼和黑夜的，就配接受你所施舍的其他一切。

大凡配在生命的海洋里饮水的，就配在你的小溪里斟满他的杯子。

美德体现于接受施舍的勇气、信赖，乃至仁厚，还有什么比这种美德更伟大的呢？

你是何人，竟要人们袒露其胸膛，揭开其骄傲的面纱，以便你看到他们赤裸裸的价值和泰然自若的骄傲？

首先瞧瞧你自己是否配做一个施舍者，是否配做一个施舍的工具吧。

因为，其实这是生命施舍给生命——而你呢，自以为是一个施主，却不过是一个见证人。

而你们接受施舍者——你们大家都是接受者——可不要背上感恩的思

想包袱，不然的话，就会把车轮驾在你们自己和施舍者身上了。

倒不如以施舍物为翅膀，同施舍者一起飞升吧。

因为过分关切你们所蒙受的恩惠，就是怀疑那以慷慨的大地为母、以上帝为父的施舍者的仁义之情了。

论饮食

有个开饭店的老人说：给我们谈谈饮食吧。

于是阿尔穆斯塔法说道：

但愿你们能依赖大地的芳香馥郁而生存，像吊兰一样依靠阳光的营养。

可是，既然你们必须杀生而食，必须夺新生牲口的母奶以解渴，那就让它成为礼拜上帝的一种仪式吧。

让你的肴馔供在祭坛上，森林和平原上纯洁无辜的生物，都在祭坛上为了人们更加纯洁无辜的心，而做了牺牲。

你杀死一头牲口的时候，要在心中对它说道：

“宰杀你的权力，同样也要把我宰杀；我也要被消灭的。

“因为把你送到我手里的法规，也将把我送到一只更强大的手里。

“你的血和我的血，都不过是培养天国之树的液汁。”

当你用牙齿咬嚼苹果的时候，你要在心中对它说：

“你的籽，将在我的身体里生存，你明天的蓓蕾，将在我的心里开花，你的芳香将成为我的气息，咱们将一起欢度一年四季。”

到了秋天，当你把葡萄园里的葡萄采集拢来榨酒，你在心中说道：

“我也是个葡萄园，我的果实也要采集拢来榨酒。

“像新酒一样，我将被藏在永恒的酒桶里。”

进入冬天，当你汲酒的时候，让你在心里为每一杯酒歌唱；

让你的歌里荡漾着对秋天、对葡萄园和榨酒的回忆。

论工作

一个农夫说：给我们讲讲工作吧。

于是阿尔穆斯塔法答道：

你工作，为的是可以跟大地和大地的灵魂齐头并进。

因为，你无所事事将变成季节的陌生人，将脱离生命的行列，而这行列正庄严堂皇地、自豪而又谦恭地向无限迈进。

你工作的时候，你是一支长笛，而时光的低声细语，通过你的心，变成了音乐。

你们之中谁愿意作一根芦苇，在万物一起合唱之际，你却独自沉寂无声？

老是有人告诉你们：工作是遭殃受难，劳动是苦命倒霉。

我可要对你们说：你们工作的时候，你们完成了大地深远的梦的一部分；而那梦产生之时，原是指派给你们去实现的。

你继续不断地劳动，证明你确实是热爱生命的。

通过劳动热爱生命，就是去悟透生命的最深的秘奥。

但，如果你在辛苦之际，管出生叫吃苦、管谋生叫受难，并且写在你的额上，那么，我要回答你：只有你额上沁出的汗，才能洗掉你写下的字。

也有人告诉你们：人生是黑暗的；而你在疲倦之际也附和了疲倦者所说的话。

而我要说：除非有鞭策激励，人生确实是黑暗的，

除非有见识，一切鞭策激励都是盲目的；

除非有工作，一切见识都是徒劳的；

除非有爱，一切工作都是空虚的；

当你满腔深情厚爱地工作的时候，你便和自己、和他人、和上帝互相联结起来了。

怎样才是满腔深情厚爱地工作呢?

这就是从你心上抽出线来织布，仿佛你的心上人要穿这布做成的衣裳。

这就是热情地建造房屋，仿佛你的心上人要住进房屋里去。

这就是满怀柔情地播下种子，欢欢喜喜地采摘收获，仿佛你的心上人要吃这果实。

这就是用你自己心灵里的气息，灌注在你所制造的一切东西里。

须知一切死后升天的亡灵正站在你的身边瞧着你哩。

我时常听见你们好像说梦话似的说道："在大理石上雕刻的人，在石头里找到他自己的灵魂的形象，他可比耕田的人高贵多了。

"捕捉了彩虹的美丽，逼真传神地描摹在布帛上的人，他可比那替脚制作草鞋的人高明得多了。"

然而，我要说，不是在睡梦中，而是在中午非常清醒的时候说：风同参天橡树说话，并不比风同一切草叶中最细小的青草说得更温柔。

唯独用他自己的厚爱深情，把风声变成更加温柔的歌曲的人，才是伟大的。

工作是眼睛看得见的爱。

如果你不能热爱地工作，却只能厌恶地工作，那还不如丢下你的工作，坐在庙门口，去接受那些欢欢喜喜工作的人们的布施吧。

因为，如果你漠不关心地烤面包，你烤出苦面包来，只能解决半个人的饥饿。

如果你怨恨地榨葡萄成酒，你的怨恨会在酒里渗进毒药的。

如果你虽然唱得像天使一样，却不爱唱，你就堵塞了人们的耳朵，使他们听不见白昼和黑夜的声音了。

论欢乐与悲哀

一个妇人说：给我们谈谈欢乐与悲哀。

于是阿尔穆斯塔法答道：

你的欢乐，乃是你的不戴面具的悲哀。

你的欢笑从中升腾而起的井泉，就是时常充满了你泪水的、同一个井。

怎么可能不是这样呢？

悲哀在你身心铭刻得愈深，你能容纳的欢乐便愈多？

你盛酒的杯子，岂不是在陶工的窑中燃烧的那个杯子吗？

使你怡神悦性的琵琶，岂不就是用刀子挖空的木头吗？

当你喜悦的时候，探究你的内心深处，你就会发现：现在正给你欢乐的，只不过是当初曾使你悲哀的事物。

当你悲哀的时候，再探究你的内心，你就会看到：事实上你是在为那曾经是你的喜悦的事物而哀哀啜泣。

你们有些人说："欢乐大于悲哀。"其他的人则说："不，比较起来，悲哀更大。"

然而，我要跟你们说，欢乐和悲哀相联相系，是分不开的。

他们一同来临，这一个独自和你同席用餐时，你可要记住，那一个正在你床上酣睡。

毫无疑问，你像天平秤一样悬在你的悲哀和你的欢乐之间。

只有在空虚无物时，你才是静止的、平衡的。

司库把你举起来权衡他的金银时，你的欢乐或悲哀就必需有所升降了。

论房屋

有个砧石建筑匠走上前来，说：请给我们讲讲房屋吧。

于是阿尔穆斯塔法回答道：

你在城里盖一幢房屋之前，先以你的想象在旷野里盖一个凉亭吧。

因为，就像你黄昏时有家可归，你内心里的流浪汉，独自跑得远远的，也该有个归宿之地。

你的房屋，乃是你的更大的躯壳。

房屋在阳光里生长，在夜的宁静里睡眠；房屋并不是无梦的。你的房屋不做梦吗？不梦见离开城市，走向小林或小山之巅吗？

我但愿能把你们的房屋聚集在我手里，像个播种者似的把房屋撒在森林里和草原上。

我但愿山谷是你们的市街，绿径是你们的小巷，你们可以穿过葡萄园互相寻访，衣袍上带来大地的芳香。

但这些尚须俟诸来日。

你们的祖先，由于恐惧，把你们聚集得过分互相靠近了。但那种恐惧还要拖长些岁月。你们的城墙把你们的家宅和你们的田地分开的日子，还要拖长一点儿。

奥法利思的老百姓啊，请告诉我，你们这些房屋里有什么东西？你们关上门保卫的又是什么呢？

你们有和平吗？那是显示你们力量的、文静的坚决要求。

你们有回忆吗？那是架在心灵的峰巅的微光闪烁的拱桥。

你们有美吗？那是把心从木雕石刻引向神圣高山的。

告诉我，你们的房屋里可有这些吗？

或者是你们只有舒适以及对舒适的欲望？那可是个隐秘诡谲的东西，他以客人身份踏进屋子，随即反宾为主，终于成为管辖一切的户长了。

咳，他成了个驯兽者，软硬兼施，连逼带骗，把你们较大的欲望变成了傀儡。

他的双手柔软如丝绸，然而他却是铁石心肠。

他给你催眠，只是为了站在床边，嘲笑你尊严的肉体。

他愚弄你们健全的五官，把它们像易碎的器皿一样放在蓟花绒毛里。

毫无疑问，渴求舒适的欲望，谋杀了灵魂里的激情，走在送葬的行列里露齿狞笑。

然而，你们是太空的儿女，你们休息时也安静不下来，你们不会落人陷阱，不会被驯服。

你们的房屋不应是抛下的锚，却应是竖直的桅。不应是遮盖伤口的发亮的薄膜，却应是保护眼睛的眼睑。

你们不应为穿过门户而敛翅，不该为避免触及天花板而低头，不当怕墙壁圻裂倒塌而不敢呼吸。

你们不要居住在死人为活人建造的坟墓里。

你们的房屋尽管富丽堂皇，却不应隐藏你们的秘密，也不应遮掩你们的愿望。

因为你们内心里无限无穷的东西，居住在天宫里，而天宫的门户是早晨的雾霭，天宫的窗子是黑夜的歌和寂静。

论衣服

纺织工人说：给我们说说衣服吧。

于是阿尔穆斯塔法答道：

你们的衣服把你们的美掩盖了许多，却隐藏不了你们的丑。

你们虽可在衣服里求得隐秘的自由，然而你们也会发现羁轭与束缚。

但愿你们多用皮肤而少用衣服去接触阳光和风。

因为生命的气息就在阳光里，生命的手就在风里。

你们有些人说：“我们所穿的衣服，是北风给纺织的。”

我说，一点不错，是北风纺织的，

但羞耻是它的织机，用的线又使肌肉疲软。

北风完成它的工作时便在森林里哈哈大笑。

别忘了羞怯是挡住不洁的眼睛的盾。

不复有不洁之眼时，羞怯岂非只不过是心灵的羁绊与亵渎吗？

别忘了大地喜欢接触你们赤裸的双脚，风渴望戏弄你们的头发。

论买卖

一个商人说，给我们讲讲买卖吧。

于是阿尔穆斯塔法回答道：

大地给你们贡献果实，如果你们只知道怎样摘满双手，你们就不该要它了。

用大地贡献的果实进行交易，你们才找到富裕和感到满足。

然而，除非以仁爱和公平进行交易，交易只会导致某些人贪婪成性，其他的人连饭也吃不上。

在市场上，当你们这些大海上、农田里和葡萄园中的劳动者，遇到了织工、陶工和采集香料者的时候。

就要祈求大地的主神来到你们中间，把权衡的天秤和价值的核算神圣化。

不要听任不事生产的闲人参加你们的交易，他们会用花言巧语骗取你们的劳动成果。

你们该对这种人说：

“跟我们到农田里来吧，跟我们的兄弟们到海上去撒网捕鱼；

因为农田和大海会像对我们一样的对你慷慨博施的。”

如果来了歌手、舞蹈者和吹笛人——也要购买他们的贡献。

因为他们也是果实和乳香的采集者，他们带来的贡品，虽然是用幻梦制作的，却是你们的灵魂的衣食。

在你离开市场之前，留神不要有一个人空手回去。

因为大地的主神，非要等到你们不论大小贫富都满足了需要时，是不会在风中安宁地睡觉的。

论罪与罚

城里的法官之一，站到前面来说，给我们讲讲罪与罚吧。

于是阿尔穆斯塔法说道：

当你的心灵随风东飘西荡。

你孤独而不慎独，对别人犯了错误，因而也是对自己犯了错误。

为了所犯的错误，你必须去敲天国圣者的门，受到怠慢，在门口等待一会儿。

你们自己的神性像海洋一般；

它永远保持纯洁、一尘不染。

又像清虚之气，只抬举振翅欲飞的。

你们自己的神性就像太阳一样；

它不知道鼹鼠的路，不寻找蛇的洞。

但，你们自己的神性，也不是独自居住在你们的身心之内的。

在你们的身心之内，很多还是人性，还有很多尚未演变为人性。

它不过是未成形的侏儒性，睡梦里在烟雾中行走，寻求它的觉醒。

我现在要谈论的，就是你们的人性。

知道罪恶以反对罪恶的惩罚的，不是存在于你们身心中的神性或侏儒性，而是你们的人性。

我时常听到你们谈起一个犯了罪的人，仿佛他不是你们之中的一份子，倒是一个素昧平生的陌生人，闯到你们的世界里来的外人。

然而我却要说，正如那神圣和正直的，不能超过那存在于你们每个人身心中的至善至德。

那邪恶和愚劣的，也不能低于那存在于你们每个人身心中的至劣至恶。

正如一片树叶，只有得到全树的默契，才会枯黄。

犯罪的人，说若没有得到你们大家的暗中默许，是不能为非作歹的。

像一个队伍，你们一起向你们自己的神性迈步走去。

你们是道路，也是这道路上的行人。

你们队伍之中有人倒下时，他是为他后边儿的人跌倒的，叫他们留神绊脚石。

是的，他也是为他前边儿的人跌倒的，他们的脚步又快又稳，却还没有挪开绊脚石。

也要注意到这一层，尽管这话会沉重地压在你们的心上：

被杀者对于他自己的被杀害不是毫无干系的，

被劫者对于他自己的遭到抢劫不是无可责备的，

正直者对于恶人的行为不是全然无辜的。

清白的人，对于犯罪者的作奸犯科，不是一干二净的。

是啊，犯罪的人，时常是受害者的牺牲品。

更多的是：被定罪的人，替那无罪的和未受责备的人负担着罪责。

你们不能把公正与不公正、善与恶区分开来；

因为他们一起站在太阳面前，仿佛织在一起的黑线和白线。

黑线断却之时，织工就要检查整匹布帛，他也要检查织机。

你们之中如有什么人要控告一个不忠诚的妻子，

让他也权衡一下她丈夫的心，测量一下她丈夫的灵魂。

谁要鞭笞犯伤害罪的人，就让他追究一下受伤害者的心灵吧。

你们之中如有什么人，要以正义之名，斫伐一棵罪恶之树，让他仔细瞧瞧树根吧；

他肯定会发现：好的和坏的，果实累累的和果实全无的，它们的树根在大地默默无言的心里，全都是纠结在一起的。

你们各位愿意主持公道的法官啊，

你们怎样审判那外表诚实、内藏贼心的人呢？

你们怎样惩处那杀人肉体而自己精神上被杀的人呢？

你们怎样控告那行动上是骗子是压迫者，

然而自己也受到委屈和迫害的人呢？

你们又将怎样处置那些悔悟已经大于罪行的人呢？

悔悟岂不是你们乐于奉行的法律所推行的公道吗？

然而你们不能把悔悟硬栽在无辜者的身上，也不能从罪人的心里把悔悟挖掘出来。

悔悟将自发地在黑夜里呼唤，使人们觉醒，返躬自省。

你们要理解公道，若不在正大光明之中仔细观察一切事实和行为，又如何理解得了？

只有仔细观察了，你们才会知道：那站直的和跌倒的，只不过是一个人——他正站在朦胧昏暗里，介乎他自己的侏儒性的黑夜和神性的白昼之间；

你们才会知道：神殿的奠基角石，并不高于神殿基础里最低的石头。

论法律

一位律师接着说：夫子，请问你以为我们的法律如何呢？

于是阿尔穆斯塔法答道：

你们喜欢制定法律；

然而更喜欢破坏法律。

正如孩子们在海边玩儿，不断地把沙塔建起来，然后又大笑着把沙塔毁了。

但，你们建起沙塔之时，海洋把更多的沙冲到海滩上来了。

你们毁掉沙塔之时，太阳又跟你们一起大笑。

确实，海洋总是和天真无邪的人一起大笑。

然而，那些不以人生为海洋、不以人为的法律为沙塔的人们，又觉得如何呢？

那些以人生为岩石，以法律为可在岩石上刻出他们的肖像来的凿子的人们，又觉得如何呢？

憎恶跳舞者的瘸子，又觉得如何呢？

喜爱羁轭，却把林中麋鹿看作迷途流离者的耕牛，又觉得如何呢？

无力蜕掉旧皮、而责备其他的蛇裸体无耻的老蛇，又觉得如何呢？

那赶早参加婚筵，贪嘴过饱、困倦归去，而申称一切筵席都是暴殄天物、一切宴客者均属违法的人，又觉得如何呢？

对于这些人，除了说他们虽也站在阳光里、却背朝着太阳外，我还能说什么呢？

他们只看见他们的阴影，他们的阴影便是他们的法律。

对他们说来，太阳不过是个阴影的投掷者罢了？

承认法律，岂非只是弯腰追寻他们投在地上的阴影吗？

但，你们朝着太阳行走的，绘在地上的什么形象能吸引你们呢？

你们乘风远游的，什么风标能给你们指引路径呢？

如果你们砸碎你们的羁轭而不砸在任何囚室的门上，什么人为的法律能束缚你们呢？

如果你们跳舞而不闯在任何人的铁链上，你们还怕什么法律呢？

如果你们脱下衣服而不把它丢在任何人的道路上，有什么人会带你们去受审判呢？

奥法利思的老百姓啊，尽管你们能抑止鼓声、放松琴弦，但有谁能命令云雀不要歌唱吗？

论自由

一个雄辩家说：给我们谈论自由吧。

于是阿尔穆斯塔法答道：

我曾经看见你们在城门口和自己家里炉火边，俯伏在地上，崇拜你们自己的自由。

就像奴隶们卑躬屈膝地在杀戮他们的暴君面前歌颂暴君一样。

咳，我曾在寺庙的树林里，城堡的阴影里，看见你们之中最自由的人，背着自由，像套上了羁轭、戴上了手铐。

我的心里流血、悲痛；因为，当寻求自由的愿望成了你们的羁轭，谈起自由不再把它当作目标和成就时，你们才能获得自由。

当你们的白昼不是没有忧虑，你们的黑夜不是没有匮乏和悲哀，你们才确实是自由了；然而，倒不如说：忧虑、匮乏、悲哀等包围你们的生活、而你们却赤裸、无拘无束，你们才是自由的。

你们在你们理解的黎明，已经把锁链缚在你们的中午的时辰上；除非你们打破这锁链，你们怎样超脱你们的白昼和黑夜呢？

事实上，你们称之为自由的，乃是这些锁链中最坚固的锁链，尽管它的环节在阳光中闪闪烁烁，叫你眼花缭乱。

你们想变自由而抛弃的，岂非不过是你们自身的碎片吗？

如果这是你们要废除的一条不公平的法律，这法律却是你们亲手写在你们自己的前额上的。

焚毁你们的法律书籍，倾注海水冲洗法官的前额，你们也不能抹掉这条法律。

如果这是个你们要废黜的暴君，先得看看设在你们心中的、他那宝座是否毁掉了。

因为一个暴君怎么能统治自由和自豪的人们呢？除非他们自己的自由是专制的，他们自己的自豪是丢脸的。

如果这是你们要抛弃的一种忧虑，这种忧虑乃是咎由自取，可不是别人强加于你们的。

如果这是你们要驱逐的一种恐惧，这恐惧的座位是在你们自己的心里，而不是在你们所惧怕的对方的手里。

真的，在你们的生命里运行的一切：盼望的与畏惧的，厌恶的与珍爱的，追求的与回避的，都是恒久地相互半抱着的。

这些东西在你们的生命里运行，犹如成双作对地黏连的光与影。

阴影淡化消失了，滞留的光明便变成了另一道光明的阴影。

这样，你们的自由失去它的镣铐时，它自己就变成了更大的自由的镣铐。

论理智与热情

女祭司开口说道：给我们谈谈理智与热情吧。

于是阿尔穆斯塔法回答道：

你的灵魂时常是个战场，你的理智与判断，跟你的热情与嗜好，在那里作战。

但愿我能做你灵魂中的调解人，把你灵魂里不和与敌对的因素融合成为一首谐和的乐曲。

你若不是自己也做个调解人，而且爱你灵魂中的各种因素，我又怎么调解得了呢？

你的理智和你的热情，是你航海的灵魂的舵与帆。

如果你的帆或舵断了，你只能颠簸和漂流，或者在大海中间停顿不前。

因为，理智独自掌权，便是个禁锢的力量；而热情呢，一个不小心，便成了火焰，燃烧得毁灭了自己。

所以，让你的灵魂使理智升华到热情的高度，引吭高歌。

让你的灵魂以理智引导热情，使热情得以经历它自己每天的复活，就像凤凰从自己的灰烬中飞升一般。

我但愿你把判断和嗜好当作你家的两位嘉宾对待，

你当然不能厚此薄彼，因为过分厚待了一位，必将丧失两位嘉宾的友爱与信赖。

在丛山之中，你坐在白杨树的凉阴下，分享着遥远的田野和草原的和平与宁静——那时让你的心默默地说："上帝在理智中休息。"

暴风雨来临，大风震撼树林，雷电显示苍天的威严——那时让你的心敬畏地说："上帝在热情中行动。"

既然你是上帝的天体里的一息，上帝的森林里的一叶，你也应该在理智中休息，在热情中行动。

论痛苦

一个妇人开口说道：给我们谈谈痛苦吧。

于是阿尔穆斯塔法说：

你的痛苦，是打碎那包裹着你的理解的外壳。

就像必须打碎果核、使果仁露出在阳光里一样，你必须理解痛苦。

如果你能使你的心经常为日常生活的奇妙而击节叹赏；你的痛苦之奇妙就会不亚于你的欢乐；

而且你会接受你的心上季节的变换，正如你始终接受田野里春夏秋冬的交替一样。

你会宁静地守望着度过你悲哀的冬天。

你的许多痛苦是你自己选择的。

它是你内心的医生为了医治你自身的病痛而开的一剂苦药。

所以要相信医生，默默地安静地喝下他开的药。

因为，医生的手虽然又重又硬，冥冥之中却是由上帝温柔的手引导着的；

医生带来的药杯，虽然灼痛你的嘴唇，当初它可是上帝用他神圣的泪水拌和着陶土焙制而成的。

论自知之明

一个男子汉说：给我们谈谈自知之明吧。

于是阿尔穆斯塔法说道：

你的心在寂静无声之中知道了白昼和黑夜的奥秘。

但你的耳朵渴望听到你的心的见识的声音。

你要那凭思维了解到的奥秘，能形诸语言文字。

你要以你的手指去触摸你的赤裸的梦的身体。

你要这样做是对的。

你灵魂的隐秘的泉水，必须喷涌而出，汩汩地向大海奔腾而去；

于是你内心无穷深处的宝藏就会呈现于你的眼前。

可是，别用秤去衡量你那未知的宝藏。

别用标尺或测深绳去测量你见识的深浅。

因为自我是个无边无际、无限无量的大海。

说“我找到了真理”，倒不如说“我找到了一条真理”。

说“我找到了灵魂的道路”，倒不如说“我遇见灵魂在我的道路上行走”。

因为灵魂在一切道路上行走。

灵魂既不在一条路上行走，又不像一根芦苇似的成长。

灵魂自己开放，像一朵莲花，而花瓣不计其数。

论教授之道

一位教师说：给我们谈谈教授之道。

于是阿尔穆斯塔法说道：

除掉已经半睡半醒地躺在你知识的黎明里的，没有人能向你启示什么了。

在神殿的阴影里、他的弟子们之间散步的教师，传授的不是他的智慧，而是他的信仰和仁爱。

如果他真是个智者，他就不叫你进人他的智慧之家，却带你到你自己的心灵的门口。

天文学家给你讲他对宇宙空间的理解，却不能把他的理解力给你。

音乐家可以给你唱出那存在于一切空间的韵律，他却不能给你以听懂韵律的耳朵，同韵律唱和的声音。

精通数学的专家能说出度量衡的范围，但他却不能引导你深入堂奥。

因为，一个人的想像力和洞察力，并不将其翅膀借给另一个人。

正如上帝对你们每个人的认识，都是独一无二各不相同的，你们每个人对上帝的认识，对大地的理解，也必须是独特的。

论友谊

一个青年说：给我们讲讲友谊吧。

于是阿尔穆斯塔法答道：

你的朋友是对你需求的回答。

朋友是你以爱播种、以感谢收获的田地。

朋友是你的膳食，是你的火炉。

你腹中饥饿来到朋友身边，你向朋友寻求安宁。

你的朋友向你倾吐心声，你自己的心里既不怕说个“不”字，又不留住“可”字不说。

他沉默无言时，你的心并不停止倾听他的心声；

因为，在朋友之间，不用言语，一切思想，一切愿望，一切希冀，都在心照不宣的欢乐中发生、共享。

当你与朋友分别时，你不要悲伤；

因为，你觉得你朋友最可爱之处，当他不在你身边的时候，更显得清晰，正如爬山的人从平原上远望，山岳格外一目了然。

除了加深精神交流外，对友谊不要抱其他目的。

因为，友爱而谋求其他种种，唯独不求透露友爱本身的奥秘，那就算不得是友爱，只是撒出去了一个网，而且只网住了一些无益的东西。

把你最好的东西，都供给你的朋友。

如果朋友一定要知道你的退潮，让他也知道你的涨潮。

你竟为了消磨时光而找他，这算什么朋友呢?

要经常为识时达务而去找你的朋友。

因为朋友的时间是满足你的需要的，可不是聊以填塞你的空虚的。

在友谊的温情里，要有欢笑和共享的欢乐。

因为在微末事物的露珠里，心可以找到它的早晨而感到神清气爽。

论谈话

一个学者说：请讲讲谈话吧。

于是阿尔穆斯塔法回答道：

你跟你的思想停止和平共处的时候，你就说话了；

你不能再安居于你的心的孤寂之中时，你就要活跃于你的嘴唇上了，而谈话的声音是一种娱乐和一种消遣。

在你的许多谈话里，思想多半受到摧残。

因为思想是天空中的鸟，它在语言的笼子里确实可以展翅，却不能高飞。

你们之中有些人，因为害怕孤独，就去找那健谈的人。

在孤独的缄默里，他们的眼前就会出现他们赤裸裸的自我，所以他们要逃避。

有些人谈话，不知不觉地或事先没有考虑地讲出了一个真理，他们自己可并不懂得这个真理。

有些人内心藏着真理，却不用言语表达出来。

在上述那些人的胸中，心灵安居在有节奏的静默之中。

你在路边或市场上遇见你的朋友时，让你的心灵活跃于你的唇边，并且引导你的舌头。

让你声音里的声音，跟朋友的耳朵里的耳朵说话。

因为朋友的灵魂会保存你心里的真理，

正如酒的色彩忘却了，盛酒的器皿丢掉了，而酒的滋味总是牢记不忘的。

论时间

一位天文学家说：夫子，你对时间有何高论?

于是阿尔穆斯塔法答道：

你要衡量那无限无量、不可测量的时间。

你要按照时辰和季节，调整你的行为、乃至指导你精神的发展方向。

你要把时间当作一溪流水，你要坐在溪边观察溪水流动。

然而你那内在的永恒，却深知生命之无穷。

知道昨天不过是今天的回忆，而明天不过是今天的梦。

那在你身心之内歌唱和深思的，仍旧居住在那散布繁星于宇宙空间的、最初一刻的范围里。

你们之中，谁不感觉到他那爱的力量是无限无穷的呢?

又有谁不感觉到：那爱虽无限无穷，却在它本身的核心之内绕行，而不是从这爱的思想转移到那爱的思想的，不是从这爱的行为转移到那爱的行为的?

而时间岂不像爱一样，是不可分割的和无限无量的吗?

但，如果你在思想里一定要把时间分成季节，那就让每一个季节环绕着所有其他的季节吧。

那就让今天凭记忆拥抱着过去，以热烈的希望拥抱着将来吧。

论善与恶

城中的一位长老，说：给我们谈论善与恶吧。

于是阿尔穆斯塔法答道：

我能谈你们的善，但没法儿谈恶。

因为，什么是恶呢？岂非只不过是善被它自己的饥渴所折磨吗？

确确实实，善饥饿的时候，甚至到黑洞里去觅食；善口渴的时候，甚至去喝死水。

你与自己合而为一的时候便是善的。

然而你不与自己合而为一的时候，也不是恶的。

因为，一幢分隔开来的房屋并不是一个贼窝，它只不过是一幢分隔开来的房屋而已。

一条没有舵的船，也许会漫无目标地在危险的岛屿之间漂流，却还不至于沉到海底。

你努力奉献自己的时候，是善的。

然而你为自己谋求利益的时候，也不是恶的。

因为，你努力谋求利益时，你不过是一个树根，依附着大地，在大地的胸膛上吸吮营养。

果实当然不能对树根说：“你要像我一样，成熟丰满，永远做出大量奉献。”

因为，对果实说来，奉献是一种需要，正如对树根说来，吸取营养是一种需要一样。

你在言谈中完全保持头脑清醒时，你是善的。

然而你睡眠时哞呓呻吟，也不是恶的。

甚至结结巴巴地说话也可以锻炼一条软弱无力的舌头。

你踏着勇敢的步伐、坚定地走向目标时，你是善的。

你一瘸一拐地走向目标时，也不是恶的。

即使是瘸子，走路也并不倒退。

但你们身体强壮走路快速的人，要留神别在瘸子前边一瘸一拐地走路，别自以为你也这样走是仁慈的表现。

你在无数事情上是善的；而在在你不善之时，你也不是恶的。

你只不过是闲荡和疏懒而已。

可惜鹿不能教会龟快跑。

在你渴求“大我”的愿望里，蕴藏着善；而且你们大家心中都有这种愿望。

在你们有些人身上，这种愿望是一道激流，挟着山麓的秘密和森林的歌，气势磅礴地奔向大海。

但在其他的人身上，这种愿望是一道平缓的溪水，转弯抹角，中途迷路，迟迟才到海边。

然而，不要让那些具有雄心壮志的人对愿望志趣不大的人说：“你们为什么行动迟缓、逡巡不前?”

因为，真正善的人，不问赤身裸体的人：“你的衣服在哪里?”也不问没有房屋的人：“你的房屋遭了什么殃?”

论祈祷

一个女祭司说：给我们讲讲祈祷吧。

于是阿尔穆斯塔法答道：

你们在困难和需要的时候祈祷，但愿你们也在欢乐美满和富裕的日子里祈祷。

祈祷岂非就是你们的“自我”扩散在活跃的清虚之气里吗？

如果向太空倾吐你们心中的黑暗是个安慰，那么，倾吐你们心中的晨光也是个怡悦。

如果你们的灵魂叫你们祈祷时你们只会一味哭泣，尽管你们哭呀哭的，灵魂还是会再三鼓励你们祈祷，直到你们笑出声音来。

你们祈祷时升入天空，遇见那些同一个时辰内祈祷的人，除了祈祷时不会遇见的人。

所以，让你对那冥冥之中的神殿的朝拜，只成为神魂飞越的、轻松愉快的聚会吧。

因为，如果你进入神殿，除掉有所请求外别无其他目的，你将接受不了；

如果你进入神殿以示卑躬屈节，你将不受抬举；

如果你进入神殿为别人祈求福祐，你将不被理睬。

其实你只要进入冥冥之中的神殿，这就够了。

我不能教你怎样用言语祈祷。

上帝不听你的话，除非是上帝自己通过你的嘴唇说的话。

我也不能把大海、森林、山岳的祈祷教给你，

但你们出生于山岳、森林、大海的，就能在你们的心里找到它们的祈祷。

如果你在夜深人静时谛听，你将听到它们在肃静里说道：

“我们的上帝啊，你是我们的展翅高飞的自我，决定意向的是存在于我们内心的、你的意志。

“产生愿望的，是存在于我们内心的、你的愿望。

“促使我们的黑夜转变为白昼的，是存在于我们内心的、你的鞭策；而黑夜原是你的黑夜，白昼原也是你的白昼。

“我们不能向你祈求什么，因为我们心中产生需求之前，你已经知道我们需要什么了。

“你就是我们的需要；把自己过分地赐给我们时，你把一切都赐给我们了。”

论逸乐

每年进城一次的一位隐士走上前来说：给我们谈论逸乐吧。

于是阿尔穆斯塔法答道：

逸乐是一曲自由之歌，

但不是自由。

是你们的愿望在开花，

但不是愿望的果实。

是深处向高处呼喊，

但不是深、不是高。

是在笼中展翅，

但不是在被围绕的天空里。

是的，说实在的，逸乐是一曲自由之歌。

我但愿你们全心全意唱这歌，然而我不愿你们唱得过分着迷了。

你们中间有些青年人之寻求逸乐，仿佛逸乐就是一切，而他们受到了批判和责备，

我不要批判他们责备他们。我倒要他们去寻求。

因为他们将找到逸乐，可又不仅找到逸乐。

逸乐有七个姐妹，其中最小的一个比逸乐更美。

你们没听说过有人在泥土里挖掘树根却找到了宝藏吗？

你们中间有些老人，回忆起逸乐时感到懊悔，仿佛是喝醉时犯的错误。

但懊悔是蒙蔽心灵，不是惩罚心灵。

他们应该怀着感激之情回忆起他们的逸乐，就像他们对待夏天的收获一样。

然而，如果懊悔能给他们安慰，那就让他们得到安慰吧。

你们中间有些人，既非寻求逸乐的青年，又非回忆逸乐的老人；

他们在害怕寻求和回忆逸乐之际，回避一切逸乐，深恐他们不然就要玩忽了心灵或触犯了心灵。

然而，即使在他们弃绝逸乐之中也自有其逸乐。

这样，虽然他们用颤抖的双手挖掘树根，他们却也找到了宝藏。

可是请告诉我，谁能触犯心灵呢?

夜莺会触犯黑夜的宁静，或是流萤会触犯繁星吗?

你们的火焰或烟气会加重风的负担吗?

你们可认为你们的心灵是一泓止水，用一根棒就能把它搅浑吗?

常常在你拒绝逸乐的时候，只不过把你的欲望藏在内心深处而已。

谁知道今天似乎避免掉的事情，是否等待着明天卷土重来呢?

即使是你的肉体，也明白它的世代相传的机能和正当的需要，决不会受骗上当的。

你的肉体原是你灵魂的琴。

琴上发出和谐悦耳的音乐，还是混乱的噪音，那就完全由你了。

现在你在心里有个疑问："我们该如何区别逸乐中的善与不善呢?"

到你们的田野里和花园里去，你就会明白：从花中采蜜，是蜜蜂的逸乐。

然而让蜜被蜂采去，也是花的逸乐。

因为，对于蜜蜂，花是生命的源泉。

而对于花，蜜蜂是爱的使者。

对于蜜蜂和花两者，逸乐的授受是一种需要和一种狂欢。

奥法利思的老百姓啊，你们在逸乐中要像花与蜜蜂一样。

论　美

一位诗人说：给我们谈论美吧。

于是阿尔穆斯塔法答道：

你们到哪儿去找美？除非美自己作你们的道路和向导；你们又怎样找得到美呢？

除非美编织你们的言辞，你们又怎样谈论美呢？

被虐待被损害的人说："美是仁慈而又温和的，像一个年轻的母亲，为她自己的光荣，带着五分羞涩，在我们之间行走。"

热情冲动的人说："不，美是强大而可怕的，好像风暴震撼我们脚下的大地和头上的天空。"

疲劳而厌倦的人说："美是柔声细语。她在我们的心灵里说话。

她的声音顺从我们的静默，像一缕微弱的光，因为害怕黑影而颤动。"

但仓皇不安的人说："我们已经听到美在崇山峻岭中呐喊，随着她的呐喊俱来的，是马蹄声、振翅声和狮吼声。"

夜间，在城头守望的人说："美将与东方的曙光一同升起。"

中午，劳动者和旅人说："我们已经看见美在落日的窗口俯瞰大地。"

冬天，为大雪所阻的人说："美将和春天一同到来，活跃在群山之上。"

在炎炎夏日里，割麦的人说："我们看见了美和秋叶共舞，看见了雪花点缀了她的发梢。"

所有这些都是你们所说的美。

然而事实上你们说的不是美，而是你们的没有得到满足的需要。

而美并不是一种需要，而是一种极大的喜悦。

美不是一张干渴的嘴，不是一只伸过来的、空无所有的手。

美是一颗火焰熊熊的心，一个陶醉的灵魂。

美既不是你看见的形象，又不是你听见的歌。

美却是你闭着眼睛也看得见的形象，掩着耳朵也听得见的歌。

它不是皱巴巴的树皮里的树液，也不是联结爪子的翅膀。

美是一座永远花开绚烂的花园，一群永远在飞翔的天使。

奥法利思的老百姓啊，美就是揭掉面纱露出神圣的脸时的生命。

然而你们就是生命，也就是面纱。

美就是不朽在揽镜自照。

但你们就是不朽，你们也就是镜子。

论宗教

一位老教士说：给我们讲讲宗教吧。

于是阿尔穆斯塔法说道：

今天我讲过别的么？

宗教岂非一切功德和一切彻悟。

以及那既非功德又非彻悟，只是在双手斫石或织布时灵魂里经常涌起的一种叹赏一种惊讶？

谁能把他的信念和行为分开，或是把他的信仰和事业分开呢？

谁能把他的时辰摆在面前，说道："这时辰是为上帝的，那时辰是为我自己的；这时辰是为我的灵魂的，那时辰是为我的肉体？"

你的一切时辰都是在太空中扑动的翅膀，从自我飞到自我。

把道德只当作最漂亮的衣服穿在身上的人，还不如赤身裸体的好。

风与阳光不会使他的皮肤坼裂的。

以伦理给行为划分界限的人，是把他唱歌的鸟儿囚禁在笼子里。

最自由的歌声不是透过栏栅和铁丝网发出来的。

以礼拜为窗子的人，开窗关窗，依旧没有深入他灵魂的堂奥，而灵魂的窗子是从黎明开启到黎明的。

你的日常生活就是你的神殿和你的宗教。

不论你何时进殿，要把一切都带去。

带去来耜和熔铁炉，木槌和琵琶。

带去你为日常需要和怡情悦性而制作的东西。

因为在梦想里，你不能上升得比你的成就高，也不能下跌得比你的失败低。

你也要把所有的人都带去。

因为在崇拜上帝上，你不能飞跃得比他们的希望还高，也不能自卑得比他们的失望还低。

如果你要认识上帝，那就不要做个解谜的人。

你不如眼观四方，这就会看见上帝正和你的孩子们一起玩儿。

你且遥望天空；这就会望见上帝在云中行走，在闪电中伸出手臂，在雨水中降临。

你就看见上帝在花丛中莞尔微笑，在树木间举手挥动。

论死亡

阿尔米特拉开口说道：现在我们要请你谈论死亡了。

阿尔穆斯塔法说道：

你要知道死亡的奥秘。

然而，除了在生命的心中探索死亡之外，你将怎样找到死亡呢？

眼睛在黑夜才看得见的猫头鹰，白昼是盲目的，它不能理解光明的神秘。

如果你真要瞧见死亡的灵魂，你就得对生命的肉体，大大敞开你的心。因为生与死是合为一体的，正如江河与大海是合为一体的一样。

在你的希冀与愿望的深处，隐藏着你对于来世的沉默的知识；

仿佛种子在积雪下做梦，你的心梦想着春天。

要相信这些梦，因为梦境之中藏着通向永生之门。

你之害怕死亡，不过是牧羊人的战栗。当他站在国王的面前，将得到御手亲抚的殊荣。

牧羊人身上将有国王恩宠的印记，他的战栗之中岂不充满喜悦吗？

然而，牧羊人岂不更关心他的战栗吗？

因为，死亡岂非不过是赤裸裸地站在风里，消融在阳光里吗？

而气绝身死，岂非不过是把呼吸从无休止的潮汐中解放出来，让它上升、扩展，毫无阻碍地去寻找上帝吗？

只有在你从沉默之河中饮水时，你才真正引吭唱歌了。

只有在你到达高山顶峰时，你才真正开始攀登了。

只有在大地向你索取四肢时，你才真正手舞足蹈了。

告　别

正是黄昏时分。

预言者阿尔米特拉说：祝福这一天，这地方，祝福你讲话的心灵。

阿尔穆斯塔法答道：讲话的是我吗？我岂不也是一个听众吗？

于是他走下神殿的台阶，众人都跟着他。他上了船，站在舱面上。

他重新面向众人，提高声音说道：

奥法利思的老百姓啊，风嘱咐我离开你们了。

我没有风那么匆忙，然而我必须走了。

我们这些流浪者，永远寻找更加孤独的道路，我们从未在再歇一天的地方启程；朝暾也从未在夕阳离开我们的地方遇见我们。

甚至大地睡眠时我们也在行路。

我们是坚韧植物的种子，我们的心成熟丰满之时，便把我们交给大风，散播到四面八方去了。

我同你们相处的日子是短促的，我讲过的话就更短了。

但，我的声音在你们的耳朵里逐渐淡忘，我的爱在你们的记忆里逐渐消失的时候，我会重来的，

而且我要以更丰富的心和更听从心灵的嘴唇说话。

是的，我要随着潮水归来，

尽管死亡会遮蔽我，更大的沉默会包裹我，我还是要再寻求你们的理解。

而且我不会徒然寻求的。

如果我说的话是真理，这真理将以更清晰的声音，更贴近你们的思想的语言，表达出来。

奥法利思的老百姓啊，我随风而去，却不是坠入虚空之中；

如果今天不是满足你们的需要和实现我的爱的日子，那就让它成为一种诺言，俟诸他日吧。

人的需要是变化的，但他的爱是不变的，他那“爱应满足需要”的愿望也是不变的。

所以你们要知道，我将在更大的沉默里归来。

黎明时飘开去的雾霭，只在田野里留下了露珠，雾霭将向上升腾，凝聚成云，然后化成雨水下降。

我并非不曾像那雾霭。

在夜深更静之时，我曾在你们的街上行走，我的心灵曾进入你们的住所。

你们的心跳响在我的心里，你们的呼吸拂在我的脸上，我认识你们大家。

是的，我知道你们的欢乐和痛苦；而你们睡眠时的梦，便是我的梦。

我时常在你们中间，仿佛一个湖在丛山间。

我映照着你们之中的高峰和弯曲的山坡，甚至映照着来来往往的、你们的思想和愿望的羊群。

而你们的孩子们的欢笑，蔚为溪水，你们的青年们的渴望，蔚为河水，两者都流到我这湖的寂静里。

当它们流到我湖水深处，溪水也好，河水也好，都还不停止歌唱。

然而，比欢笑还要甜蜜、比渴望还要伟大的东西，来到我这湖里了。

那就是存在于你们内心的“无限”；

“无限”这个巨人，你们不过是他身上的细胞和肌肉而已。

在这巨人的吟咏里，你们的一切歌唱都不过是无声的悸动。

你们是由于“无限”这个巨人才显得魁梧的。

我看到他时才看到你们，才爱你们。

因为，若不是在这广大无边的空间里，爱又能达到多远呢？

有什么幻想、什么期望、什么预想，能超越这种飞翔呢？

存在于你们内心里的巨人，像是一棵缀满苹果花的大橡树。

他的力量把你们束缚在大地上，他的芳香把你们高举到宇宙空间，处在他的持久不衰中，你们永远不死。

你们曾经听说过：好比在一条锁链里，你们脆弱得像是最脆弱的一个环节。

但这话只说对了一半。你们也坚固得像最坚固的一个环节。

用你们最微小的功绩来衡量你们，等于用泡沫的脆弱来衡量大海的威力。

以你们的失败来判断你们，等于责怪四季轮番变化。

是啊，你们就像一个大海。

虽然重载的船舶停泊在你们的海岸边等待潮水来临，可是，尽管像大海，你们也不能催促海潮的到来。

你们也像一年中的四个季节。

虽然在你们的冬季里你们拒绝了春天。

可春天在你们的内心里冬眠，在慵倦中微笑，并不生气。

别以为我说这些话是要使你们彼此相告：“他赞美得好，他只看到我们的优点。”

我不过是用言语说出了你们自己在思想中所知道的道理罢了。

形诸言语的知识岂不是无言的知识的影子吗？

你们的思想和我的话，都是从密林的记忆里涌出来的波浪，这记忆记录了我们的昨天。

记录了大地既不认识我们又不认识它自己，混沌初开时的、太古的日日夜夜。

智者曾来到你们那儿把智慧传授给你们。我来了却吸取你们的智慧；

瞧瞧吧，我找到了比智慧更伟大的东西。

那就是你们内心里愈聚愈旺的火焰似的精神。

而你们不注意这种精神的发展壮大，却哀悼你们的岁月的凋零。

这种精神就是生命在害怕坟墓的肉体里探索生命。

这儿可没有坟墓。

这些山岳和平原是摇篮和垫脚石。

不论何时你在埋葬祖先们的坟墓旁走过，你好生瞧瞧，就会看见你们自己和你们的子女在那儿手挽手地跳舞。

真的，你们时常寻欢作乐而自己不知不觉。

其他的人来到你们这儿，就你们的信仰给予黄金般的许诺，你们只报之以财富、权力与光荣。

我所给予的，比许诺还少，而你们对待我却分外慷慨。

你们给予我更加深刻的、对生命的渴求。

毫无疑问，把一切目的变成口渴的枯唇、把一切生命变成泉水，这对一个人说来，没有比它更伟大的礼物了。

此中便包含着我的光荣和我的报酬，——

无论何时我到泉水旁饮水，我总发觉这活水自己也是口渴的；

我饮泉水时，泉水也饮我。

你们有些人认为我在接受馈赠上过分骄矜和谨慎了。

我在接受报酬上确实是过分骄矜，但对待馈赠并不如此。

你们邀请我坐席宴飨时，我虽在山中采食浆果，

你们欣然留我住宿时，我虽在神殿的圆柱廊里睡觉，

然而，岂不是你们深情地对我日夜关怀，使我吃得很香、睡得美梦萦绕吗?

我为此感谢你们:

你们给了我许许多多，却压根儿不知道你们已经给予。

真的，仁慈揽镜自照时，竟变成了石像。

用种种美名自夸的善行，倒引发了咒诅。

你们有些人说我超然绝俗，同自己的孤独对酌。

你们曾经说:“他和林中树木谈论，却不和人说话。

“他独自在山顶上，俯瞰我们的城市。”

我确实攀登众山，在遥远的地方散步。

除了在伟大的高处或远处，我怎么能望见你们呢?

人与人若不是离得远远的，怎么能真正的靠拢接近呢?

你们之中还有些人无言地向我呼唤道:“陌生人，陌生人，爱慕高不可攀处的人，为什么你居住在鹰隼作巢的山峰之中呢?

“ 为什么你追求那不可企及的呢?

“你要在你的网里逮住什么风暴呢?

“你要在天空中猎取什么虚幻的飞鸟呢?

“来成为我们的一份子吧。

“走下山来，以我们的面包充饥，以我们的美酒解渴吧。”

他们陷在灵魂的孤寂里，说了这些话;

但，如果他们的孤寂更加深刻，他们就会知道:我要探究的，只是你们的欢乐和痛苦的秘密。

我要猎取的，只是你们在天空中行走的“大我”。

然而猎人也是被猎者;

因为我那弓上射出去的许多箭，只是对准我自己的胸膛的。

而飞翔的也就是爬行的，

因为我的翅膀在阳光里展开时，落在地上的影子是一只乌龟。

我是个信仰者，也是个怀疑者；

我时常把我的手指按在我的伤口里，使我对你们有更大的信仰和认识。

凭着这信仰和这认识，我说：

你们不是封闭在你们的肉体之内，也不是禁锢在房屋里或田野里的。

你们的真我居住在山岳之上，与风漫游。

你们不是在阳光中爬行取暖，在黑暗中掘洞求安的动物。

而是一个自由自在之物，一种包涵大地、周游太空的精神。

如果这些话模糊朦胧，也不必谋求明白清楚。

模糊和混沌是万物的开端，却不是终结。

我但愿你们把我当作一个开端记忆我。

生命，以及一切有生之物，都孕育于雾霭，不是孕育于水晶。谁知道水晶不是僵化的雾霭。

我希望你们追忆我的时候记住这些：

你们心中仿佛最脆弱的最迷茫的，便是最强大的最坚决的。

难道使你们的骨架坚固挺立的，不是你们的呼吸吗？

难道建筑你们的城市、建设你们城中的一切的，不是你们谁也不记得的，曾经做过的一个梦吗？

如果你们能看见呼吸的潮汐，你们就不再看见其他一切了。

如果你们能听见梦的细语，你们就不会听见其他的声音了。

但你们看不见、听不见，这倒是好的。

蒙住你们眼睛的轻纱，将由织造轻纱的手揭去，塞住你们耳朵的泥土，将由揉泥的手指戳通。

你们将要看见，

你们将要听见。

你们也不会因曾经盲目而叹息，因曾经耳聋而懊丧。

因为到了那一天，你们将知道万物潜在的目的，

你们将像祝福光明一样的祝福黑暗。

阿尔穆斯塔法说了这些话之后，便环顾四周，他看见他船上的艄工站在舵旁，时而望着满帆，时而望着远方。

他说道：

耐心的，过分耐心的，是我那船的船长。

大风劲吹，篷帆烦躁不安；

连舵也在恳求导航哩；

然而我的船长等待我把话说完。

而这些水手们，他们听到过更大的大海的大合唱，也耐心地在听我说话。

现在他们不用再等待了。

我准备好了。

溪水已流入大海，伟大的母亲再次把她的儿子抱在胸前。

别了，奥法利思的老百姓。

白昼已经穷尽。

白昼在我们的身上合拢了，正如睡莲合拢在它自己的明天之上。

在这儿给予我们的，我们要保存起来。

如果还不够，我们就必须重新聚集在一起，一起向那赐予者伸出手来。

别忘了我还要回到你们这儿来。

一忽儿后，我的渴望便要用些泥土和泡沫，形成另一个肉体。

一忽儿后，乘风休息片刻，另一个妇女便将孕育我。

我向你们，向我同你们一起度过的青春，告别了。

不过是昨天啊，我们在梦里相见。

你们曾在我的孤寂里向我唱歌，而我以你们的渴望建筑了一个空中高塔。

但现在我们的睡眠已经逃逸，我们的梦已经消失，也不复是黎明时分了。

中天丽日照耀着我们，我们的半睡半醒状态已变成了更加完满的白昼，我们必须分别了。

如果在记忆朦胧中，我们再次相会，我们将再在一起谈论，你们要给我唱一支更加深沉的歌。

如果我们在另一个梦中握手，我们要建筑另一个空中高塔。

阿尔穆斯塔法这样说着话时，向水手们作了个手势，水手们立刻拉起铁锚，解开船缆，向东航行。

从老百姓口中发出一声哀号，就像是从同一颗心里发出来的；这哀号升入薄暗之中，飞越海面，像是一个巨大号角的声音。

只有阿尔米特拉默默无言，凝望着那船远去，直至它消失在雾霭里。

所有的老百姓都走散了，阿尔米特拉依旧独自站在海堤上，心中记起了他说的话：

“一忽儿后，乘风休息片刻，另一个妇女便将孕育我。”

先知园

阿尔穆斯塔法，上帝特选者和众人爱戴者，当代的中天丽日，在蒂奇丽茵[①]之月，亦即记忆之月，回到了他的诞生之岛。

他的船快要到达港口时，他站在船头上，他的水手围在他的左右。他的心里有一种还乡之感。

他开口了，他的嗓音里有大海的涛声，他说道："瞧啊，这是我们诞生的小岛。甚至在这儿，大地也以一支歌和一个谜使我们起伏翻腾；一支上升天空的歌；一个沉入大地的谜；天地之间，除了我们的热情，还有什么可以传送这歌、解答这谜的呢？

"大海再一次容许我们登上这些海岸。我们不过是大海波涛中的另一种波涛罢了。大海派我们来发出海涛的声音，我们若不是在石头和沙子上打破我们的内心的平衡对称，我们又怎么发得出涛声呢？

"因为这是水手和大海的规律：如果你要自由，你就非变成雾霭不可。那无形的，永远寻求着形，一如无数星云之要变为众多的太阳和月亮；我们曾经广为寻求，而今又回到这小岛，这坚硬的沃土，我们必须重新变为雾霭，探究起源。除却被击碎化为热情与自由的，还有什么将存在下去并且攀登高峰呢？

"我们行将永远寻求海岸，使我们得以唱歌而又被人谛听。然而，在没有耳朵谛听的地方，汹涌澎湃的波浪，又是怎么个情况呢？正是我们内心里那未被人听见的歌，培育了我们的更为深沉的哀愁。然而也是那未被人听见的歌，塑造我们的灵魂成形，模制我们的命运。"

他的一个水手随即站出来，说道："夫子，你把我们的憧憬导向这个海港，你瞧，我们进港了。然而还是在讲哀愁，讲将要破碎的心。"

---

① 蒂奇丽茵，按英文本音译，指10月和11月。

阿尔穆斯塔法答复他道："难道我没有讲到自由，没有讲到雾霭是我们更大的自由？然而，我是在痛苦之中到我诞生的小岛来朝觐的，就像一个被杀者的鬼魂来跪在那些杀人者的面前一样。"

另一个水手说道："瞧那海塘上的人群。他们在沉默里预言了你的到来，甚至预言了你到达的日子和时辰；他们出于爱的需求，从他们的田野里和葡萄园里聚拢来等候你。"

阿尔穆斯塔法遥望人群，心中惦记着人群的渴望，他默默无言。

从人群传来一阵呼声，这是一种回忆和恳求的呼声。

阿尔穆斯塔法瞧着他的水手们，说道："而我给他们带来了什么呢？我是一个猎人，在遥远的土地上的一个猎人。我瞄准目标，使出力气，把他们给我的金箭都浪费掉了，却没有射中什么猎物。我没有追随金箭跑去。也许金箭如今都排列在太阳里，箭上还带着受伤而不愿掉到地上来的鹰隼的羽毛。也许箭的金镞落到了一些人的手里，他们正需要用它来换取面包和醇酒。

"我不知道金箭飞到什么地方掉下去了，然而这一点我是知道的：金箭曾在天空画出一道道的弧线。

"虽然如此，爱的手仍然按在我的身上，而你们，我的水手们，仍旧为我的幻想航行，我决不缄口不言。季节的手按在我的喉头的时候，我将呼唤；火焰点燃我的嘴唇的时候，我将歌唱。"

水手们心里烦恼，因为阿尔穆斯塔法竟说了这些话。有一个水手说道："夫子，教导我们大家吧；也许因为你的血在我们的血管里流，我们呼吸的是你的芳香之气，我们会理解你的教导的。"

于是他回答他们，他的嗓子里有风的声音，他说："你们把我送到我诞生的小岛上来，是要我当导师？我还没有被智慧的笼子所笼罩。我太年轻，太不成熟，什么也讲不出。只好讲讲自己，那永远是大海向大海的呼吁。

“让渴求掌握智慧的人在一朵金凤花或是一撮红色粘土里去寻求吧。我仍然是个歌唱者。我将歌唱大地，我将歌唱那整天在睡眠之间走动的、你那失去了的梦。不过我将凝望大海。”

却说船进了港口，到达海塘，阿尔穆斯塔法就这样来到他诞生之地的小岛，重新站在他的自己人中间。从人们的心底里涌出来一阵大声呼喊，动摇了他内心的还乡的孤寂之感。

人们默默地等待着他说话，他却默不作答，因为回忆的哀伤萦绕着他，他在心里说道：“我说过我要歌唱吗？不，我只能张开我的嘴唇，让生命的声音可以出来，为了欢乐，为了寻求支持，向风飘去。”

于是卡丽玛，她是个孩子时曾和他一起在他母亲的园里玩儿过的卡丽玛，说道：“十二年了，你避不同我们见面；十二年了，我们如饥如渴地要听到你的声音。”

他以无限柔情注视着她，因为就是她合上了他的母亲的眼睛，当死亡的白色翅膀覆盖在她身上的时候。

他回答道：“十二年了？卡丽玛，你说是十二年了？我不以星辰的测杆衡量我的渴望，我也不锤测其深度。因为，当爱生怀乡病的时候，爱就耗尽了一切衡量和测度时间的工具。

“有不少瞬间仿佛分离是永久的。然而离别只不过是心灵的枯竭罢了。或许咱们并没有分别过呢。”

阿尔穆斯塔法瞧着人们，他瞧着他们，年老的与年轻的，壮健的与弱小的，风吹日晒得脸色红彤彤的与面容苍白缺乏血色的；他们脸上有一层渴望和疑问的容光。

有个人说道：“夫子啊，生命冷酷地对待我们的希望和欲望。我们心里困恼，我们搞不明白。我请求你，安慰我们，阐明我们的烦恼的意义。”

阿尔穆斯塔法动了恻隐之心，说道："生命比一切生活着的东西还要古老，正如美丽的东西在世上诞生之前，美已在振翅高翔，真理在未道破之前已是真理。

"生命在我们的缄默里歌唱，在我们的睡眠里做着美梦。甚至在我们受挫沮丧的时候，生命也是显赫而崇高的。当我们哭泣之时，生命对着日子笑逐颜开；当我们拽着锁链的时候，生命竟然也是自由自在的。

"我们时常辛酸地辱骂生命，但那也不过是当我们自己处于辛酸和黑暗的境地的时候；我们以为生命是空虚而又无益的，但那也不过是当我们的灵魂流浪于荒凉之境，我们的心沉醉于过分关心自己的时候。

"生命是深沉、崇高而又遥远的；虽然只有你那高瞻远瞩的目光才能见到她的双足，可她又是近在眼前的；虽然只有你那气息的气息能送到她的心上，你那影子的影子掠过她的脸，你那最微弱的呼声的回响却在她的胸臆中变成一个春天和一个秋天。

"而生命是蒙上面纱的和隐蔽的，正如你的那个'大我'是隐蔽的和蒙上面纱的一样。然而，当生命发言的时候，所有的风都变成了语言；当生命再次发言的时候，你们唇边的微笑和眼眶里的泪水，也变成了语言。当生命唱歌的时候，聋子也听见了，并且为之驻足；当生命走过来的时候，瞎子也看见，而且惊讶了，在诧异惊叹之际跟着她走了。"

阿尔穆斯塔法停止说话了，广大的寂静笼罩着人们，而寂静之中有一支听不见的歌，人们的寂寞和痛苦得到了安慰。

一

阿尔穆斯塔法立刻离开他们，走上通向他园子的小径；那是他的母亲和父亲的墓园，他们和他们的祖先长眠于此。

鉴于这是一次重归家园，而阿尔穆斯塔法孑然一身，他的亲属均已去世，一个人也没有留下来按照当地的风俗设宴欢迎他，因而有些水手倒很想陪他一起去。

但他的船长劝阻水手道："让他径自走去吧。因为他的面包是孤独的面包，他的酒杯里是回忆之酒，他是宁可独酌的。"

于是水手们止步了，因为他们知道船长说的都是实情。于是围拢在海塘上的那些人也都克制心中的愿望，止步了。

只有卡丽玛跟随他而去，悄悄走了一小段路，同情他的孤独和回忆。她不说话，却转身向她自己的屋子走去；她在园里的一棵杏仁树下哭泣，可又不知何以哭泣。

二

阿尔穆斯塔法一路行来，找到了他的父母的墓园，他走进园去，把园门关上了，免得有人跟他进来。

他独自一人，在那个墓园那间屋子里住了四十天和四十夜，没有一个人来，甚至没有一个人来到园门口，因为园门是紧闭的，而所有的人都知道他愿意孑然独处。

四十天和四十夜过去了，阿尔穆斯塔法便打开园门，让人们可以进来。

于是就有九个人进到园里跟他做伴：三个是他船上的水手，三个是做过庙祝的人，三个是孩提时曾和他一起玩耍的伙伴。这些人是他的门徒。

一天早晨，他的门徒围坐在他的左右，他的眼睛里有着远景和回忆。叫做哈菲兹的门徒对他说道："夫子，给我们讲讲奥法利思城，讲讲你在那儿盘桓了十二年的地方吧。"

阿尔穆斯塔法默不作声，他遥望山岭和辽阔的太空，他的缄默中自有一番思想斗争。

于是他说道："我的朋友和同路人啊，遗憾的是这个国家充满信仰，却毫无宗教。

"遗憾的是这个国家穿的不是它织出来的布，吃的不是它种出来的粮食，喝的不是它榨出来的葡萄酒。

"遗憾的是这个国家向恶霸欢呼，称他为英雄，还认为显赫的征服者是宽宏大量的。

"遗憾的是这个国家在做梦时鄙视激情，在觉醒时倒屈服于激情。

"遗憾的是这个国家除非在送殡时才大号大叫，除非在古代遗址上才夸耀自豪，除非脖子被按在刀与砧之间才奋起反抗。

“遗憾的是这个国家的政治家是只狐狸，哲学家是个魔术师，而艺术是拼凑修补和依样画葫芦。

“遗憾的是这个国家用喇叭欢迎新的统治者，然后用嘲骂把他轰走，不过是为了重新用喇叭欢迎另一个统治者。

“遗憾的是这个国家的圣贤们随着年龄增长而哑口无言，而坚强的人还躺在摇篮里。

“遗憾的是这个国家四分五裂，而分裂出去的都自以为是个国家。”

三

一个门徒说："把你心里现在正在活动的思绪讲给我们听吧。"

阿尔穆斯塔法瞧着这个门徒，阿尔穆斯塔法说话的嗓音里有一颗明星在歌唱，他说道："当你默不作声，倾听着你自己的内心深处时，在你那醒着的梦境里，你的思想，就好比雪花，落将下来，飘扬飞舞，以其白色的寂静，笼罩着你的空间里的一切声音。

"而醒着的梦境，岂不就是在你那心的天空里含苞和开花的云彩，而你的思想，岂不就是你那心的风吹落在山岭和田野里的花瓣？

"正如你等候安静直至你内心里无形的东西变成有形的，云彩将聚拢飘扬直至神圣的手指将其灰色的愿望塑成晶莹的小小太阳、小小明月和小小繁星。"

沙尔基斯半信半疑，他就开口说道："但春天将要到来，我们的梦境和思想的一切雪花，都将融化，消失。"

阿尔穆斯塔法回答道："当春天到来，在沉睡的灌木林和葡萄园里寻找他的爱人的时候，积雪确实将融化成溪流，到山谷里去寻找大河，去为桃金娘和月桂斟酒。

"春天到来的时候，你那心里的积雪也会这样融化，你的秘密将化成溪流，到山谷里去寻找生命的大河，而大河又将席卷了你的秘密，挟着它奔流到大海里。

"春天到来的时候，万物都将融化，都将化成歌曲。甚至那繁星，那慢慢地落到更辽阔的田野里的大朵雪花，也将融化成为歌唱着的溪流。当神祇之脸——太阳——将在更加辽阔的天边上升起来的时候，试问还有什么冰冻的物体不会融化成为流动的音乐呢？你们之中还有谁不会做桃金娘和月桂的斟酒者呢？

“还不过是昨天的事，你们随着奔腾的大海而奔腾，你们是无边无涯的，而且也没有一个自己。然后是风，亦即生命的呼吸，把你们织成大海脸上的一层光明之纱；接着，她亲手把你们聚拢来，给你们以形状，于是你们昂首寻找高岗。可是大海跟随着你们，大海的歌声依旧萦绕在你们的左右。虽然你们已经忘掉了你们是如何出生的，她却将永远坚持她的母性，永远呼唤你们到她身边去。

“你们在山岭和沙漠之间流浪的时候，你们将始终记得大海的深沉而清凉的心。虽然有时候你们有所思慕而不知道在思慕什么，其实你们是在思慕大海的浩淼而有节奏的安静。

“怎么可能不是如此呢？在树林和林阴里，当雨点在山上树叶间跳舞的时候，当大雪纷飞，降下祝福和神圣的保证的时候；在山谷里，当你带着羊群到河边去的时候；在你们的田野里，那儿溪流如银川相会，缝出葱翠的衣裳；在你们的花园里，当清晨的露珠映照出天空的时候；在你们的牧场上，当黄昏的雾霭半遮着你的道路的时候：在这一切的境地里，大海总是伴随着你们的，是你们的传统的见证人，是对你们的爱情的要求者。

“奔流到海的，乃是你们内心的雪花。”

四

一天早晨，他们在园里散步的时候，门口出现了一个妇人，她是卡丽玛，阿尔穆斯塔法在他童年时期就爱她如姐妹一般。她站在园外，既不问话，也不用手敲门，只是怀着思慕和哀愁朝园里凝望。

阿尔穆斯塔法从她的眼睑上看到了她的愿望，他快步走到墙边门口，给她开门；她走进园来，受到了大家的欢迎。

她开口说道："你为什么躲起来，回避我们大家，不让我们生活在你焕发的容光里呢？你瞧，这么多年了，我们热爱你，渴望你安全归来。如今民众呼唤你，要同你说话；我是他们的使者，来请求你在民众面前露面，把你的智慧告诉他们，安慰他们破碎的心，针对我们的愚昧给以教导。"

阿尔穆斯塔法瞧着卡丽玛，说道："别称我为贤明的人，除非你称所有的人为贤明的人。我是一颗稚嫩的果实，仍然依附在树枝之上，昨天我还不过是一朵花啊。

"也不要说你们之中任何人愚昧，因为，其实咱们既不贤明又不愚昧。我们是生命之树上的绿叶，而生命本身是在贤明的范围之外的，当然也在愚昧的范围之外。

"难道我真的回避你们吗？你可知道，只要灵魂在幻想中回旋，就没有距离可言了。当灵魂绕着距离回旋的时候，距离就变成灵魂的节奏。

"你和你那不友好的近邻之间的距离，其实大于你和你那住在七个大陆、七个大海之外的亲人之间的距离。

"因为，在记忆之中是没有距离的；只有在遗忘之中才存在着鸿沟，这是既非你们的声音又非你们的眼睛所能连接沟通的。

“在海洋之滨和高山之巅的中间有一条秘密的路，你们必须经过了这条路，才能与大地之子合而为一。

“在你们的知识和你们的理解之间有一条秘密的小径，你们必须发现了这条小径，才能与人合而为一，从而与你们自己合而为一。

“你们的那供给东西的右手和接受东西的左手之间有一大段距离。只有认为双手都是既供给又接受东西的，你们才能克服双手之间的距离，因为，只有你们知道了无物可以供给、无物可以接受，你们才能征服空间的距离。

“的确，最大的距离存在于你们的梦幻和你们的清醒之间，存在于事实和愿望之间。

“还有一条大路，你们必须走过去，你们才能和生命合而为一。不过，鉴于你们已经倦于旅行，我现在就不说那条大路的事了。”

五

于是阿尔穆斯塔法和那妇人走出园去，他和他的九个门徒，一同走到了市场上，他就同人们说话，同他的朋友们和邻居们说话，因而他们的心头和眉梢都是喜悦之情。

阿尔穆斯塔法说："你们在睡眠中成长，你们在梦中过着更完美的生活。为了你们在夜深人静时所接受的东西，你们把所有的白天都花在感恩上了。

"有时候，你们以为黑夜是休息的季节，而且你们也把它说成是休息的季节，然而，黑夜其实是寻找和探索的季节。

"白天给你以知识的力量，教育你的手指熟悉那接受的艺术；然而引导你走向生命的宝库的，倒是黑夜。

"太阳教导生长的万物渴望光明，然而使万物高升、达于繁星的，倒是黑夜。

"确确实实，正是黑夜的寂静，在森林的树木上，花园的花卉上，织了一袭新娘用的轻纱，并且摆开了盛筵，准备就绪了结婚的洞房；正是在那神圣的寂静里，在时间的子宫中孕育着明天。

"黑夜的寂静就是这样和你在一起的。你就是这样的在探索中找到了食物和圆满。虽然黎明时分你一觉醒来擦掉了记忆，然而梦始终是在设宴的，结婚的洞房始终是在等候着的。"

阿尔穆斯塔法沉默了片刻，人们也沉默着等待他的话。接着他又说道："尽管你们在肉体里行动，你们是精灵；就像那在黑暗中燃烧的灯芯：尽管盛在灯里，你们是火焰。

“如果你们不过是肉体，那么，我站在你们面前同你们讲话就不过是空虚罢了，甚至就像死人呼唤死人一样了。但事实并非如此。你们身上一切不朽的东西，不受白天和黑夜的拘束，房子里藏匿不了，镣铐也束缚不住，因为这是至高无上的神的意志。你们是神的气息，正如风一样，逮不住，关不牢。而我也是神的气息。”

六

阿尔穆斯塔法走出人群，快步走着，重新进入他的园里。

半信半疑的沙尔基斯开口道：“夫子，丑是怎么一回事呢？你从来没有讲过丑。”

阿尔穆斯塔法这就回答他，他的说话里有一种鞭策的声音，他说道：“我的朋友，如果他经过你的家，然而不愿敲你家的门，什么人会说你没有礼貌呢？

“如果他用一种奇怪的语言同你说话，而你对这种语言一无所知，谁会认为你是聋子和心不在焉呢？

“你认为是丑的，难道不是你从不努力企及，你的心从来不愿进入的境界吗？

“如果丑算得上是什么东西的话，那也不过闭目塞聪。

“我的朋友，什么东西也不要说它丑，除了灵魂在自己的回忆面前感到的那种恐惧情绪。”

七

一天，他们坐在白杨树长长的影子里，有个门徒开门口说道：“夫子，我害怕时间。时间在我们身边经过，夺去我们的青春，可它还给我们什么呢?”

阿尔穆斯塔法回答道：“现在你握起一把好土来。你可在这把土里瞧见一粒种子，也许还有一条蠕虫，如果你的手辽阔广大而又持久不朽，那末，那颗种子就可能变成一个森林，那条蠕虫就可能变成一群天使。别忘记使种子变森林、蠕虫变天使的那些岁月，属于这个现在，所有的那些岁月，就属于这个现在。

“岁月中的季节变换，岂不是你自己的思想的转变，春天是你胸中的一种觉醒，夏天不过是对你自己的果实累累的一种认识。秋天岂不是你身心里的古人，对那依然在你身内的童心，唱的一支催眠曲？冬天，除了是孕育着其他季节的梦境的睡眠之外，我倒问你，它又是什么呢?”

于是，爱寻根究底的门徒曼奴斯向左右看望，看见了开花的植物攀缘在无花果树上。他说道：“瞧这寄生植物，夫子。你对它们如何评价？他们是眼睑疲倦的贼，偷窃着那太阳的坚定不移的子女们的光芒，吮吸着那流向树枝树叶的树汁。”

阿尔穆斯塔法答道：“我的朋友，我们都是寄生植物。我们辛勤劳动，使草地上生长出植物来，我们并不比那些直接从草地取得生命而不懂得草地的植物高明。

“‘因为你使我心力交瘁，我把你还给森林；森林是你的更伟大的母亲’。——母亲会对她的儿子这样说吗?

“‘你从回音山洞来，你就回到那山洞去吧，因为你的声音消耗了我的呼吸’——歌手会这样责备他自己的歌曲吗？

“‘我没有牧场可以带你们去吃草；所以要趁早把你们杀掉，要把你们当作祭神的牺牲。’——牧羊人会对他的一岁小羊这样说吗？

“不，我的朋友，所有这些问题，甚至在提出之前就已经得到答案了，就像你的梦一样，在你睡觉之前就已经完成了。

“根据古老而永恒的规矩，我们是相依为命的。让我们就这样的生活在仁爱之中吧。我们在孤独中互相寻求着对方，当我们没有炉边可坐时我们就在大路上步行。

“我的朋友们和我的兄弟们，广阔的大路就是你的伙伴。

“这些寄生在树上的植物，在黑夜的甜蜜寂静里吮吸着大地的奶水，而大地在它安宁的梦中吮吸着太阳的乳房。

“而太阳，就像你和我和万物一样，同样荣幸地坐在上帝的筵席上，上帝的大门是常开的，上帝的筵席是常设的。

“曼奴斯，我的朋友，万物相依为命；万物依无涯的信念为生，依至高无上的神的恩惠为生。”

八

一天早晨，天空的曙色仍然苍白，他们一起在园里散步，向东方遥望，默不作声地面对正在升起的太阳。

过了一会儿，阿尔穆斯塔法用手指指点点，说道：“朝阳映在露珠里的形象，不亚于太阳本身。生命在你们灵魂里的反映，也不亚于生命。

“露珠映照出光明，因为露珠和光明是一体的；你们反映出生命，因为你们和生命是一体的。

“当黑暗笼罩你们时，你们要这样说：‘这黑暗便是将临未临的曙光；虽然黑夜的阵痛完全落在我身上，然而曙光将要照耀在我身上，正如照耀在山岭上一样。’

“露珠在百合花的苍茫里使自身浑圆，你们在上帝的心里增强你们的灵魂，两者并不是不相似的。

“如果一颗露珠说：‘我不过是在一千年中一度成为一颗露珠罢了。’你就开口，回答它道：‘你可知道，全部岁月的阳光都在你的圆球里闪耀着哩。’”

九

一天黄昏，一场暴风雨袭击小岛，阿尔穆斯塔法和他的九个门徒走进屋子，端坐在火炉旁边，一动也不动，一声也不吭。

有一个门徒说："我是孤独的，夫子，时辰的铁蹄沉重地落在我的胸膛上。"

阿尔穆斯塔法站起身来，站在门徒之间，用好比是大风之声的嗓音答道："孤独！孤独又怎么样？你独自而来，并将独自消失于大雾里。

"所以，独自饮你杯中的酒，默默地饮酒吧。秋日曾把别的酒杯送到别人的唇边，并且在杯子里斟满了苦酒和甜酒，就像它们斟满你的酒杯一样。

"尽管这酒具有你自己的血和泪的味道，你独自饮你的酒，并且为渴的天赋而赞美人生吧。因为，如果没有渴的天赋，你的心就不过是一个空虚的大海的海岸，没有歌，也没有波涛。

"独自饮你的酒，兴高采烈地饮吧。

"把你的酒杯高举在头顶之上，为独酌的人痛饮吧。

"从前我寻求与人们结交，和他们一起坐在酒筵上，跟他们一起痛饮；但他们的酒既不涌到我的头脑里，也不流进我的胸膛里。酒不过是往下流到了我的脚边。我的智慧因而干涸了，我的心上了锁，封闭了。只有我的脚在雾霭里同他们在一起。

"于是我不再寻求与人们结交，也不再在他们的饭桌上和他们一同饮酒。

"所以，我对你说，即使时辰的铁蹄沉重地落在你的胸膛上，那又怎么样呢。独自饮你愁苦的酒，对你是相宜的；而你也将独自饮你欢乐的酒。"

一〇

一天，希腊人法尔德劳斯在园里散步，他的脚碰在一块石头上，他生气了。他转身捡起石头，低声说道："啊，死石头，挡住了我的道路!"接着就把石头扔掉了。

阿尔穆斯塔法，上帝特选者和众人爱戴者于是说道："你为什么说'啊，死石头'？你在这园里呆了这么长久，竟还不知道这儿没有死的东西吗？万物都在白天的智慧和黑夜的威严里生存、发光。你和石头是一样的。只是在心跳方面有所不同罢了。你的心跳得稍稍快一点儿，我的朋友，可是如此？是的，不过你的心可不太安宁。

"你的心的节奏，也许是另一种节奏；可是我跟你说，如果你测量你的灵魂的深度，衡量空间的高度，你就会只听见一种乐曲，在这乐曲声中，石头和明星一同歌唱，彼此配合，十分和谐。

"如果我讲的话你还不能理解，那就等到明天早晨吧。你盲目地在这石头上绊了一下脚，因此就咒骂这石头，那么，如果你在天空里碰到了一颗明星，你也会咒骂明星吧。然而，将来总有一日，你会像孩子采集山谷里的百合花一样采集石头和繁星的，那时候你就会懂得：所有这些东西，都是活的，都是芳香的。"

一一

在一个礼拜的第一天，神殿的钟声传到他们耳边的时候，有一个门徒说道：“夫子，我们在这儿听到许多关于上帝的议论。你对上帝有何说法，上帝其实是谁呢?”

阿尔穆斯塔法站在门徒们面前，像一棵正值青春的树木，不怕风也不怕暴风雨，他回答道：“我的伙伴和亲人，你们且设想一颗包含你们大家的心的心，一种容纳你们大家的爱的爱，一种包括你们大家的精神的精神，一种包罗你们大家的声音的声音，一种比你们大家的沉默还要深沉的沉默，永恒的沉默。

“你们且设法在你们的自我完成里观察到一种比一切美丽的东西更富有魅力的美，一支比大海和森林之歌更为雄伟的歌曲，一种手持节杖、端坐在宝座上的威严——而猎户星座不过是宝座下的一个踏脚凳，七曜之星也不过是节杖上的露珠闪烁。

“你们经常寻求的，不过是食物和栖身之所，一件衣服和一根拐杖，如今你们去寻求三位一体吧，它既非你们的利箭的目标，又非给你们挡风防雨的石洞。

“如果我说的话是块石头是个谜，那么，你们就仍然要去探索，直到你们的心都碎了，你们的疑问把你们带往至高无上者的爱和智慧里，而这至高无上者，人们称他为上帝。”

他们默不作声，每个门徒都默不作声，他们心中困惑；阿尔穆斯塔法对他们深感同情，他怀着深情凝望着门徒们，说道：现在让我们不再谈论天父上帝吧。让我们还是讲讲众神吧，讲讲你们的邻居，你们的兄弟，以及在你们的房子和田野里来往的风风雨雨。

“你们会在幻想之中升到云端里，你们以为那是高处；你们会经过浩淼的大海，你们称之为远处。然而我要跟你们说，当你们在大地里播下一颗种子的时候，你们就达到了更高的高度，当你们向邻居欢呼早晨的美丽的时候，你们就跨过了更为浩淼的大海。

“你们歌咏无穷无限的上帝过于频繁了，然而实际上你们并没有听到歌声。但愿你们会谛听鸣禽啁啾，谛听风过时辞枝而去的落叶萧萧，我的朋友啊，可别忘了，它们只是在离别树枝时才歌唱哩！

“我还要嘱咐你们：可别随随便便地谈论上帝，上帝是你们的一切；你们还是互相谈论，一个邻居对另一个邻居，一个神对另一个神，从而互相了解吧。

“因为，如果母鸟飞向天空，谁来喂巢中的雏鸟呢？田野里的秋牡丹，若不是蜜蜂从另一棵秋牡丹为之媒介传粉，它会结子繁殖吗？

“只是你们迷失在你们自己的‘小我’里的时候，你们才向你们称之为上帝的天空寻求。但愿你们会找到通向你们的‘大我’的途径；但愿你们不甘懒散，铺设这条道路。

“我的水手和我的朋友啊，少谈论上帝，多互相谈论，倒是聪明的，因为我们无法了解上帝，而我们彼此却是可以互相了解的。然而，我愿意让你们知道：我们都是上帝的气息和芳香。我们是上帝：在绿叶里，花朵里，时常在果实里。”

一二

一天上午，太阳高高的，有一个门徒（阿尔穆斯塔法童年时一起玩耍的三伙伴之一），来到他的身边，说道："夫子，我的衣服穿破了，我又没有第二件。请允许我到市场上去，做一番交易，也许我能弄到一件新衣裳的。"

阿尔穆斯塔法瞧着这年轻人，他说："把你的衣服给我。"那门徒就把衣服交给他，赤身裸体站在中午的阳光里。

阿尔穆斯塔法用一种好比年轻的骏马在大路上奔驰的声音说道："只有赤身裸体的，才生活在阳光里。只有天真未凿的，才御风而行。唯独千次迷路的人才得以回到家里。

"天使厌恶聪明人。还不过是昨天的事哩，有个天使对我说：'我们为那些闪光的东西创造了地狱。除了烈火，还有什么能烧掉一个物体的闪光的表面，并且一直融化到它的核心呢？'

"我接着说道：'然而你创造地狱时也就创造了管理地狱的魔鬼。'但是天使回答道：'不，地狱是由那些不屈服于烈火的人们管理的。'

"多聪明的天使！他懂得人的作风，也懂得半人的作风。他是六翼天使之一，在先知们受到聪明人的引诱时，他来帮助先知们的。毫无疑问，先知们微笑时天使微笑，先知们哭泣时他也哭泣。

"我的朋友和我的水手，只有赤身裸体的，才生活在阳光里。只有无舵的船，才能在更大的大海上航行。只有与黑夜同黑的人才与黎明同醒，只有与积雪下的树根同睡的人才到达春天。

"因为你们就像树根，你们像树根一样单纯，然而你们具有来自大地的智慧。你们是缄默的，然而在你们尚待生长的树枝里有着东、南、西、北风的合唱。

“你们是脆弱的，你们是无形的，然而你们是巨大橡树的开端，你们是才用铅笔素描了一半的杨柳参天图。

“我再一次地说，你们不过是介乎黑暗草地与流动天空之间的树根。我时常看见你们站起来随着光明起舞，但我也看见你们腼腼腆腆的。一切树根都是腼腼腆腆的。他们把他们的心深藏已久，他们不知道拿他们的心怎么办。

“然而五月就要来了，五月是个坐立不定的处女，她将养育山岭和平原。”

一三

一个曾经在神殿供职的门徒恳求他道："教诲我们吧，夫子，使我们说的话甚至像你说的话一样，使它对于民众仿佛是一曲圣歌，一炷熏香。"

阿尔穆斯塔法回答道："你应该超越你所说的话，但你的途径应该保持不变：一种节奏，一种芳香；一种为爱人者和一切被人所爱者的节奏，一种为情愿生活在园里的人们的芳香。

"然而应该超越你所说的话，要上升到那样的高度：到那星团殒落的所在，你可以张开双手，直至手里盛满繁星；然后你就躺下睡觉，仿佛一只白色雏鸟睡在一个白色的鸟巢里，你还可以梦见你的明天，仿佛白色的紫罗兰梦见春天一样。

"是的，你应该比你所说的话更加深入。你应该寻找溪流的湮没无闻的源头，你应该成为一个隐蔽的山洞，回响着地层深处、你如今甚至听不见的声音。

"你应该比你所说的话更加深入，是的，要比一切声音更加深沉，一直深入到大地的心坎里，你可以在那儿单独和他待在一起，他就是也在银河上散步的上帝。"

过了一会儿，门徒之一又问他道："夫子，给我们讲讲生存吧。什么是生存呢？"

阿尔穆斯塔法对他看望良久，很喜欢他。接着，阿尔穆斯塔法站起身来，走得离门徒们稍远一点；然后一面走回来，一面说道："在这花园里躺着我的父亲和我的母亲，那是由活着的人动手安葬的；在这花园里埋藏着去年的种子，那是由风翼传送到这儿的。我的母亲和我的父亲行将在这儿安葬一千次，风行将把种子埋在这儿一千次；一千年后，你们和我和这些花卉行将一起来到这花园里，甚至就像现在一样；而我们将要热爱着生命，生存下去，将要梦想着宇宙空间，生存下去，将要向太阳升腾着，生存下去。

“却说如今要生存下去，就要聪明伶俐，尽管对愚蠢者不要视同陌路；就要做个强者，可也别去损害弱者；就要同年幼的儿童一起玩儿，可别俨然是个父亲，倒要作个愿意学习他们的游戏的小伙伴。

“对待老翁和老妪要单纯和坦率，跟他们一起坐在老橡树的树荫下，尽管你仍在和春天同行。

“尽管诗人可能住在七条大河之外，要去找他，安安静静地站在他的面前，无所需求，无所怀疑，嘴边也毫无问题要问。

“要知道圣人和罪犯是孪生兄弟，他们的父亲是仁慈的上帝；前者不过比后者早生了一刻，我们就把他看作是戴上冠冕的王子。

“要追随美，即使美把你们带到悬崖的边缘；尽管美长着翅膀而你们没有翅膀，尽管美越过悬崖的边缘，也要追随美，因为凡是没有美的地方，便空无所有。

“要做一个没有护墙的花园，一个没有看守者的葡萄园，一个永远对行人敞开的宝库。

“被盗，被欺，被骗，唉，被引入歧途，被陷入罗网，然后又被嘲弄讥笑，可你们还是要站在‘大我’的高度俯视，对这一切莞尔微笑，心里明白春天行将来到你们的花园里，将在你的绿叶间跳舞，秋天又将使你们的葡萄成熟；心里明白只要你们的窗子有一扇向东方敞开，你们就永远不会空无所有；心里明白那些被认为是为非作歹、抢劫、掳掠、拐骗的人，都是你们的贫困的兄弟；心里明白在这城市的上空，在那看不见的城市里的幸福居民看来，你们也许都是这样的人。

“我也要对你们这些凭着双手，为了使我们白天和黑夜生活舒适，制造了发现了一切必需的东西的人说话——

“生存下去，就是要做一个手指能明察秋毫的织布工，做一个念念不忘光线和空间的建筑工，做一个感觉到播下一颗种子便是庋藏一个宝库的庄稼汉；生存下去，就是要怀着对鱼和兽的同情之心，去当一个渔民兼猎户，然而对人的饥饿和需要，可又怀着更大的同情之心。

“我首先要讲明这一层意思：我指望你们每一个人都帮助世界上每一个人达到他的目的，因为只有这样，你们才可以希望达到你们自己的善良的目的。

“我的伙伴和我的亲人，要勇敢而不自卑；要胸襟开阔而不狭隘；要直到最后·刻保持你们‘大我’的本色。”

阿尔穆斯塔法停止讲话了，一种深沉的忧郁落在这九个门徒的身上，他们的心背离阿尔穆斯塔法，因为他们并不懂得他讲的话。

你瞧，三个做水手的人想念着大海，曾经在神殿供职的人渴望着圣堂的安慰；曾经作过他游戏的伙伴的人要想到市场上去。他讲的话，他们都听不进去；他说话的声音又回到了他的身边，仿佛是无家可归的倦鸟在寻找栖息之所。

于是阿尔穆斯塔法在园里走得远离门徒们，一言不发，一眼也不看他们。

于是门徒们自己开始互相议论，为他们的渴望离开寻找借口。

你瞧，门徒们转过身去，各自到他自己的地方去了，因此，阿尔穆斯塔法，上帝特选者和众人爱戴者，就只剩下独自一人了。

一四

黑夜完全来临时，阿尔穆斯塔法一步步地走到他的母亲的坟墓旁边，坐在一棵高耸于墓地之上的雪松之下。天空一片壮丽的光芒投来它的影子，墓园在大地的胸膛上闪闪发光，犹如一棵美丽的珍宝。

阿尔穆斯塔法在他的精神孤独之中大叫出声，他说道：

“我的灵魂，由于它自己的成熟的果实而不胜负担。有谁来吃这果实，一饱口腹呢？难道没有一个人持过斋，心地仁慈，来以我在阳光下第一次结出的果实开斋充饥，从而减轻我自己的丰收的负担？

“我的灵魂洋溢着千载万代的陈酒。难道没有一个口渴的人来饮这酒吗？

“瞧，有个人站在十字路口，向过路行人伸出了双手，而他的手里放满了珍宝。他呼唤行人，说道：‘可怜可怜我，拿走我的东西吧。以上帝的名义，拿走我手里的珍宝，安慰安慰我吧。’

“然而行人只是瞧瞧他，没有一个人拿走他手里的东西。

“与其伸出充满贵重礼物的双手，却找不到一个接受礼物的人，唉，倒不如做个乞丐，伸出双手求乞，一双颤抖的手，空无所获地缩回自己的胸前。

“瞧，还有个仁慈的王子，在山岭和沙漠之间架起他的丝绸帐篷，嘱咐他的仆从烧起篝火，用以招呼陌生人和流浪者；他派出他的奴隶来路上寻访，以获得一个客人。然而大路和沙漠小径都是杳无人迹的，他们一个客人也没找到。

“倒不如王子是个不得其所、不得其时的人，寻求食物和托庇之所的人。倒不如王子是个流浪者，仅仅随身带着一根棍棒、一只泥碗。到了夜间，他就会碰到跟他类似的人，碰到不得其所、不得其时的诗人，分享他们的求乞生涯，分享他们的回忆和他们的梦。

“瞧，伟大的国王的女儿一觉醒来，起身穿上丝绸衣裳，戴上珍珠宝石，把麝香撒在头发上，把手指浸在琥珀里。然后她下了高楼走到花园里，夜间的露珠看见了她的黄金似的便鞋。

“在夜深更静之时，伟大的国王的女儿在花园里寻找爱情，可是在她的父亲辽阔广大的王国里，没有一个人是她的情人。

“倒不如她是个农夫的女儿，在田野里牧羊，黄昏时分回到她的父亲的家里，脚上是弯曲道路上的尘土，衣裳的皱褶里是葡萄园的芳香。黑夜到来，黑夜的天使下临人间的时候，她就偷偷地踅到河谷，她的情人在河谷等着她哩。

“倒不如她是修道院里的一个修女，燃烧她的心代替焚香，使她的心冉冉升起，随风而去，并且消耗她的精神如同点燃蜡烛，让一线光亮，随同那些崇拜者、爱人者和被爱者，一齐向更伟大的光明升起。

“倒不如她是个年迈的妇人，坐在阳光下回忆着那同她分享青春的人儿。”

夜深了，阿尔穆斯塔法随着黑夜而暗下去，他的精神好比未雨的密云。他又狂歌当哭：

我的灵魂因其果实成熟而不胜负担，
我的灵魂因其果实而不胜负担，
如今谁来把果实吃个酣畅？
我的灵魂醇酒洋溢，
如今谁来斟酒而饮，
解除沙漠的酷热？

但愿我是棵无花无果的树木，
因为丰收的痛苦有甚于颗粒无收；
身为富翁而谁也不要他的东西，
其烦恼大于无人给他东西的乞丐。

但愿我是个干涸的井，
众人往我井里扔石头，
因为这倒好些，容易忍受些，
较之身为活水的源泉，
行人经过却滴水不饮。

但愿我是被踩在脚下的芦苇，
因为富贵之家的银弦竖琴，
老爷没有手指，子女没有耳朵，
处境还不及芦苇啊。

一五

却说有七天七夜，没有一个人走进园来，阿尔穆斯塔法独自和他的回忆、他的痛苦在一起；因为甚至那些怀着深情和耐心听过他讲话的人们，也转而从事其他生活的追求了。

来的只有卡丽玛，她脸上的沉默犹如面纱；她手里拿着酒杯和盘子，为他的孤寂和饥饿供应吃喝。把这些东西放在他面前以后，她就走开了。

于是阿尔穆斯塔法又来到园门口白杨树下，他坐在那儿望着大路。过了一会儿，他看到大路上仿佛卷起一团尘埃，正在向他渐渐移近。接着是这团尘埃里冒出来九个门徒，而卡丽玛走在前头带领着他们。

阿尔穆斯塔法走上前去，在大路上迎接他们，于是他们进入园门，万事皆好，仿佛他们不过是一个钟头前出去了一趟似的。

他们来到园里，卡丽玛把面包和鱼放在他的朴素的饭桌上，把剩下的酒倒在杯子里，他们就和他一起进餐。她倒酒时向夫子请求道："请允许我进城去打点儿酒来斟满你们的酒杯，这瓶里的酒都倒完了。"

阿尔穆斯塔法瞅着卡丽玛，他的眼睛里是远行的神色，要到一个遥远的国土去的神色，他说道："不用了，此刻酒足够了。"

他们又吃又喝，都吃得心满意足。就餐完毕，阿尔穆斯塔法用深沉如大海、饱满如月下涨潮的洪亮嗓音讲话，他说道："我的伙伴和我的同路人啊，今天我们非分别不可了。好久好久了，我们一起航行过危机四伏的大海，攀登过崇山峻岭，搏斗过暴风雨。我们领略过饥饿的滋味，可我们也曾坐在喜筵上饱过口福。我们时常赤身裸体，但我们也穿过华贵的衣服。我们确实闯南走北地作过远行，可现在我们要分别了。你们将一起登上你们的路程，而我将独自走我的路了。

“大海和辽阔的大陆虽将把我们分开，然而去圣山的路上我们仍是同伴。

“但在我们踏上分离的道路之前，我要把我的心所收获的，以及我的心所拾的穗，供献给你们：

“你们唱着歌儿上路吧，但歌要短小，因为只有在你们的唇边夭折的歌儿才活在人的心里。

“用简要的话讲一个美丽的真理，但决不要用任何言语讲一个丑恶的真相。告诉那头发在阳光里闪耀的处女，她是早晨的女儿。但，如果你遇到失明的人，别跟他说他是和黑夜一体的。

“静听吹笛人奏乐，就像静听四月的天籁一样，但，如果你听批评家和吹毛求疵者说话，那就得像你自己的骨头一样置若罔闻，像你的遐想一样远走高飞。

“我的伙伴和我的亲人，你们在路上将遇到脚上长着蹄子的人，那就把你们的翅膀给他们吧。将遇到头上长角的人，那就把桂冠给他们吧。将遇到手上长着爪子的人，那就把花瓣给他们装饰手指吧。将遇到长着蛇信似的舌头的人，那就把蜜给他们拌在语言里吧。

“是的，你将遇到诸如此类的人和更多的怪人；你们将遇到出卖拐杖的瘸子，出售镜子的瞎子。你们将遇到在神殿前求乞的富翁。

“你们要把灵巧给予瘸子，把视觉给予瞎子，而且要一定要把你们自己舍给那求乞的富翁。富翁是众人中最贫困的，因为尽管家产极大，若不是确实贫乏，谅必没有人会伸出手来乞求施舍的。

“我的伙伴和我的朋友，我以我们之间的深厚感情责成你们，要成为纵横交错于沙漠之中的无数道路，供狮子和野兔行走，也供狼和羊行走。

“而且牢记我的这一教诲：我教给你们的，不是给予，而是接受；不是拒绝，而是完成，不是屈从，而是理解，唇边还挂着微笑。

“我教给你们的，不是缄默，而是不太响地吟咏一支歌儿。

“我教给你们的，是你们的‘大我’‘大我’包含大众。”

阿尔穆斯塔法从食桌边站起来，径直走到园子里边儿，白日将尽，他在柏树阴下散步。门徒们跟着他，可又和他保持一点儿距离，因为他们的心是沉重的，他们的舌头贴在硬颚上。

只有卡丽玛，把零星东西放在一边后，走到他的身边，说道：“夫子，我希望你允许我为你准备明天和旅途上的食物。”

他用看望另一个世界而不是这个世界的眼睛瞧着她，他说道：“我的姐妹，我的亲人，事情已经定局了，甚至早在开天辟地时就定局了。为明天的吃喝都准备好了，就像为我们昨天和今天的吃喝都准备好一样。

“我走了；然而，如果我走了却还有个真理不曾讲出来，尽管我浑身的元素都散布在永恒的寂静里了，真理本身也会重新寻找我，把我聚拢来；而我就会重新来到你们的面前，我会用那重新从无涯寂静的心里产生出来的声音讲话的。

“如果还有什么美丽的东西我不曾向你们宣讲，那么，我就会再一次地受到召唤，甚至直呼我的名字，阿尔穆斯塔法，而我将给你们一个信号，让你们知道我回来宣讲一切没有讲够讲足的真理了，因为上帝既不愿意让他自己的面目对人掩蔽起来，又不愿意让他自己的真理埋没在人心的深渊里。

“我将活在死亡之外，

我将在你耳边歌唱。

即使茫茫大海的波涛

把我带回了海底，我也要歌唱。

尽管没有形体，我将坐在你的饭桌旁，

一个隐身的精灵，我将和你同去耕田，
一个看不见的客人，我将来到你的火炉旁，
除了盖在脸上的面具，死亡啥也不能改变。
樵夫仍将是樵夫，
农民仍将是农民，
迎风歌唱的人也将
仍旧对着转动的天体歌唱。”

门徒们一动也不动，好比石头，他们心里悲哀，因为他已经说：“我走了。”然而没有人伸出手来挽留夫子，也没有什么人跟随他的脚步。

阿尔穆斯塔法从他母亲的墓园里走出去，他的脚步迅速而没有声音，片刻之间，像卷在一阵强劲的风里的一片叶子，他飘然离开他们远去了，他们仿佛看到一道白光在向高岗移动。

九个门徒从大路上走回去。但那妇人依旧站在四合的夜色里，她看到那白光如何与夜色合而为一；她用他的话安慰她的凄凉和孤寂：“我走了；然而，如果我走了却还有个真理不曾讲出来，真理本身也会寻找我，把我聚拢来，而我会重新到来。”

一六

现在是黄昏了。

阿尔穆斯塔法已经到达山岭。他的脚步带他进入雾霭，他站在岩石和白色柏树之间，躲过了万物。他开口说道：

雾啊，我的姐姐，尚未定型的白色气息，
我回到你的身边来了，
一个白色的、没有声音的气息，
一个还没有说出口的字。

雾啊，我的振翅飞翔的雾姐姐啊，
如今我们是在一起了，
我们将常在一起，直至我们再生之日：
黎明把你凝成露珠撒在花园里，
使我变成婴儿投在妇人胸膛上。
而且我们都将记得往事。
雾啊，我的姐姐，我回来了，
一颗在深沉中静听的心，
就像你的心一样，
一个悸动而没有目的的欲望，
就像你的欲望一样，
一个尚未集中起来的思想，
就像你的思想一样。

雾啊，我的姐姐，我母亲的头胎女儿，
我的手里还拿着你叫我散播的绿色种子，
我的唇上还封着你叫我唱的歌，
我没给你带来果实，
我没给你带来回声，
因为我的手是盲目的，嘴是紧闭的。

雾啊，我的姐姐，我很爱世界，
而世界也很爱我，
因为我的一切微笑都在她的嘴唇边，
而她的一切泪水都在我的眼睛里。
然而我和世界之间有一道寂静的鸿沟，
这鸿沟她不愿架桥，我又跨不过去。

雾啊，我的姐姐，我的永生的雾姐姐，
我对我的小孩子们吟唱古老的歌曲，
他们静听，他们脸上露出惊讶的神色，
但也许明天他们就把这歌曲忘掉了，
我不知道风将把歌曲吹到谁的身边。
虽然这歌曲不是我自己创作的，
可它来到我的心头，
在我的唇边盘桓片刻。

雾啊，我的姐姐，

虽然这一切都过去了，
我倒是心平气和的。
给那些已经出生的人们歌唱，
这就已经足够了，
尽管这歌儿确实不是我自己创作的，
然而它唱的却是我内心深处的愿望。

雾啊，我的姐姐，我的雾姐姐，
如今我同你合而为一了。
我不再是个“自我”了。
墙垣已经倒了，
铁链已经断了，
我上升到你的身旁，成了一片雾霭，
我们将一起浮游在大海之上，
直至我们再生之日：
黎明把你凝成露珠撒在花园里，
使我变成婴儿投在妇人胸膛上。

流浪者

流浪者

我在十字路口遇见他，一个光穿一件披风，拄一根拐杖的人，脸上蒙着一层痛苦之纱。我们互相致意问好，我向他说："到我家里来作客吧。"

他就来了。

我的妻和我的孩子们在大门口迎接我们，他对她们莞尔微笑，她们欢迎他的光临。

我们一同坐下来就餐；同这个人在一起，我们感到愉快，因为他身上自有一种沉静和一种神秘。

吃过晚饭后我们聚集在炉火周围，我问起他的流浪生涯。

那天夜里他给我们讲了好多故事，第二天也讲了好多故事。但是，我如今记录下来的，都脱胎于他的生涯之辛酸，尽管他本人是仁慈厚道的；而这些故事呢，讲的是他道路上的尘土和忍耐。

三天后他离开我们时，我们并不觉得一个客人已经走了，倒像是我们家庭中有个人还在外边儿花园里，还没有回到房子里来呢。

衣 衫

有一天，美和丑在海边邂逅，他们互相怂恿，“咱们到海里去游泳吧。”

于是他们脱下衣衫，在海水里游泳。过了一会儿，丑回到海岸上，穿上本来属于美的衣衫，径自走他的路了。

接着美也从海里出来了，找不到她自己的衣衫，她又太羞怯，不敢赤身裸体，于是她只好给自己穿上本来属于丑的衣衫。美也径自走她的路了。

所以，直至今日，世上的男男女女，错把丑当作美、美当作丑。

然而，有些人看见过美的真面目，尽管她穿错了衣服，他们还是能认出她来。有些人认得丑的真面目，衣衫蒙骗不了他们的眼睛。

鹰和云雀

一头鹰和一只云雀在一座高山的一块岩石上相遇。云雀说："祝您早安，先生。"鹰鄙夷地瞧着云雀，有气无力地说道："早晨好。"

云雀说："我祝愿您万事大吉，先生。"

"是啊，"鹰说，"我们是万事大吉大利。可你要知道，我们是众鸟之王，我们还没有开口，你就不应该先招呼我们。"

云雀说："我以为咱们是属于同一个家族的哩。"

鹰以鄙夷的神色瞧着云雀，说道："究竟谁说过你和我是属于同一个家族的?"

于是云雀答道："不过，我倒要提醒你这一点：我能飞翔得同你一样高，我还能唱歌，给大地上其他生物以乐趣。而你既不给人愉快，又不给人乐趣。"

这话触怒了鹰，他说："愉快和乐趣！你这放肆的小东西胡扯些什么！你的身材不过我的一只脚那么大。只要我的嘴巴一啄，就能结束你的性命。"

于是云雀飞起来，扑在鹰的背脊上，啄起鹰的羽毛来了。这可大大激怒了鹰，他快飞高翔，想借此甩掉那只小鸟。然而他失败了，怎么也甩不掉。他终于又落在高山的那块岩石上，小东西可依旧扑在他的背脊上，他越发愤怒，咒骂着这倒霉的时辰。

此时此刻有一只小乌龟经过，对着眼前的景象哈哈大笑，她笑得前仰后合，几乎要翻身摔倒。

鹰瞧不起小乌龟，说道：“你这慢慢爬行的东西，你这永远爬在土地上的东西，你笑什么?”

于是乌龟答道：“哎，我看见你变成了一匹马，让一只小鸟骑在你身上，不过那小鸟倒是只比你高明的鸟。”

鹰这就对乌龟说道：“你少管闲事，忙你自己的事去吧。这是我和我的兄弟云雀之间的家务事儿。”

情 歌

从前，有个诗人写了首情诗，诗是美丽的。他复写了几份，分送给他的朋友们和相识者，男的女的都送了，甚至送给了一位他只遇见过一次的、住在山岭那一边的年轻女子。

一两天后，那年轻女子派人给他送来了一封信。她在信中写道："让我推心置腹地向你保证，我深深地被你写给我的情诗感动了。现在就来吧，来看望了我的父亲和我的母亲，咱们就可以为订婚做好安排了。"

诗人复信，他在信中对她说道："我的朋友啊，这不过是出之于诗人心灵的一首情诗，由每一个男人吟唱给每一个女子听的。"

她再一次写信给他，说道："玩弄语言的伪君子和说谎者！从今天到我去世之日，我将因为你的缘故而憎恨一切诗人。"

泪与笑

黄昏时分，一只鬣狗在尼罗河岸上遇到一条鳄鱼，他们停下步来，互相致意。

鬣狗开口说道："先生，你的日子过得怎样?"

鳄鱼答道："我的日子过得糟极了。有时候，我因痛苦和烦恼而哭泣，我一哭，人们总是说：'不过是鳄鱼的眼泪罢了。'这话之使我伤心，真是没法儿说。"

于是鬣狗说道："你讲起你的痛苦和你的烦恼，可你也替我想想吧，想一会儿吧。我凝视着世界上的美，凝视着它的奇观和奇迹，纯粹出于内心的喜悦，我笑了，甚至像白昼一样的笑了。而丛林里的居民们却说：'不过是鬣狗的笑罢了。'"

在市集上

一个十分秀丽的姑娘从农村来赶集。她的脸上是百合花和玫瑰花的颜色。她的头发好比夕照，而曙光在她的朱唇上微笑。

这美貌的陌生人出现在年轻男子眼前不久，他们便都来追求她包围她了。这一个要同她跳舞，那一个要切一块蛋糕招待她。而他们大家都想吻她的面颊。因为说到底，难道这不是市集吗？

然而这姑娘吃惊而又害怕，认为这些年轻男子都不是好人。她斥责他们，她甚至打了一两个人的脸。接着她就从他们身边逃跑了。

那天黄昏时分，在回家的路上，她心里说道："真叫人厌恶。这些男人多么没有礼貌、没有教养。简直叫人忍无可忍。"

一年过去了，在这一年里，这个十分秀丽的姑娘念念不忘市集和年轻的男子们。于是她再来赶集了，带着她脸上的百合花和玫瑰花，带着她头发里的夕照以及她朱唇上的曙光似的微笑。

然而，如今年轻的男子们一看见她都转过身去了。整整一天她都是孤零零的，没有人来追求她。

黄昏时分，在走回家去的路上，她心里在嚷道，"真叫人厌恶。这些青年多么没有礼貌、没有教养。简直叫人忍无可忍。"

两位王妃

在沙瓦基斯城里住着一个王子，不论男子、妇女、儿童，人人都爱他。甚至田野里的动物也都来向他致敬。

但老百姓都说：他的妻子，即王妃，却不爱他；不，她甚至恨他。

有一天，毗邻的城市里的一位王妃，来访问沙瓦基斯城里的王妃。她们坐在一起谈话，讲到了她们的丈夫。

沙瓦基斯城里的王妃激动地说道："我真羡慕你和你丈夫——王子——共同生活的幸福，尽管你们已经结婚好些年头了。我憎恨我的丈夫。他不是只属于我一个人的，我确实是世界上最最不幸的女人了。"

来访的王妃便凝视着对方，说道："我的朋友啊，事实的真相是你爱你的丈夫。是的，你对他还有一份尚未用尽用掉的热情，那可是一个女人身心里的生命，好比花园里的春天。然而可怜我，也可怜我的丈夫吧，因为我们不过是在默默无言的忍耐中互相容忍着罢了。而你和其他的人还以为这就是幸福哩。"

闪　电

在一个大雷雨的日子里，有个基督教的主教在他的大教堂里。来了一个并非基督徒的女人，站在他的面前，问道："我不是基督徒。我能否得救，免受地狱之火的烧灼?"

主教瞧瞧那女人，答复她道："不，只有那些受过圣水和圣灵的施洗礼的人们，才能得到拯救。"

就在主教说话的刹那之间，一个霹雳从天上轰隆打将下来，打在大教堂上，大教堂里到处烈火熊熊。

城里的人们纷纷跑来了，他们救出了那个女人，而主教却被大火吞灭，化为灰烬了。

隐士和野兽

从前，在苍翠山岭间住着一个隐士。他是个精神纯洁和良心清白的人。大地上的一切走兽和天空里的一切飞禽都成双捉对地来到他的面前，他就对它们讲话。它们心悦诚服地听他讲话，它们围拢了来，不到天黑不愿离开；天黑时他就送它们走了，以他的祝福，把它们委托给风和森林。

有一天晚上，当隐士讲到爱情的时候，一头豹抬起脑袋对隐士说道："你给我们讲到恋爱。先生，请告诉我们，你的伴侣在哪儿呢？"

隐士说："我没有伴侣。"

于是在飞禽走兽群里腾起了大为诧异的喧哗之声，它们开始喊喊嚓嚓地互相议论："他自己对此一无所知，怎么能给我们讲恋爱和结婚呢？"它们悄悄地鄙夷地走掉了，剩下隐士孤零零一个人。

那天夜间，隐士脸孔朝下倒在席子上，接着就捶胸痛哭。

先知和孩子

有一天，先知莎里亚在一个花园里遇见一个孩子。孩子跑到先知跟前，说道："早上好，先生，"于是先知说："早上好，先生。"一忽儿以后，又说："我看你是独自一个人吧。"

孩子哈哈大笑，高高兴兴地说道："我花了好大工夫才摆脱了我的保姆。她以为我是在那些篱笆后面；可你岂看不到我在这花园里吗？"孩子凝望着先知的脸，又说道，"你也是独自一个人啊。你怎么对付你的保姆的？"

先知答道，"啊，那可是另外一回事了。说句老实话，我没法儿时常摆脱我的保姆。不过，现在我进入这个花园的时候，保姆正在篱笆背后寻找我呢。"

孩子拍着手大声说道："那么，你跟我一样是迷途失踪的人了！迷途失踪岂不很好吗？"接着，孩子又问："你是什么人？"

那人答道，"人家管我叫先知莎里亚。你也告诉我，你是什么人？"

"我只不过是我自己，"孩子说道，"我的保姆正在寻找我，她不知道我在哪儿。"

于是先知凝望着天空说道："我也是躲开我的保姆一忽儿，不过她会发现我的。"

孩子说："我知道我的保姆也会发现我的。"

就在这片刻之间，听得见有个女人在呼唤这孩子的名字。"瞧，"孩子说，"我告诉你保姆会找到我的。"

与此同时，听得见另一个声音在叫唤："莎里亚，你在哪儿?"

于是先知说道："瞧，我的孩子，她们也把我找到了。"

莎里亚抬头仰望天空，回答道："我在这儿啊。"

珍　珠

一只蚌跟它附近的另一只蚌说："我身体里边有个极大的痛苦。它是沉重的，圆圆的，我遭难了。"

另一只蚌怀着骄傲自满情绪答道："赞美上天也赞美大海，我身体里边毫无痛苦，我里里外外都很健全。"

这时有一只螃蟹经过，听到了两只蚌的谈话，它对那只里里外外都很健全的蚌说："是的，你是健全的，然而，你的邻居所承受的痛苦，乃是一颗异常美丽的珍珠。"

肉体和灵魂

一个男子和一个女人坐在开向春天的窗子旁边。他们紧紧地挨在一起。女人说道："我爱你。你生得漂亮，家境富裕，始终衣冠楚楚。"

男子说道："我爱你。你是一种美丽的思想，一件超脱得难以掌握的事物，是我梦幻中的一支歌曲。"

但那女人愤愤地转过身去，说道："先生，请你现在就离开我吧。我不是一种思想，我不是经过你的梦境的一件事物。我是个女人。我愿意你指望我成为一个妻子，一个未来子女的母亲。"

于是他们分手了。

那男子在心里说道："瞧这另一个梦如今竟化成一片雾气了。"

这女人说道："唉，他竟把我看成是一片雾气一个梦了，这是个什么男子汉呀？"

国 王

沙迪克王国的人民包围了他们的国王的王宫，大声呐喊着反对国王。国王一手拿着王冠，一手执着王节，走下宫殿的台阶。国王的威仪使人群静了下来；国王站在人群的面前，说道：“我的朋友们，你们不再是我的子民，现在我把我的王冠和王节交给你们。我愿意做你们的一分子。我不过是一个老百姓，作为一个老百姓，我愿意同你们一起工作，使我们的命运可以好起来。无需有一个国王了。因此，让我们一起到田里和葡萄园里去，手挽手地一起劳动。只是必须告诉我，我应该到哪一块田哪一个葡萄园里去。现在你们大家都是国王了。”

人民十分诧异，大家寂然不动，因为，他们原以为国王是他们的不满的根源，如今国王却把王冠和王节交给他们，成为老百姓的一分子了。

于是老百姓各走各的路，国王便跟着一个人到田里去干活。

国王没有了，沙迪克王国也没有什么起色，大地上仍旧笼罩着不满的雾霭。老百姓在市场上大声呼吁，说是他们愿意接受管理，他们情愿有个国王来统治他们。老年人和青年人仿佛异口同声地说道：“我们一定要有个国王。”

于是老百姓去寻找国王，发现国王在田里劳动，老百姓把他送到御座上，把他的王冠和王节交还给他。他们说：“请以权力和正义统治我们吧。”

国王说：“我要以权力统治你们，但愿天地间的众神帮助我，使我也能以正义进行统治。”

却说男男女女的老百姓来到国王面前，向他控诉了一个百般虐待他们的男爵，他们都不过是这个男爵心目中的农奴罢了。国王立刻把那男爵传来，对他说道："在上帝的秤盘上，一个人的生命同另一个人的生命，重量都是相等的。因为你不知道怎样衡量那些在你田里和葡萄园里干活的人们的生命的价值，所以你被放逐了，你必须永远离开这个王国。"

第二天，另外一群老百姓来到国王面前，控诉山岭那边的一个伯爵夫人残酷不仁，弄得他们穷困不堪。国王立刻把那伯爵夫人传到法庭上，也判处她流放的刑罚，国王说道："那些耕种我们的田地、为我们照料葡萄园的人们，比我们高尚，我们吃的是他们做的面包，喝的是他们榨的葡萄酒。因为你不明白这个道理，你就得离开这片国土，到那远离这个王国的地方去。"

接着，又来了男男女女的老百姓，他们控诉主教派他们搬运石头，为大教堂凿石头，可又什么报酬也不给；他们知道尽管主教的金库里放满了金银财宝，而老百姓却肚子空空的，饿得要命。

国王就召见主教，主教到来时，国王对他说道："挂在你胸前的十字架，应该意味着给生命以生命，然而你却从生命剥夺生命，自己可一毛不拔。因此，你必须离开这个王国，永不回来。"

这样，整整一个月，每天都有男男女女的老百姓来到国王面前，诉说他们不胜负担之苦；整整一个月，每天总有些压迫者被逐出国土。

沙迪克的老百姓惊讶不置，他们的心里欢欣鼓舞。

有一天，老年人和青年人都来了，把国王的高塔包围了，大声呼唤国王。国王一手拿着王冠，一手执着王节，走下塔来。

国王向老百姓说话，问道："这一回，你们要做什么事呢？瞧吧，我把你们叫我执掌的东西还给你们了。"

然而老百姓大声说道："不，不，你是我们的英明的国王。你清除了我们国土上的毒蛇，你消灭了豺狼，我们是来向你表示感恩，来歌功颂德的。庄严的王冠是属于你的，光荣的王节是属于你的。”

于是国王说道：“我不是国王，不是。你们自己才是国王。你们觉得我软弱失政时，你们自己也是软弱而不善于施政的。如今田地耕种得五谷丰登，乃是因为你们大家立志要做到这一点。我不过是你们全体老百姓脑子里的一个思想；只有你们行动起来，我才得以存在。根本没有什么统治老百姓的人。只存在着过去被统治的老百姓，如今他们自己统治管理自己。”

国王拿着王冠和王节重新进入他的高塔，年老的和年轻的老百姓各走各的路回去了，他们都是心满意足的。

沙迪克王国里，老百姓人人以为自己是个国王，一手拿着王冠，一手执着王节。

在沙滩上

一个人对另一个人说道："好久以前，在大海高潮的时候，我用我手杖的尖端，在沙滩上写下了一行字，现在人们仍旧停下步来读这行字，他们还留神不让它被擦掉抹掉。"

另一个人说道："我也在沙滩上写了一行字，不过是在低潮的时候，辽阔大海的波涛把这行字冲刷掉了。可是请你告诉我，你写的是什么呢?"

第一个人答道："我写道，'我就是他这样的人'，可你写的是什么呢?"

第二个人说："我写道，'我不过是这伟大海洋中的一滴水而已'。"

三件礼物

从前，在贝沙累城里住着一个宽宏大量的王子，城里所有的子民们都热爱和尊敬王子。

不过，有个十分贫穷的人，他对王子怀恨在心，不断地用他的贫嘴恶舌攻击王子。

王子知道这事，然而他耐心容忍。

但王子终于想到了这个穷人；一个冬天的寒夜里，王子的仆人来到这穷人的门前，带来一袋面粉，一小袋肥皂和一大块糖。

仆人说："王子送给你这些礼物，做个纪念。"

这穷人很得意，因为他把这些礼物看作是王子对他的一种敬意。他自豪地去见主教，把王子送他礼物的事告诉主教，并且说道："你难道看不出王子要博得我的欢心吗？"

然而主教说道："啊，王子是多么聪明，你又是多么不了解他。他用象征性的东西来说话。面粉是饱你空空如也的肚子的，肥皂是洗你肮脏的皮肤的，糖是甜你辛辣的舌头的。"

从这一天起，那穷人就变得对自己也感到害臊了。他对王子的憎恨比过去更大，他甚至更恨那给他解明王子真意的主教。

不过他从此就缄口无言了。

和平与战争

三只狗一边儿晒太阳一边儿谈话。

第一只狗梦幻地说道："生活在今日的狗国里确实是奇妙非凡。想想我们在大海里、陆地上，乃至天空中旅游的舒适安逸吧。再思量一下那些为了供狗儿们享福而搞出来的创造发明吧，甚至还有专供我们的眼睛、耳朵、鼻子享用的东西哩。"

于是第二只狗接口道："比较起来，我们更加关心艺术。我们对月亮吠叫，比我们的祖先更有节奏。我们往水里凝望我们自己时，我们看见我们的容貌，比往昔的狗儿的容貌更加清晰。"

然后第三只狗说道："不过，我最感兴趣而又使我心灵愉快的，便是那存在于狗国之间的安宁的相互理解。"

就在这刹那之间，它们张眼一看，啊，捕狗者在走近来了。

三只狗窜了起来，往大街上逃跑；奔跑之际，第三只狗说道："看在上帝面上，赶紧逃命吧。文明在追捕我们哩。"

舞蹈家

从前，有个舞蹈家，带着她的音乐师，来到别尔卡沙的王子的宫廷。她被准许入宫，她就按着诗琴、长笛和齐特拉琴的音乐，在王子的面前跳起舞来。

她跳着火焰的舞蹈，剑和矛的舞蹈；她跳着繁星之舞和宇宙空间之舞；然后她又跳着风中花卉之舞。

跳罢了舞，她站在王子的宝座之前，向王子鞠躬致意。王子吩咐她站得近一些，然后对她说道：“美丽的妇人，优雅和赏心悦目的女儿，你的舞艺究竟学自何方？你是怎样以你的节奏和你的韵律，驾御一切自然之力的？”

舞蹈家再次向王子鞠躬致意，然后回答道：“伟大而仁慈的王子陛下，我不晓得怎样答复你的垂询。我只知道这一点，哲学家的灵魂居住在他的头脑里，诗人的灵魂深藏在他的内心里，歌唱家的灵魂回荡在他的喉咙里，可是，舞蹈家的灵魂流贯于她的全身。”

两个监护天使

一天黄昏，两个天使在城门口相遇，互相致敬，谈起话来了。

一个天使说：“这些日子你在忙些什么，交给了你什么工作?”

另一个天使答道：“指派我去监护一个堕落的人，他就住在下面山谷里，是个作恶多端的罪人，卑劣之至。我敢向你断言，这是个重大任务，我工作得好辛苦。”

第一个天使说道：“那是个轻而易举的差使。我时常碰到罪人，好几次做过他们的监护者。然而现在指派我去监护一个善良的圣徒，他就住在那边的村舍里。我敢向你断言，这是件十分艰巨的工作，而且微妙极了。”

第二个天使说道：“这不过是臆测罢了。一个圣徒倒比一个罪人难于监护，这怎么可能呢?”

第一个天使答道：“竟说我妄加臆测，真是无礼极了！我说的只是真情实况。依我看来，你才是妄加臆测哩!”

于是两个天使又吵又斗，起初是用语言吵嘴，接着就用拳头和翅膀武斗了。

他们正在打架的时候，有个天使长走过。他阻止他们打架，说道：“你们为什么打架？究竟是为了什么缘故？你们可知道，监护天使在城门口打架是最不像话的？告诉我，你们不和睦的原因何在?”

于是两个天使立刻说起话来，谁都申称指派给他做的工作是更辛苦的，因此他应该得到更大的赏识。

天使长摇摇头，自己细细思考。

然后他说道："我的朋友们，我现在没法儿说你们哪一位有更大的权利要求光荣和奖励。但是，既然授予我权力，既然你们每一位都坚持对方的任务比自己的任务轻而易举，那么，为了和平的缘故，为了良好的监护职责，我派你们两位都担当起对方的职务。现在你们走吧，祝你们工作胜任愉快。"

两个天使奉命而去。但每个天使都怀着更大的愤怒回头看望天使长。每个天使的心里都在想："这些天使长啊！他们使我们天使的生活一天比一天难过！"

但天使长站定在那儿，自己再一次的思考。他在心里说道："我们确实非警惕不可，非监督我们的监护天使不可了。"

雕　像

从前，有个人住在丛山之间，他家有个雕像是一位古代的大师制作的。雕像脸孔朝下倒在他家的大门口，他根本没有在意。

有个博学的人，从城里出来，经过他的家，看到了这个雕像，他就问这雕像的主人，是否愿意出售。

主人哈哈大笑，说道："请问谁要买这块笨重肮脏的石头？"

城里人说道："我愿意出一块银元买它。"

山里人大为吃惊，喜出望外。

雕像放在一头大象的背脊上，运到了城里。过了几个月，那个山里人进城去了，他在大街上行走时，看到一大群人拥在一个铺子门口，有个人在高声喊道："请进来欣赏天下最美丽、最神奇的雕像吧。只要花两块银元，就可以瞧瞧艺术大师的这件最了不得的珍品。"

于是这山里人付了两块银元，踏进店里，瞧见了他自己以一块银元的价格售出的那个雕像。

交 换

从前，一个穷苦的诗人在十字路口遇见了一个富裕的蠢人，他们互相对话。他们所说的一切，只不过是宣泄他们心里的不满。

这时，专司马路的天使经过十字路口，他用手按在这两个人的肩膀上，你瞧，奇迹出现了：这两个人如今交换了他们所拥有的东西。

于是他们分手了。然而，说也奇怪，诗人左瞧右瞧，但见他手里只有活动的干巴巴的沙子；蠢人闭上了眼睛，但觉得他心里只有活动的云彩。

爱与恨

一个妇人对一个男人说道：“我爱你。”那男人答道：“那值得你爱的，是在我的心里。”

于是那妇人问：“难道你不爱我吗?”那男人只是凝视着她，默默无言。

于是那妇人大声嚷道：“我恨你。”那男人便回答道：“那值得你恨的，倒也是在我的心里。”

梦

有个人做了个梦，他醒来后便去请教他的预言家，要求他解释清楚这梦预兆什么。

预言家便对这人说道："你带着你清醒时看到的梦境来问我，我一定把梦境的意义告诉你。然而，你睡熟时做的梦，却既不属于我的智力的范围，又不属于你的想像力的范围。"

疯　子

我在疯人院的花园里遇到了一个青年，脸容苍白、秀丽，可又充满诧异的神色。

我坐在长凳上他的身边，我开口道：“你为什么在这儿？”

他惊讶地瞧着我，然后说道：“这是个不礼貌的问题，不过我还是要回答你。我的父亲要我成为同他一模一样的人，我叔父也指望我同他一个模样。我的母亲但愿我活像她那大名鼎鼎的父亲。我的姐姐以为她那航海的丈夫是个十全十美的榜样，要我亦步亦趋地学他。我的哥哥认为我应该像他一样当个运动员。

“我的老师们亦然如此，要我成为哲学博士，音乐大师和逻辑学家，他们也都是坚决的，每个人都只要我成为他的尊容在镜子里的反映。

“所以我就到这个地方来了。我觉得这儿疯人院倒比较神志清醒。至少，我可以成为我自己。”

于是那青年突然向我转过脸来，问道：“可是请你告诉我，难道你也是被教育和善意的忠告赶到疯人院来的吗？”

我回答道：“不，我是个访问者。”

那青年便说：“噢，有的人就住在墙壁那一边的疯人院里，原来你就是其中之一啊。”

群　蛙

盛夏之日，一只青蛙同他的伴侣说道："我担心我们的夜歌打搅了住在岸上房子里的人们。"

他的伴侣答道："哎呀，难道他们白天的谈话没有打扰了我们的寂静吗?"

雄蛙说："让我们别忘了，也许我们在夜间唱得太多哩。"

他的伴侣道："让我们也别忘了，他们在白天闲谈叫嚷得太过分啊。"

雄蛙说："牛蛙用他那上帝禁止的轰鸣吵醒了整个街坊，你觉得如何呢?"

他的伴侣答道："哎，政治家、牧师和科学家都来到岸边，使空气里充满了喧闹而又毫无韵律的声音，你又怎么说呢?"

于是雄蛙提议："哦，让我们比人类高明些吧。让我们在夜里保持沉默，把我们的歌儿藏在我们的心里，尽管月亮需要我们的节奏，繁星需要我们的韵律，都在发出呼吁呢。至少，让我们沉默一两夜，或者甚至三夜吧。"

他的伴侣道："很好，我同意。我们拭目以待你那宽容的心带来的后果。"

那天夜里，群蛙默不作声，第二夜他们也没有作声，而第三夜又是默不作声。

说也奇怪，住在湖边房子里的一个爱说话的妇人，第三天下楼来吃早餐时，大声对她的丈夫说道："这三夜我都没有睡成。耳中听到蛙声时，我才睡得安安稳稳。不过，必定是出了什么事了。青蛙三夜没有唱歌了；我失眠缺觉得几乎要发疯了。”

雄蛙听到了这一席话，向他的伴侣转过身来，眨巴着眼睛，说道：“我们因为默不作声也几乎要发疯了，难道不是吗？”

他的伴侣答道：“是的，夜的寂静沉重地笼罩着我们。我现在明白了，我们毋须为这些人的安宁舒适而停止唱歌，他们非有喧闹的声音来充实他们的空虚不可。”

那天夜里，月亮就不是白白的为青蛙的节奏而呼吁了，繁星就不是白白地为青蛙的韵律而呼吁了。

法律和立法

几百年前，有个伟大的国王，他是个贤明的人。他要给他的子民制定法律。

他从一千个不同的部落，邀请一千个贤人，到他的京城来制定法律。

这一切都照办了。

然而，写在羊皮纸上的一千条法律，呈送到国王面前，国王一一审阅之时，内心深处倒辛酸地哭泣了，因为他不曾料到，在他的王国之内，竟有一千种犯罪的勾当。

于是国王召来他的书吏，嘴角边带着微笑亲自口授法律。国王制定的法律只有七条。

却说那一千个贤人愤愤地离别国王，带着他们自己制定的法律回到他们各自的部落里去了。每个部落都实施它自己的贤人所制定的法律。

因此，他们直至今天都有一千条法律。

这是一个大国，但它有一千个监狱，狱中充满了触犯一千条法律的男男女女。

这确实是一个伟大的国家，然而，这个国家里的人民，乃是一千个立法者和仅仅一个贤明的国王的后裔。

昨天、今天和明天

我对我的朋友说："你看见她靠在那个男人的手臂上。可她靠在我的手臂上，还不过是昨天的事哩。"

我的朋友道："而明天她就要靠在我的手臂上了。"

我说："瞧她紧挨着坐在他的身边。可她紧挨着坐在我的身边，还不过是昨天的事哩。"

我的朋友道："而明天她就要坐在我的身边了。"

我说："瞧，她从他的杯子里喝酒，而昨天她是从我的杯子里喝酒的啊。"

我的朋友道："明天她就要喝我杯子里的酒了。"

我接着说道："瞧她怀着深情，以温柔驯服的眼睛，凝望着他哩，昨天她就是这样凝望着我的啊。"

我的朋友道："明天她凝望的人，便将是我了。"

我说："你可听见她凑在他耳朵上低声哼哼爱情之歌吗？可她凑在我的耳朵上低声哼哼这些爱情之歌，还不过是昨天的事啊。"

我的朋友道："明天她就要凑在我的耳朵上哼这些歌了。"

我说："瞧呀，她正在拥抱他哪。可她拥抱我，还不过是昨天的事哩。"

我的朋友道："她明天会拥抱我呢。"

于是我说道："好一个奇怪的妇人。

然而。我的朋友答道："她仿佛生命，为众人所有；她仿佛死亡，征服众人；她仿佛永恒，包罗众人万象。"

哲学家和鞋匠

有个哲学家，穿了一双破鞋子，来到一家鞋匠铺里。哲学家对鞋匠说："请补一下我这双鞋子。"

鞋匠道："眼前我正在修补另一个人的鞋子；还有一个人的鞋子补好了，我才能动手补你的鞋。不过把你的鞋留在这儿，今儿就穿这双别人的鞋，明儿你来拿你自己的鞋吧。"

哲学家这就生气了，他说："不是我自己的鞋子，我可不穿。"

鞋匠道："你竟不能把你的脚穿在别人的鞋子里，那么，请问你真正是个哲学家吗？这条街上还有个鞋匠比我更懂得哲学。你去叫他补鞋吧。"

造桥者

阿栖河穿过安提阿城①奔流入海，河上建造了一座桥，以便利这城市的两部分之间的交通。桥是用大石头筑成的，大石头是驮在安提阿的骡子的背上从山里运来的。

石桥竣工时一根石柱上用希腊文和阿拉姆文②刻了一行字："此桥系国王安提阿二世所建"。

所有的老百姓都经由这条美好的石桥走到美丽的阿栖河对岸去。

一天晚上，有个被人们认为有点儿傻里傻气的青年，往下爬到那石柱上刻字的地方，用木炭把刻的字涂抹掉，然后在这上面写道："这桥上的石头是骡子从山里驮运来的。你们在桥上来来往往，就是跨在建桥者——也就是安提阿的骡子——的背上。"

老百姓读了那青年写下的话，有的哈哈大笑，有的大为惊异。有的说："啊，明白了，我们知道这是谁干的。他不是有点儿傻里傻气吗？"

不过，有只骡子一边儿哈哈大笑一边儿对另一只骡子基督教文献多以此种文字写成说道："你可记得我们确确实实驮运了这些石头，然而直至今日一直说这石桥是国王安提阿建造的。"

① 安提阿城：古叙利亚首都。

② 阿拉姆文：公元九世纪通行于古叙利亚的文学，犹太人文献及早期基督教文献多以此种文字写成。

扎德田野

一个旅行者在扎德的大路上，遇到一个住在附近村子里的人，旅行者用手指点着一大片田野，问那人道：“这可是国王阿赫兰姆打败敌人的古战场?”

那人答道：“这儿从来没有做过战场。这片田野里一度耸立着伟大的扎德城，这座城市已烧成灰烬了。不过，它现在是一片沃野，可不是吗?”

旅行者和那人便分别了。

旅行者走了不到半英里，又遇到一个人，旅行者又指点着田野问道：“这就是伟大的扎德城一度耸立的地方?”

那人答道：“这个地方从来不曾有过城市。不过这儿倒有过一个修道院，南国的老百姓把它毁了。”

不久，就在这条扎德的大路上，旅行者又遇到了第三个人，他再一次指点着大片田野，问道：“这儿果真是一度矗立着一个大修道院的地方吗国?”

可是那人答道：“这一带从来不曾有过修道院，不过，我们的父辈和我们的老祖宗们倒告诉过我们，曾经有一颗大流星掉在这片田野里。”

旅行者心中诧异，继续向前走去。他遇见一个很老的老人，便施礼问道：“阁下，我在这条大路上遇到三个住在附近一带的人，我向每个人都打听过这片田野的情况，每个人都否认了别人所说的话，每个人都讲了一个别人没讲过的新的传说。”

于是老人抬起头来，回答道："我的朋友，这些人中，每个人告诉你的都是确实如此的情况，但我们几乎没有人能把分歧的论据加到一起从中得出正确的结论来的。"

黄金腰带

从前，有一天，有两个在大路上遇见的人，结伴向科伦斯的萨拉密斯城走去。中午时分，他们来到一条宽阔的大河边，可没有渡河的桥。他们非游泳不可；不然就得另找一条路径，可他们又不认识路。

他们互相商量：“让我们游过去吧。说到底，这河面也不算太宽。”于是他们便投身水中，游起来了。

两人中有一个生平熟悉江湖，也识得水性，他到了那大河中流倒迷糊了，被汹涌的流水卷走了；另一个从来没有游过泳的人竟笔直地渡过了河，站在那一边的岸上了。他看到自己的同伴还在河里挣扎，就重新跳到水里，把那人也安全地带到了岸上。

于是那曾被激流卷走的人问道：“可你告诉过我，你不会游泳。那么，你又怎么这样大胆地游过河的呢?”

第二个人答道：“我的朋友，你可曾看见我围在身上的这条腰带？腰带里装满了金币，那是我足足干了一年的活，为我的妻子和儿女挣来的。推动我渡过河、到我的妻子和儿女身边去的，就是那腰带里的金币的分量。我游泳的时候，我的妻子和儿女都在我的肩膀上。”

于是那两个人继续结伴同行，向萨拉密斯走去。

红色大地

一棵树对一个人说："我的根深入红色大地，我要把我的果实送给你。"

那个人对那棵树说道："咱俩多么相似。我的根也深入红色大地。红色大地赋予你力量赠我以果实，红色大地教育我以感谢之忱接受你的馈赠。"

圆　月

圆月光华灿烂地在城镇上空升起来了，城镇里所有的狗儿都开始吠叫起来了。

只有一条狗不吠不叫，它用庄严的声调对其余的狗儿说道："别吵得寂静从睡眠中醒来，也别用你们的吠声把月亮唤到大地上来。"

于是所有的狗儿都肃静无声，停止吠叫了。但，那头叫大家不要吠叫的狗儿，却因寂静而彻夜吠叫。

隐居的先知

从前有个隐居的先知，他每个月到大城市里去三次，在市场上宣讲施舍以及与人分享之道。他讲话滔滔不绝，闻名于世。

一天黄昏，有三个人来到他隐居的地方，他施礼迎接。他们说："你曾宣讲施舍以及与人分享之道，你曾设法教育富有的人施舍给贫穷的人；我们深信不疑，你的名声已经给你带来财富。如今你就把你的财富施舍给我们吧，因为我们十分贫困。"

隐士答道："我的朋友们，我除了这张床，这条席子和这瓶水外，一无所有。如果你们想要的话，就把它们拿走好了。我既无金子，又无银子。"

于是他们都轻蔑地鄙视隐士，把脸儿都转过去了；最后的那个人在门口站立片刻，说道："啊，你这骗子！你这满口欺人之谈的家伙！你教导和宣讲的，你自己并不身体力行。"

远年陈酒

从前，有个富翁，不无理由地以他的酒窖和窖藏美酒自豪。其中有一瓶远年陈葡萄酒，是他珍藏着留作盛会用的，究竟是什么盛会，可只有他自己知道。

地方官来拜访他，他心中寻思道："不过是地方官罢了，不必为他开这瓶酒。"

教区的主教来拜访他，可他跟自己说道："不，我不愿为他开这瓶酒。他不会懂得这酒的价值，这酒的香味他也闻不出来。"

王国的王子来临，和他一同进餐。但是他想："他不过是个小小的王子，不配喝那么高贵的美酒。"

甚至在他自己的侄儿结婚的时候，他也对自己说道："不，那瓶酒可不拿出来给那些客人们喝。"

岁月流逝，这老头儿终于死了，埋了，像种子和橡实一样。

他下葬的那天，那瓶远年陈葡萄酒和其他的瓶酒都拿出来了，被农民和邻居们分着喝掉了。没有一个人辨别出这瓶酒是远年陈酒。

对他们说来，凡是倒进酒杯里的，都不过是酒罢了。

两首诗

许多世纪以前，有两个诗人在到雅典去的大路上相遇，彼此见面，很是高兴。

一个诗人问另一个诗人道：“你最近在写什么？你的七弦竖琴如何配乐？”

另一个诗人自豪地回答道：“我刚写完我的最伟大的诗篇，也许是迄今用希腊文写的最伟大的诗篇。这是一首向至高无上的宙斯神祈祷的诗篇。”

于是他从斗篷下取出一卷羊皮纸，说道：“喏，你瞧，我把诗稿带来了，我很高兴读给你听。来吧，让我们坐到那棵白扁柏的树阴下去。”

诗人便朗读他的诗。那是一首长诗。

另一个诗人友好地说道：“这是一首伟大的诗篇。这诗将世代相传，你将因此扬名千古。”

第一个诗人平静地问道：“那么你在最近的日子里写了些什么呢？”

另一个诗人答道：“我写得很少。只写了八行诗，纪念一个在花园里玩耍的孩子的。”接着他就背诵了那八行诗。

第一个诗人说：“不赖，不赖。”

于是他们就分手了。

如今二千多年过去了，那八行诗仍在每个人的嘴里吟咏，大家喜爱它珍惜它。

那首长诗虽然也确实世世代代在图书馆里、在学者的藏书楼里传下来了；虽然记得这首诗，却既没有人爱它，又没有人读它。

鲁思夫人

从前，有三个人遥望一所白房子，那白房子孤零零地坐落在一座绿色山头上。第一个人说：“那是鲁思夫人的房子，她是个老丑巫婆。”

第二个人说：“你错了。鲁思夫人是个美丽妇女，她住在那儿沉湎于梦幻之中。”

第三个人说：“你们俩都错了。鲁思夫人是这一大片土地的大地主，她吸她的农奴们的血。”

他们且走且议论着鲁思夫人。

他们走到十字路口时，遇见一个老翁，有一个人问老翁道：“请你把那位住在山头上白房子里的鲁思夫人的情况告诉我们好吗？”

老翁抬起头来，向他们微笑，然后说道：“我现在九十岁了；我记得鲁思夫人时，我还不过是个孩子哩。不过，鲁思夫人八十年前早就死掉了，如今那所白房子是空关着的。鸱枭有时在那里呜呜地号叫，人家说那所房子里闹鬼。”

老鼠和猫

一天黄昏，一个诗人遇到了一个农民。诗人是孤僻的，农民是见人腼腆的，然而他们谈起话来了。

农民说："让我把一个最近听到的小故事讲给你听吧。一只老鼠给逮在捕鼠笼里了；老鼠快乐地吃着摆在笼子里的干酪时，有一只猫在笼子旁边。老鼠颤抖了一会儿，不过它心里明白，身在笼子里，它是安全的。

"于是猫开口道：'我的朋友，你正在吃你最后的一餐啊。'

"'是的'，老鼠答道，'我只有一条命，因此只死一次。可你又如何呢？据说你有九条命。难道这不是意味着你必须死九次吗？'"

农民瞧瞧诗人，说："这岂不是个新奇的故事吗？"

诗人没有回答农民，他走了开去，心里却在寻思："千真万确，我们有九条命，确确实实是九条命。因而我们要死九次，确实要死九次。也许，还不如只有一条命，给逮在一只笼子里——过着一个农民的生活，只有一小片干酪作他的最后一餐。然而，难道我们不是沙漠和林莽里的狮子的亲戚吗？"

诅　咒

有一次，一个海上老人对我说道："三十年以前，有个水手带着我的女儿逃跑了。我从心底里诅咒他们两人，因为世界上我最疼爱的仅仅是我的女儿。

"不久以后，那青年水手和他的船都沉到海底里去了，我也就丧失了同他在一起的、我那可爱的女儿。

"因此，现在你在我身上瞧得见一个谋杀这对青年和少女的凶手。毁灭他们两人的，就是我的诅咒。如今我在走向坟墓的路上寻求上帝的宽恕。"

老人说了这番话。然而在他的说话里有一种自吹自擂的口吻，仿佛他仍旧以他那诅咒的魔力自豪哩。

石　榴

从前有一个人，他的果园里种了许多石榴树。有好几个秋天，他总是把石榴盛在他的住宅外边儿的几个银盘里，盘上还放了一块他亲手写的招牌：务请取用一个，不胜欢迎。

然而，来往经过的人们，竟没有一个人取用那果实。

这人左思右想。于是在某一年秋天，他就不把石榴盛在住宅外的银盘里了，却高悬着用大字写的招牌："此间备有人世最佳石榴，但其售价较任何其他石榴昂贵。"

瞧瞧吧，附近的男男女女都跑来抢购石榴了。

一神与多神

基拉菲斯城里，有个诡辩家站在神庙的台阶上宣讲多神教。老百姓在心里说道："这一切我们统统知道。难道众神不是同我们一起生活，我们走到哪儿他们也跟到哪儿吗?"

不久以后，另一个人站在市场里，对老百姓讲道，"没有神。"许多听他讲话的人，对他传来的信息感到高兴，因为他们惧怕众神。

另一天又来了个口若悬河、能言善辩的人，他说："只有一个神。"于是老百姓都惊慌了，因为在他们心底里，惧怕一神的审判甚于众神的审判。

在同一季节里，又来了一个人，他对老百姓说："共有三个神，他们三为一体住在风里，他们有一个庞大而仁慈的母亲，这位母亲也是他们的同伴和姐妹。"

于是人人都安心了，因为他们悄悄地在说："三合一的神必定对我们的缺点意见分歧，而且，他们的仁慈的母亲，一定会为我们这些可怜的意志薄弱者辩护的。"

直至今天，基拉菲斯城里仍旧有些人，还在为了多神或无神，一神或三神合一及其仁慈的母亲互相辩论和争执不休。

耳聋的女人

从前，有个富翁，他有个年轻的妻子，她是个一点儿也听不见的石聋子。

一天早晨，他们正吃着早餐的时候，她对她的丈夫说道：“昨天我去逛了市场，那儿陈列着大马士革来的绸缎衣裳，印度来的头巾，波斯来的项链，也门来的手镯。看来商队刚把这些东西贩运到我们这个城市里来呢。可你瞧瞧我吧，穿得破破烂烂的，还算是富翁的妻子哩。那些美丽的衣饰，我想要买几件。”

丈夫还在忙于喝他那早晨的咖啡，说道：“我的亲爱的，没有理由不让你上街买你心爱的一切东西啊。”

那耳聋的妻子接着说道：“‘不’，你总是说‘不，不’。难道我必须穿得破破烂烂的出现在我们的朋友面前，给你的财富和我的亲属丢脸吗？”

丈夫说：“我并没有说‘不’啊，你不妨自由自在地到市场上去，把运到我们城里来的最美丽的衣裳和珠宝买回来。”

然而，妻子又猜错了丈夫的话，她说道：“在所有的富翁中间，你是最吝啬的。一切美丽可爱的东西，你总是不肯给我买的；而其他跟我年龄仿佛的女人，都穿得漂漂亮亮的在城中花园里散步。”

她哭起来了。她的泪水落到胸膛上时，她又重新大声说道：“我要买件衣服或是买粒宝石时，你总是对我说‘不，不’！”

于是丈夫被感动了，他站起身来，从他的钱袋里拿出一把金币放在她的面前，用一种和蔼可亲的声音说道：“到市场上去吧，我的亲爱的，把你想买的东西都买回来吧。”

从那一天起，那耳聋的年轻妻子，什么时候想买什么东西，总是珠泪盈眶地出现在丈夫的面前，丈夫总是默默地拿出一把金币来，放在她的衣兜里。

却说机缘凑巧，这年轻女人同一个青年男子恋爱起来了；那青年男子有个外出长途旅行的习惯。每逢他外出旅行时，她往往坐在窗畔哭泣。

她的丈夫看见她这样哭泣时，他往往在心里说道：“街上一定又有新的商队来了，街上一定又有绸缎衣裳和稀世珍宝了。”

他往往拿出一把金币，放在她的面前。

探　索

一千年以前，两个哲学家在黎巴嫩的一个山坡上相遇，其中一个问另一个道："你上哪儿去？"

另一个答道："我正在寻找青春的源泉，我知道这泉水是从这些山岭间喷涌出来的。我曾经读到的文章上说，这泉水向着太阳盛开着花朵哩。你呢，你在寻找着什么？"

这一个回答说："我正在寻找死亡的秘密。"

两个哲学家都认为对方对他那伟大的科学知之甚少，他们争论起来了，都指责对方精神上的盲目性。

正当这两个哲学家争论得响遏行云时，有一个陌生人经过。在他自己的村子里，大家都认为他是个傻瓜。他听见哲学家在热烈辩论，便站停了一会儿，听他们论争。

然后他走近哲学家们，说道："先生们，看来你们两位是属于同一个哲学学派的，你们讲的是同一个事物，不过你们用不同的语言讲述罢了。你们两人中有一位寻找青春的源泉，另一位寻找死亡的秘密。事实上，这两者不过是一个事物；而且作为一个事物存在于你们两位的身上。"

于是这陌生人一边儿转过身去，一边儿说道："再见了，哲人们。"他离开时发出了耐心的笑声。

这两位哲学家默默地相视片刻，接着也哈哈大笑了。其中一位说道："好吧，现在咱们是否一起走一起探索？"

节　杖

国王对他的妻子说："夫人，你并非名副其实的王后。你太庸俗，太粗野，不配做我的伴侣。"

妻子道："先生，你自以为是个国王，然而事实上你不过是一个可怜的传声筒罢了。"

这些话触怒了国王，他手执节杖，用那金质节杖打在王后的前额上。

这时候王室侍从长进宫来了，他说道："啊，啊，国王陛下！这节杖是天下最伟大的艺术家制作的。唉，有朝一日，国王和王后行将被忘记了，但这节杖会被保存下来，作为艺术品一代又一代的传下去。陛下，如今你让节杖沾上了王后陛下额上的血，将来它就越发要受到重视和追念了。"

途 径

丛山里住着一个妇人和她的儿子，他是她唯一的孩子。

这孩子死于热病，当时医生束手无策地站在旁边。

母亲苦恼得心慌意乱，她对医生大号大哭，向他恳求道："告诉我，告诉我，究竟是什么使他不再挣扎不再歌唱的呢？"

医生说："是热病。"

母亲问："什么是热病？"

医生说："我解释不了，这是一种无限小的微生物，它侵入人的肌体，我们的肉眼是看不见的。"

于是医生告辞了。她还是不断地自言自语："无限小的微生物。我们的肉眼是看不见的。"

黄昏时分，教士来安慰她。她哭泣，呼天抢地地说道："啊，为什么我丧失我的儿子，我的头胎儿子，我的独生子？"

教士说道："我的孩儿啊，这是上帝的意志。"

妇人问："上帝是什么，上帝又在哪儿？我但愿见到上帝，当着上帝的面撕裂我的胸膛，把我心里的血泼在上帝的脚边。告诉我吧，我将在什么地方找到上帝？"

教士答道："上帝是无限大的。我们的肉眼是看不见的。"

于是这妇人号哭道："那无限小的，借助于那无限大的意志，杀死了我的儿子！那么，我们是什么？我们是什么？"

这时候，妇人的母亲走进房间里来了，她手里拿着给死去的孩子包裹尸体的布。她听到了教士的话，也听到了她的女儿的号哭。她放下手里的裹尸布，把她女儿的手握在她自己的手里，说道："我的女儿啊，我们自己，既是那无限小的，又是那无限大的；我们是微生物和上帝相通的途径。"

鲸鱼与蝴蝶

一天黄昏，一个男子和一个妇女不期而遇地同坐一辆驿站马车旅行。他们以前见过面。

那男子是个诗人，他坐在那妇女的身边，设法讲故事给她消遣，有的故事是他自己创作的，有的可不是。

然而，就在他讲着故事的时候，那位夫人竟睡着了。接着，马车突然晃荡，那位夫人醒了，她说："我真欣赏你所描摹的约拿和鲸鱼的故事[①]。"

诗人说道，"然而，夫人，我刚才在讲给你听的故事是我自己创作的，说的是一只蝴蝶和一朵白玫瑰花，以及它们怎样的彼此以礼相待。"

---

① 约拿是希伯来预言者，违抗上帝，乘舟逃遁，上帝施巨风，舟覆，约拿为鲸鱼所吞，困于鱼脚腹中三昼夜。

和平感染

一枝开花的树枝同它邻近的丫枝说："这是沉闷而空虚的一天。"那邻近的丫枝答道："这日子确实是空虚而又沉闷。"

此刻有一只麻雀躲到一枝丫枝上来了，接着又有一只躲到邻近的一枝上。

有一只麻雀叽叽喳喳地说："我的伴侣离开我了。"

另一只麻雀大声叫道："我的伴侣也走了，她不会回来了。我才不在乎哩！"

这两只麻雀开始啁啾对话和互相对骂，不久它们就打起架来，在空中发出刺耳的声音。

突然，又有两只麻雀从天空中滑翔而下，它们悄悄地坐在这两只不安分的麻雀身旁。于是就有了安宁，有了和平。

这四只麻雀成双捉对地一起飞走了。

于是开花树枝对它邻近丫枝说："那是声音的一番大转折。"邻近的丫枝答道："你愿意管它叫什么就叫它什么吧，如今倒是和平而又宽敞了。在我看来，如果在上空的和平相处，那么，住在下界的就也会和平相处了。你可愿意在风中摇曳得稍稍靠拢我一点儿吗？"

开花的树枝说："啊，为了和平的缘故，在春天逝去之前，也许可能吧。"

于是它乘着强劲的春风摇曳它的时候，便拥抱那邻近的丫枝。

影　子

六月里的一天，青草对榆树的影子说：“你左右摇晃得过于频繁了，你扰乱了我的安静。”

影子答道：“不是我，不是我。朝天空看吧。有一棵树，在太阳和大地之间，在风中左右摇晃着哩。”

青草便抬起头来，第一次看到了那榆树。青草在心中忖思：“哎，瞧瞧，有一棵比我还大的青草哩。”

于是青草就默不作声了。

七十岁

青年诗人对公爵夫人说："我爱你。"公爵夫人答道："我也爱你，我的孩子。"

"然而我不是你的孩子。我是个男子汉，而且我爱你。"

公爵夫人说："我是我的子女的母亲；我的子女又是他们的子女的父母；我的一个孙子，年纪比你还大哩。"

诗人道："然而我爱你。"

不久以后，公爵夫人死了。但是，在公爵夫人的最后一口气被大地的呼吸容纳之前，她在内心深处说道："我的亲爱的，我的唯一的孩子，我的青年诗人啊，将来有朝一日也许我们会重新见面的，而我也不是七十岁。"

寻 神

两个人在山谷里行走，其中一人遥指山腰说道："你看见了那隐遁的庵舍吗？那儿住着一个人，他同世界隔绝已经好久好久了。他对尘世一无所求，他只是一味地寻神。"

另一个人说道："他是不会找到神的，除非他离开他的隐遁庵舍、抛弃他的离群索居，回到我们的世界上来，与我们同甘共苦，在婚筵上和我们一同跳舞，同围着死者的棺材痛哭的人们一起痛哭。"

第一个人从心底里被他说服了，可他虽然心服，还是说道："你所说的话我都同意，然而我相信那隐士是个善良的人。一个善良的人遗世独立，较之那么一些人的伪善虚情，倒是更有益于人世，这难道不好吗？"

大 河

在大河奔流的卡迪沙流域，两条小溪相会交谈。

一条小溪说："我的朋友，你怎么流过来的，你流过的途径如何？"

另一条小溪答道："我的途径是最难走的了。磨坊的水轮坏了，经常把我从渠道里引导到他的农作物那儿去的农民死了。我排除着人们的污秽，挣扎着流将下来；那些人啥也不干，只是懒洋洋地晒太阳。不过，我的兄弟，你流过的途径又如何呢？"

第一条小溪答道："我的途径截然不同。我从山上芬芳花卉和腼腆杨柳之间流将下来，男男女女用银杯喝水，小孩儿们用玫瑰红的小脚在溪边戏水，我的周围都是欢笑声，还有甜蜜的歌声，你的途径竟那么不愉快，真是遗憾。"

这时候，大河用洪亮的声音说道："流进来吧，流进来吧，咱们要奔流到海里。流进来吧，流进来吧，别多言多语了。现在跟我一起流吧。咱们要奔流到海里。流进来吧，流进来吧，因为你们一进入我的河床，就会把你们的流浪忘掉了，不论它是苦是乐。流进来吧，流进来吧。一旦咱们到达咱们的母亲——大海——的心里，你们和我就会把咱们流过的途径都忘掉了。"

两个猎人

五月里的一天，欢乐和哀愁在湖边相遇。她们互相招呼，在靠近湖水的地方坐下谈话。

欢乐谈到大地上的美丽事物，谈到山间林中日常生活的奇趣，谈到早晨和黄昏听见的歌声。

接着是哀愁说话，欢乐所说的种种她都同意；因为哀愁懂得光阴的魔力以及此中的美丽。哀愁说到五月的田野和山间景象时，她也是滔滔不绝的。

欢乐和哀愁一起谈了好久，她们对她们所见识到的一切事物，观点都是一致的。

却说这时在湖水那一边走过两个猎人。猎人越过湖水遥望，其中一人说：“我不知道这两个人是谁。”第二个猎人道：“你说是两个人？我只看见一个人嘛。”

第一个猎人说：“确实有两个人。”第二个猎人道：“我看得见的，只有一个人；湖里也只有一个人的倒影。”

“不，有两个人，”第一个猎人道，“平静湖水里也是两个人的倒影。”

可是第二个猎人又说：“我只看见一个人。”第一个猎人又道：“可是我明明白白看见两个人。”

直至今日，第二个猎人说第一个猎人眼花了，看一物而见两形，而第一个猎人则说道：“我的朋友多少是有点儿盲目的。”

另一个流浪者

有一次，我遇到了另一个流浪者。他也有点儿疯疯癫癫的，他对我如是说：

“我是一个流浪者。我时常觉得，我行走于尘世侏儒之间。因为我的脑袋同地面的距离较之他们的脑袋同地面的距离，还要高出一百英尺光景，所以我的脑袋能创造出更高、更自由的思想。

“然而，说实在的，我并不是行走在他们之间，而是行走在他们之上，他们所能见的，不过是我在他们的开阔的田野里留下的足印而已。

“我时常听到他们在讨论我的足印，为我的足印的形状和大小而争论不休。因为有些人说：‘那些是远古时期猛犸在大地上浪游的脚印。’而另外一些人说：‘非也，那些是陨石从遥远星球上落到地面上的遗迹。’

“然而，我的朋友，你却完全明白，它们不过是一个流浪者的足印罢了。”

经 典 小 说

世经之尘和永恒之火

一

（公元前 116 年的秋天）

寂寂清夜，生命沉睡在太阳城中。民宅散散疏疏地分布在橄榄树和月桂树丛中的宏伟神殿的四周，灯火已熄。月亮出来了，皎洁的月光倾泻在大理石柱上，那石柱像巨人那样矗立着，于静夜中守卫着诸神的祭坛，迷惘而惊奇地凝视着远方的黎巴嫩座座城堡，它们座落在远方崎岖不平的山坡上。

沉睡者的灵魂和无尽梦幻合成了一个宁静而神秘的时刻，此时，祭司希拉姆之子纳桑来到了。擎着一只火把，他走进了阿什忒露特神庙，用一只颤抖的手将油灯点燃并焚燃香炉，于是药和乳香的芳馨冉冉升腾，包围着人心希望的云片给被崇拜的女神像涂上色彩。之后，在镶着象牙和黄金的祭坛前，他举起双手，望着上方，眼里满含热泪，以一种不时被痛苦打断的泣声大吼道："仁慈的阿什忒露特啊，大发慈悲吧！爱和美的神主啊，大发慈悲吧！可怜可怜我吧！让死亡之手从我爱人身上挪开吧，她是我依您愿而挑选的爱人啊！医生们的药液和药粉已失效，祭司们和占卜者的咒语已不管用。能给予我支持和襄助的只剩下您神圣的英名了，答应我吧！看着我吧，我的心灵正在粉碎，我的感情倍受煎熬，让我的半颗心活下来吧！让我们因您的爱的语言而喜悦，因您所揭示的光荣的秘密的青春之美而幸福。我从这一切的深处向您呼喊，啊，圣洁的阿什忒露特！我在这夜的黑暗之后向您的同情心求助。聆听我的呼唤吧！我是您的仆人纳桑，站在您祭坛前服务一生的那个祭司希拉姆的儿子。——我在众多姑娘中选择了我的伴侣，却遭到了精灵女们的嫉妒，她们先往她的美丽躯体中吹入邪气，然后让死神来领她进入她们的魔洞。那死神正像一头饥饿的狮子放声咆哮，并且正窥伺在她的床塌旁。死神要把她谋杀于我怀中，正将可怕的黑翼遮盖在她身上，向她伸出了粗糙的爪子！我因此来到您身边，请求您大发慈悲！让她活着，像一朵不因生命枯萎而凋谢的花朵那样活着吧！让她歌唱吧，像一只不知疲倦，为青春黎明而歌唱的小鸟那样歌唱吧！从死亡的魔爪中把她拯救出来吧！在您的雕像前，我们将点燃熏香和香枝，在您神庙的柱廊上，我们将铺设蔷薇花和素馨花，我们将用陈酿和香油灌满您的储罐，在您的祭坛上宰杀牺牲的祭品，我们将为您唱着歌欢呼雀跃，为您的荣名献上香火。拯救我们吧，圣主啊！死亡和爱情之主神，请让爱战胜死亡吧！

在他沉默的时刻，焦灼令他的眼泪潸然而下，哀叹声四起。随后，他又接着说："啊，神圣的阿什忒露特！我的眼泪已干，心已死，肝肠已断，梦想已经彻底破灭。用您的护爱和怜悯让我活下去吧！请为了我将我的爱人留在世上吧！"这时，走进来一个仆人，悄然凑近他低声耳语："主人，她已睁开眼。她环视床的四周，一个劲儿地呼唤您却不见您的身影，所以我来请您回去看她。"

纳桑站起身来，快步走出殿门，仆人紧紧跟随着他。他来到自己的宅第，走进她的房间，俯身于她的床前，拉着她消瘦的手，不断地吻着她的嘴唇，似乎要在她憔悴的体内注入一个出自于自己身体的新的生命力。因而她微微睁开眼睛，把沉陷在靠枕里的脸转向他，一丝笑意浮在脸上，那是她正在告辞红尘的心灵中的最后一点微光，是她美丽躯体内残留的一点生命。——那也是匆匆奔向跳动停止终点的心所发出的呼唤的回声。之后她开口说话了，声音时断时续，发出的呻吟就像贫妇的饥饿的孩子所发出的："我心灵的伴侣，我这就要走了。诸神已经召唤我了，死亡已经来临，你我就要分开。诸神的意愿是神圣的，死亡的要求是公正的，因此不要担心失望。握在我们的手中的是溢满的爱情和青春的杯盏，美好生命的道路依然会铺展于我们的面前。亲爱的人啊，我去了，要到那灵魂聚会的地方。我即将回到这个世界，由于伟大的阿什忒露特会给那些在享受爱情的美好和青春的欢乐之前就走向永恒的相爱者的灵魂重新注入生命。纳桑啊！我们将重新聚首，让我们共饮水仙杯盏中的朝露，与田野上的小鸟一同享受阳光。再见吧！亲爱的！”

她的声音默然下去了，嘴唇就像晨风中凋谢的花瓣那 样颤抖着。她的爱人紧紧地搂着他，冰冷的泪水浸湿了她 的颈项。当他们二人嘴唇相触时，发觉她的嘴角已发凉了。他倒在她静止不动的身体上，撕破自己的衣裳，失声痛哭。在生命的坚持和死亡的深谷之间，他痛苦的灵魂在此徘徊。在夜的静谧之中，两位长眠者的眼睑颤抖过，孩子们的灵魂惊惧，街区的女人们十分害怕，这是由于夜的黑暗和从阿什忒露特的祭司宫宅四周升起了使人心碎的痛哭声。

当黎明来临时，人们企图找到纳桑，以便来安慰、吊慰他，但没有人找得到他。

几天之后，一个从东方来的商队告诉人们，纳桑在一个遥远、杳无人烟的地方徘徊，放牧羊群。这是他们亲眼所见。

时光飞逝，并用它了无痕迹的足掌踏碎了人们的劳动成果。一位狂暴女神代替了众神的位置。她以破坏为乐，拿毁灭开心。太阳城中一座宏伟的神庙被她摧毁，城中座座美丽的宫殿被她推倒，城中原本葱茏翠绿的花园被她弄得凋零破败，丰腴的土地被她搞得万物不生，这个地方剩下的只有颓垣断壁，荒凉一片。这情景让心灵一听到远古荣光的回声就悲哀，令记忆想起往日的繁华就痛苦。

可是，正在逝去的和正在践踏人类劳动的时光既不能毁灭人类的梦想，也无法削弱他们的情感。

梦想和感情依靠不朽的绝对精神而永存，因而，它们时而静静而眠，时而隐藏消失，就像太阳在夜晚来临时消失，月亮在黎明到来时隐顿那样。

二

（拿撒勒人耶稣到来后第 1890 年的春天）

从巴勒贝克平原上太阳收敛了它的光辉，于是白天过去，光明渐隐。阿里·候赛尼领着他的羊群返回神庙的遗址。在那里，一些残柱就像一个个被抛弃的士兵，东倒西歪，就像被战争撕裂、被异族剥光的肋骨，他坐在坍塌的廊柱之间，他的羊群围卧在他身边，从他青春的歌声中得到了安全。

夜半时分，天空把明月的种子抛撒进它深沉的黑暗中。警觉幻影不停地掠过了阿里的眼睑，阿里在可怕的沉默中在废墟里想象着大队人马经过的情景，他累了，就用胳膊支撑着。渐渐袭来的睡意，像柔柔的云雾轻抚着平静的湖面一般，用它那飘忽的丝巾的边缘轻抚着他的感觉。这样，他和他那个充满神秘的，凌驾于法律和教诲之上的精神自我相会，完全忘记了那燃烧着的自我。他的视野在眼前一圈圈地扩大，在他面前展开了隐匿的秘密，他的心独自停留在排列有序的思想和互相追逐的假想面前，他的心确实远离了奔向着乌有行进的行列。有生以来，他第一次明白了或几乎明白了自己的青春的精神饥饿。那种世界的光荣无法消除、岁月的流逝不能卷去的思念，那种试图把乞盼的叹息和要求满足的平衡集聚起来的焦灼，那种试图把生活的甘甜和苦涩和谐起来的饥饿。阿里·候塞尼生平以来首次体验了一种奇特的感情，被神庙的残垣断壁唤回的感情，这是一种奇异的感情，它早已隐匿在他的感觉中，就像乐师的指尖隐匿在琴弦的秩序中那样。它又是一种熏香般的芳馨回忆的细微感情。它还是一种全新的感情，从无到有，或从一切中迸发出来，成长、升腾，直至拥抱了他的整个精神。他的心充溢着如此强烈的感情：垂危病人对温情的迷恋，迷恋甘甜的人对苦涩的体验，慰藉者对严酷的痛苦。它更是一种这样的感情：产生于充满朦胧睡意的刹那间，在这情感的刹那间又产生世世代代的图画，就像一滴水哺育了诸多民族一样。

阿里的睡意已被灵魂的觉醒代替，他朝破败的神庙望过去，祭坛受到亵渎的残迹渐露出来，东倒西歪的柱石的根基和断壁的地基，清晰地显现出来。此时，他的心震颤了，眼凝滞了，突然感悟到了光明，他开始想，开始看，开始沉思——沉思，沉思，一个个回忆的幻影出现在思考的澎湃起伏中，出现在沉思的巡行转运中，出现在他的心中。敲着手鼓的姑娘，唱着爱之颂歌的青年，肃穆的祭司们在镶着象牙和黄金的祭坛前献祭的情景，在某位被崇拜的神的雕像周围排放的银制的灯盏和香炉，那些带着骄傲和庄严巍然屹立的廊柱。以上所有种种，他全部回忆起来了。这些画面，清晰地呈现在他一闪而过的视线里。他感到种种影响的神秘奥妙打破了他内心深处的平静。不过，这记忆所追回的只是在已逝的年华中我们看到的那些实体的幻像，只是我们耳朵所感悟到的那些声音的回声。这些奇妙的记忆，与那个诞生在帐篷间、在旷野放牧中度过青春的青年的往昔生活有何不同呢？

阿里起身漫步在乱石中，他那悠远的记忆，揭下了蒙在他想象力上的忘却的面纱，就像一位姑娘从她的镜面上拂去蛛网一样。他在靠近神庙正殿的地方驻足，有一种吸引力紧紧地吸引着他。他向前方望去，发现自己站在一座被打破的扔在地上的神像面前。因而他漫无目的地跪在神像旁边。像血从伤口中涌出一样，他的感情在五脏六腑中奔腾。他的心像大海上下翻腾的波涛，怦怦乱跳，越来越快。他低眉示敬，悲伤地感叹，伤心地流泪。他觉得在他的灵魂和另一个美的灵魂中阻隔着一条破坏性的鸿沟，因而他感到深深的孤独，尽管那个灵魂在这种生活来临之前曾与他很近很近。

他觉得在时光终结之际，上帝把他自身和那火炬分隔开了，而他自己原来只是这个点燃的火炬的组成部分。

在他火热的胸腔间和他低垂的脑海周围，他感觉有一只温柔的翅膀正在轻轻拍打着，并发出沙沙的声响。

一种伟大有力的爱的力量紧紧裹挟着他，控制着他的呼吸，他十分明显地感觉得到。这爱正用它的种种方法要把理智和标准的世界分开，正使诸多心灵共同分享原本只属于一颗心灵的秘密。当生命保持沉默时，我们能听见它讲话；当黑暗占据一切时，我们看见它耸立在那里，像光柱一样。在这平静的时刻，这爱，这神，已降于阿里·侯赛尼的心间，就像太阳在荆棘的旁边催生了簇簇花朵，唤醒了他内心甜蜜而苦涩的情感。

可是，这爱为何物，它来自何方，它想从这个在朽败神庙里与他的羊群睡卧在一处的青年身上得到什么？这烈酒为何物，它在一颗心灵间流淌，却从未被姑娘的眼神触及过？这些歌是什么？它们是萦绕于贝都因的耳际，崇高但尚未被妇女唱过的歌，它们是什么？

这爱为何物，它来自何方，它想从阿里这个以歌声和青春为世界忙碌操劳的人身上得到什么？这歌声与青春究竟是什么？是一度因烟雾而受阻，刚刚得以重现光明而照亮他心灵的一线阳光？还是在他毫不知情的情况下，一位女贝都因向他心田撒下的果实精华？是亘古不变的一个真理？还是昼伏夜出来嘲笑他的一个幽梦？

像乞丐一样，阿里闭上眼睛，伸出手去。他的灵魂不断颤抖，在这种连续的悸动中，由诉说的自卑和火热的思念所组成的声声叹息迸发出来。他呼喊道，声音极其微弱，分不清是感叹还是情话：

你是谁？你离我的心如此之近，离我的眼却如此的遥远。你把被忘却的远古时光与我的今天紧密联系起来，却把我和自己分隔开。你是精怪的灵魂，从地缝中钻出窃走我的理智，使我成为人们嘲笑的对象。你是仙女的掠影，来自永恒世界向我阐明生命的飘渺和人类的懦弱。你是谁？这骚动是什么？为何它抓紧我的心，致人于死地却又让其复生？这感情是什么？它如火似光充满心胸？我是谁？这个我所陌生的新的自我，称之为"我"的我是谁？莫非我因饮了生命之水，吃了以太分子，而变成了一个可以看到和听到隐幽秘密的天使或许是我醉饮了邪恶之酒而难辨理性事物的真相？

片刻沉默之后，他的精神更加高昂了，感情更加充溢了。他说道："人啊！心灵可以感知，黑夜可以阻隔的人啊！灵魂啊，在我梦想的天空中振翅高飞的美丽灵魂啊！在我心中，你唤醒了曾经埋藏于冰雪之下花的种子般冬眠的情感，像微风载着田野的气息，你轻抚着我的感觉，它们就像风过树叶一样动摇了！让我看看你吧，假如你穿着物质的外衣！你命令我开始合上眼帘睡眠，以便让我在梦中看见你，假如你是从泥土中被解放出来的。让我抚摸你！让我聆听你！把蒙住我的面纱撕碎吧！捣毁这遮挡我神性的建筑物吧！如果你是至高建筑物的居民，那么请给我一双翅膀，让我跟着你向那高处飞去吧！或者，如果你是精灵们的妻子，就用神术抚摸我的眼睛，让我跟着你去到那精灵藏身之地吧！在我的心间放上你看不见的手，如果我能随意跟随你，请把握着我吧！"

这些话从阿里心底深处激跃的调子的回声中复活，在黑暗之耳中，阿里轻轻地说着这些话。黑夜的影子潜行在他的月光中，他的周围，就像从炽热的香炉中散发出的香气。在众神的墙壁上显示出彩虹颜色的神秘影像。

晨风阵阵，风儿吹动了一片寂静，曙光初露。好像一位号丧者于梦中看到他爱人的身影而微笑那样，天空也微笑了，紫罗兰色的霞光泻于以太的粉尘之间。从残垣断壁中钻出来的小鸟，在那些石柱间来回飞舞，唱着，彼此呼唤着，报告新一天的来临。阿里起身，把手放在滚烫的额头上，凝视四周，模样活像当初亚当用刚睁开的眼睛环视四周一样。然后，他走近羊群，召唤它们。于是羊儿们抖落身上的尘土，聚拢过来，跟着他乖乖地朝绿色的草地走去。阿里的两只大眼睛紧盯着晴朗的天空，走在羊群的前头。他的感情已摆脱了红尘中事，正向他阐述存在的奥秘和隐幽，让他看到这一切，让思情和想念再次回到他的身上。因而他发现像眼睛被挡看不见光明一样，他自己被挡在他灵魂的灵魂后面。他叹息着，每叹息一次，他燃烧的心中的一支火炬就闪过去了。

溪水淙淙，声传四野，他来到溪水边。河畔，柳枝婀娜，飘垂于水面，似乎想啜饮甘甜的溪水，他依柳而坐，晨辉在羊儿的银色皮毛上闪烁着，羊儿耐心寻觅着嫩草。不一会儿，就像阳光照醒一个睡卧的人，他感到心跳加快，灵魂震动，愈来愈严重。他动了一下，举目四望，一个姑娘闯入他的眼帘，她出现在林间，肩上扛着个水罐，向着溪水慢慢地走去，她赤裸的双足被露水打湿了。

姑娘走到溪水边，弯腰汲水，当她的水罐灌满之后，她向岸上了望了一眼，此时她与阿里的目光不期而遇。她受了惊吓，尖叫了一声，水罐也被扔掉了，她向后稍稍退了几步。像一个迷途的人又见到了自己所认识的人，她专注地看着这个人。时间一分一秒地过去了，靠着时间的指引，他们的心彼此靠拢，寂静无声中突然迸发出美妙的乐曲，这乐曲给他们的心中再次带来了无名回忆的口音，让他们辨明了彼此。不是在这个地方的这一个，而是被远离这溪水，这树木的形象和倩影包围着的那一个。他们目光中满含温情，彼此相对、凝视。用他们感情中的所有听觉，相互亲切地认出了彼此熟悉的面庞，倾听着对方的心灵。用他们心中所有的唇舌，彼此呼唤着对方，直到两个灵魂彼此契合完全了解。这时，一股隐秘的力量吸引着阿里，他淌过小溪来到姑娘身边，拥抱她，拥吻她，吻她的双唇、颈项、双眼，姑娘却不曾有任何推拒的动作。她意志的全部武装也被拥吻的甜蜜解除，她的全部力量被抚摸的温柔夺走了，于是她像花儿的芬芳气息顺从空气的飘曳流波，乖乖地把头倚在他的胸前，就像一个疲惫者找到了安慰。她的一颗紧缩的心渐渐舒展，她深深地叹息着，这叹息表明曾经沉睡的感情正在躁动，正在觉醒。带着灵魂的语言——沉默，她抬起头望着他的眼睛。她的目光对人类的陈词滥调是那么的不屑一顾，她的目光对爱情变为词藻组成的躯体的灵魂是那么的不满。

这对情人柳林漫步，和谐一致表明着二人合一的话，是聆听着爱的启示的耳，是凝视着荣光幸福的眼。羊群在他们后面吃着花草的嫩尖，四面八方的小鸟飞过来欢迎他们，唱着极其动听的歌。

太阳升起，给山丘披上金丝巾的时候，他们走到山谷的一头。他们坐在一块岩石旁，紫罗兰躲藏在石影中。过了不久，微风轻轻撩拔她的头发，她望着阿里的黑眼睛，似乎那微风就是他的唇，悄悄地想和她接吻。不论她乐意还是反对，她感到似乎有一些神奇的指尖正在挑逗她的唇舌。因此她用带着迷人的甜蜜的声音说道：

“亲爱的阿里，阿什忒露特已经让我的灵魂返回生活中，这样我们就不用再禁锢爱情的欢乐和青春的荣光！”

阿里闭上双眼，姑娘的情话所带来的这个梦幻的画面是他一直做着的梦。他感到无形的羽翼负载着他飞离了这个地方，在一间模样古怪的房子里停下，角落里的一张床上，躺着一个美丽女子的躯体，死神夺去了她的光彩和唇上的热量。他害怕极了，像一个害了相思病的人一样惊叫起来，他睁开了眼睛，却发现那姑娘就坐在他身边，她的笑意挂在她的唇边，她的目光中闪现着生命的光芒。他精神焕发，笑容重现。他见到的那些幻像逐渐消失，他忘记了过去和未来……

这对情侣互相拥抱着，吸吮着唇吻的甘甜，他们醉了。他们相依相偎。直至日影偏斜，被火热的太阳唤醒。

玛尔塔·巴妮娅

一

她父亲去世时，她还在摇篮里。十岁不到，母亲又去世。她成了个孤儿，住在同样穷苦的邻居家里，她和邻居家的大娘和孩子们生活在一起。他们有一个庄园，孤零零地坐落在一个美丽的黎巴嫩山谷中，一家人全部依靠土地上长出的谷物和果实维持生存。

一个姓氏和一间搭在核桃树和白杨树丛中的简陋草房是她的父亲留给她的，悲伤的眼泪和孤儿的屈辱是母亲死后留给她的。她成了个在自己出生的土地上的陌生人；她独自彷徨在高耸的岩石和错落的树丛中。

每天早晨，她赤着双足，穿着破烂的衣裳，把一头奶牛牵到山谷那头，去肥沃的草地上放牧。坐在树荫下，她和着鸟儿的歌，与泉水共同低泣，羡慕奶牛有肥美的牧草，凝望着百花生长，蝴蝶飞舞。日落时，觉得饿了，就回到茅屋，与养父的女儿一起，就着一点果干和酸菜，啃嚼着玉米饼子，然后用胳膊枕着脑袋，躺在干草堆上，睡了。她叹息着，希望梦儿不要来打搅，也不要苏醒，就这样沉睡一辈子。天刚亮，养父便喊她起来干活，如果她不这样，养父便发怒，她只好哆哆嗦嗦地爬起来。

就这样在山坡上，在遥远的山谷中，可怜的玛尔塔度过了岁岁月月。她和小树一同长高，她心中的感情就像花蕊挥发出芳香一样，也不知不觉地开始滋生。憧憬与梦幻接连地映现在她心中，就像羊儿一只接一只地奔向那溪水。玛尔塔长成了少女，犹如一块美丽的处女地，她的情感未播上经验的种籽，也未踩上阅历的足迹，心地十分纯洁、高尚。

命运派她去的那个村庄，恰如一位奇异的神祇，生活随着四季的更迭变幻莫测，在阳光的映照下向大地投下了变幻多端的身影。

那些大部分岁月在人口稠密的城市度过的人，对于黎巴嫩边区村落里的居民生活毫不知情。我们已融人了现代文明的潮流，无意中忘却了那里纯洁、朴实、优美的生活所蕴含的哲理。那里的春天是明媚的，夏日是繁忙的，秋天收获了硕果，冬日可稍事休息。农村的生活更接近大自然——我们的母亲的各种本能。村民不如我们有钱，可心地却比我们高尚；他们种瓜得瓜，种豆得豆，我们不断耕耘却颗粒无收；我们是贪欲的奴隶，他们却知足常乐；从生活的酒杯中，我们饮下的是绝望、恐惧和厌倦酿成的苦酒，他们喝的却是清澈的玉露琼浆。

玛尔塔十六岁了，她的胸怀容纳了田野里一切美好的事物，犹如一面光洁的镜子；她的心灵恰似宽阔的山谷，在其中回响着各种声音。

整个大自然都仿佛在秋日里叹息。像诗人脑中奔腾而下的遐想势不可挡，大地的束缚被一眼泉水冲破了。姑娘坐在泉水边，凝视着风儿拂动着发黄的树叶，仿佛是死神在拔弄人们的灵魂。再看花朵，花儿已经枯萎凋零，向土地撒下了自己的种籽，这情景就像战争岁月中的女子，献出了自己的金银首饰。

望着这一切，她感到了夏日的离愁别绪。这时，她忽然听见从山谷的碎石地上传来了一阵马蹄声，她回头望见一位骑手正缓缓地向她走来，他是一位仪态迷人、衣着华贵的骑手，他走近泉边，跳下马，以极其温柔的语气，向她问好，这是她所未闻到过的，接着，那人问道：

“姑娘，我想去海边，但我迷路了，你能指引我一下吗？”

她就像泉边的一棵小树那样站着，答道：

“先生，我不知道。但我可以去问一问我的养父，他知道。”

她答话时，十分惊慌，然而羞涩使她更加美丽妩媚。

她正要走，那人一下子拦住了她，激动的热血涌上了他的心头，他的目光神色都异样了。他说道：

“不，你别走！”

姑娘十分惊奇，因为这声音里有股力量使她无法动弹。她窥视了那人一眼，他也正十分热切地望着自己。为什么？她找不到原因。她望着他迷人、优雅的微笑，感动得几乎落下了泪水。

那人渴望、和善的目光落在她的赤足、秀美的手腕、圆润的脖子和乌黑浓密的秀发上，迷恋地冥想着阳光渲染她的肤色，大自然健美她的双臂。而姑娘却不知为何，低垂着头，不离开，也不讲话。

那天晚上，回到家里的只有奶牛。养父找遍了山谷、田野，也不见她的踪影。呼喊她的名字，回答他的只有从山洞中传来的回声和风儿穿过树枝发出的叹息。养父闷闷不乐地回到茅屋，告诉了妻子这件事。妻子悄悄地哭了一夜，暗想：

“有一次，我梦到她被野兽扑倒，猛兽用利爪撕裂她的身躯，她却是一副啼笑皆非的样子！”

村里的一位老人告诉我以上的故事。老人看着她从小长大，知道她从哪里失踪的。她走后，除了养父母洒了几滴眼泪之外，留下的只有淡淡的动人回忆，在山谷里随风飘荡，然后像孩子哈在玻璃上的一团热气一样，散逸了，消失了。

二

一九〇〇年秋天，在黎巴嫩北部度过暑假之后，我回到了贝鲁特。回学校之前，我与同伴们用了一星期时间，要在城里享受一下自由的欢乐。这种自由，是青年人所向往的，但是在家里和学校里是得不到的。此时我们就像笼中的小鸟儿，看到眼前的栅门敞开了，就恣意地翱翔，纵情地欢唱。

青春是一个美丽的梦，书本中不知所云的教条把甜美的梦境变成了残酷的现实。何时，哲人们能把青春的梦想和有趣的知识结合在一起，就像哲人们能通过责备把互不相融的心灵联结在一起？会有这么一天吗，大自然将成为人的老师，仁爱是课本，生活成为课堂？我不知道。不过，我感到我们正在快速地向精神境界升华。这种升华表现在我们对万物有了美感，并从这种美感中体会到幸福。

一天傍晚，城里广场上持续着斗殴，街上到处是小贩，都在吆喝自己的货物或吃食，我坐在屋前的平台上，看着这一切。这时，一个五岁左右的孩子向我走来，他衣衫褴褛，脖子上挎着一个扁盘，里面盛满了一束束鲜花。他声音十分微弱，充满了天生的屈辱和卑怯。

“买花儿吗？先生？”

黄萎的小脸，由于不幸和贫困而眼眶发黑的眼睛，略微张开的小嘴就像是痛苦心胸上的一道伤口，细细的裸露的双臂，瘦小的因挎着花盘而弯曲的身体。啊，他就是绿草丛中凋谢的黄花的花枝。我只能用微笑来表示我的同情，这笑比泪水更加痛苦，它发于内心，显十唇边，但此后便将浮上眼睛，流露出心中的辛酸。

为了换取他的几句话，我便买了几束花。因为我知道他忧郁的眼睛，小小的心灵后一定隐藏着一幕穷人的悲剧。尽管它十分悲伤，在生活中屡见不鲜，但很少有人想看。

我和他温和地讲了几句话之中，孩子和我亲近了许多，因为他放心了。他这样的孩子，习惯于别人的疾言厉色，所以他很惊奇地望着我。多数人把这些街头的苦孩子当作一钱不值的垃圾，而不是受尽人间苦难的幼小心灵。

我问他：

“你的名字是什么？”

孩子垂下眼皮，答道：

“傅阿德。”

“你的家在哪儿，家里人都在哪儿？”

“我是玛尔塔·巴妮娅的儿子……”

“你父亲呢？”

他晃了晃小脑袋，好像不知道父亲意味着什么似的。于是，我又问：

“你妈妈在哪儿，傅阿德？”

“在家，她病了……”

这寥寥数语，在我的脑海中顿时变成了奇异的、令人惆怅的画面。我知道了：那个我曾从一位乡亲那儿听说过的身世可悲的孤儿玛尔塔现在正病倒在贝鲁特。昨天，这姑娘还生活在山谷的树丛中，自由自在，今天，却在城市里饱受饥饿贫困的折磨。这个孤女，曾在大自然的怀里度过青春，在美丽的田野上放牧牛群，现在却被城市腐朽的洪流吞噬，受困于痛苦和不幸的利爪之下。

我沉思的时候，这孩子一直望着我，好像他纯洁的心灵的窗口已看到了我内心的痛苦。

他刚要离开，我拉住他的手说：

“带我去看看你妈妈！”

孩子满腹狐疑地默默走在我前面，不时回过头来以确定我真的跟在他身后。

肮脏的巷子散发着一股死亡的气息，在破旧的房屋内，歹徒正在夜幕的遮蔽下干着罪恶的勾当。跟在孩子后面，在忽左忽右似毒蛇游走的胡同里穿行，我真有点害怕。由于这孩子年龄小，心地洁净，所以具备超乎熟知这些罪行的人的勇气。这个城市，居然被东方人称作大叙利亚地区的新娘，历代帝王王冠上的明珠呢！

这一区的尽头处，有一处年久失修，破败不堪的小屋，这就是孩子的家。我越跟着他往里走，心跳得就越厉害。我进入了一个房间，里面一无所有，潮气熏人。有一盏油灯以微弱的火线拼命抵抗着黑暗，还有一张足以表明一贫如洗的破败不堪的床。床上躺着个女人，面对着墙，仿佛要躲过这世上的磨难，仿佛力图要找到比人类心灵更加温柔的心。

孩子挨过去，叫道：

“妈！”

女人转身看了他一眼，也见到了我，便在破烂的棉花里动了一下身子，说道，声音极其痛苦并夹杂着喘息：

“您要做什么，先生？如果您想收买我的余生，糟蹋我的身子以满足您的欲望，那么请你走吧！巷子里有的是女人，他们会把自己的身子和心灵十分廉价地出卖给您的。我除了一口气之外，也别无所有。不久，死神会把我带走，以换得坟墓中的安宁……”

这句话使我十分心痛，这是她那痛苦经历的缩影。我靠近她的床前，希望自己的话足以表达我的同情，说：

“别害怕，玛尔塔。我不是一只饥饿的野兽，我为你感到痛心。我是曾在那杉树林旁的村庄和山谷里生活过一段时期的黎巴嫩人。不要怕，玛尔塔。”

她们乎明白了我的话是发自内心的，这颗心正在为她感到痛苦。于是她挣扎着坐起来，像冬天寒风前光秃的枝丫一样，她用双手捂住了脸，似乎不愿去回忆那甜蜜又苦涩、美丽又可怕的往事。她沉默着，发出阵阵叹息，过了一会儿，她挪开发抖的双手，露出了她的脸庞。

她那两只深深凹陷的眼睛盯着屋子上空某个看不见的地方，干枯的双唇绝望地抖动着，喉咙里隐隐发出垂危者濒死的叹息。为了求得慰籍，刚说出几句话，又因痛苦和虚弱而哽咽了。她说：

“对失足者大发慈悲，对下贱的人表示同情是一件好事，如果您来向我表示慈悲和同情，那么我就请求上天代我报答您吧！呆在这个地方会使您的名声受到损害，还是赶快回去吧！人们会指责您的。在没有人见到您呆在这下贱的地方之前，您快走吧！别忘了用衣服裹住脸，千万别让人认出您来。”

“我的贞节，我的过失无法用您的真诚同情来恢复和洗刷，也不能挪开死神压在我心头的巨掌。我的不幸和过失让我深深地陷入这黑暗的深渊，无法自拔。我就是个躲在坟墓里的麻风病人，不要出于同情接近我，您会沾上污点的。学校里如果知道您来过这里，会将您开除的。

“请您马上回去吧！不要在那神圣的山谷中提起我的名字，牧羊人不愿收容害癞疥的羊儿的，他必须保住整个羊群的安全。如果有人问起我，您就说我已经死了，别的一概不知。”

说着，她拉起儿子的两只小手，吻了又吻，叹息着说：

“我的孩子将遭到人们的唾弃和鄙视。他会被认为是罪恶的果实，荡妇玛尔塔的儿子，是下贱和逢场作戏的产儿，他们是是非不辨的瞎子，是愚昧无知的人，他们的话会比这还要难听。他们不了解，他的母亲已用自己的痛苦和泪水换回了他无辜的童年，用自己的悲伤和不幸使他能过上无辜的生活。

“我一死他就会成为无依无靠的流浪儿，孤苦伶仃地面对着这残酷的生活。我留给他的除了可怕的回忆别无所有。如果他懦弱无能，会因此而羞愧，如果他正真善良，则会因此而激愤。

如果老夫有眼，他会成长为一个坚强的人，会去惩罚葬送了他母亲一生和他的那个恶棍。如果这孩子逃离了岁月的罗网，死掉了，那么他会发现我在光明宁静之处等待他！”

我一时感慨颇多，便说：

“玛尔塔，你与麻风病人不同，即使你已躲于坟墓；你不是一个下贱的人，即使你已蒙垢。污垢不会玷污洁净的心灵，积雪无法扼杀生命的种子。生活本身就像一个充塞着忧郁的打谷场，心灵的种子未长出谷穗就受到了鞭笞。但是，打谷场外面被丢弃的谷穗是不幸的，地上有蚂蚁来搬，天上有飞鸟啄食，永远不能进入主人的谷仓。

“玛尔塔，欺侮你的是一个纨绔子弟，他非常有钱却极其卑鄙，你受尽了欺压和凌辱，为人所蔑视。但是一个人宁受欺压也不能做欺压者，宁做一个弱者也不能成为一个用铁拳砸乱生活鲜花的人，更不能肆意糟蹋美好的感情。

“玛尔塔，心灵就像从神祇的链条上掉下来的一个金环，烈火焚烧，使它变形，但是金子就是金子，烈焰只会使它更加闪亮。可是，枯木朽枝却要遭殃，它们被烈火吞噬，成为灰烬，被狂风吹散在沙漠里……

“啊，玛尔塔！你是一朵被野兽的铁蹄蹂躏的鲜花。但是你花儿般的幽香已和孤儿寡妇的哭喊、贫苦百姓的哀叹共同升入公正仁爱的天堂。

“聊以自慰吧，玛尔塔！你是朵惨遭践踏的鲜花，而不是踏在花朵上的兽蹄。”

听了我的话，那女子苍白的脸上因宽慰而闪出了光芒，让我想起了夕阳染红了云彩的情景。她示意我坐在床边，我照办了，我注视着她，要从她的脸上看出那深埋心底的伤心过往。这是一个被人们认为已死了的女子的脸庞；这是一个青年女子的脸庞，她感到了死神的到来；这是个被人间抛弃的女子的脸庞，昨天她还充满生命和活力在美丽的黎巴嫩山谷徜徉，今天却骨瘦如柴，只静静地等待度过这最后的时光。

沉默片刻，她用尽最后一点力气，热泪横陈，气喘吁吁地说：

“没错，我是一朵被兽蹄践踏的鲜花，我是人们兽欲的牺牲品，我受尽了欺凌。

“当那个骑马人见到我时，我正坐在泉水边。他温温和和地对我说，我是如此美丽，以致于他爱上了我不愿再离开我，因为荒野上有许多野兽，山谷里栖息着飞禽和豺狼……然后，他拥抱我，亲吻我。我是一个可怜的孤儿，在那以前从未尝过亲吻的甘甜啊！

“他用马载着我来到一幢美丽的房子里，给我带来了丝绸衣服、香水、美味和饮料……他温文尔雅地照料我，软语温存，隐藏了他的邪念和兽欲。

“在玩弄了我的身体，百般凌辱了我之后，他的兽欲得到了满足，便扔下我走了。他留在我怀中的一团有血有肉的火焰，从我的身体里摄取滋养，迅速地长大，终于出生到这个悲惨黑暗的世界中来。

“于是，我的生命中，一半是痛苦的弱者，另一半是个婴儿，在沉寂的黑暗中他呼喊着，要回到广阔的天地中去。我和婴儿被孤伶伶地扔在房子里，我们忍饥挨饿。我们无人可求，只有哀号悲泣；无处可以诉苦，只有忧虑和恐惧。

“那人的伙伴们趁火打劫，一个接一个地来找我，用金钱购买我的贞操，用面包换取我的肉体……

“很多次，我都想用双手把我的生命抛向冥府！但是，我不能这样做。我不能放弃我的孩子，我的生命也属于他。苍天把这孩子带到人间的时候就把我赶进了无底的深渊……现在我的末日已经来临了，我的终身伴侣死神已从他乡归来，将把我带到他舒适的床边！”

一切都十分安静，就像圣洁的精灵抚摸着。一会儿，她抬起两只毫无光泽的干涩的眼睛，平静地说：

“公道啊，您隐藏在那些可怕的现象后面，我看不到您！您听见我的呼喊吗？我是一个被人遗忘的濒临死亡的人。我请求您，祈求您怜悯我吧，用您的右手护住我的儿子，用左手接纳我的灵魂吧！”

她用尽了最后一丝力气，发出十分虚弱、悲痛的叹息，她温柔地望了儿子一眼，慢慢移开了目光，用低得几乎听不见的声音说：

“我们的在天之父啊！愿您的名字永远神圣……您的威严显圣……不论天上还是人间愿您的旨意都能被奉行……宽恕我们的罪孽吧……”

声音终止了，嘴唇蠕动了几下，接着，她身上的一切动作全部停顿了。她忽地抽搐了一下，舒出一口气，脸色白下去，白下去，她的灵魂归天了。她双眼仍盯着那无形的东西。

天亮之后，玛尔塔·巴妮娅的尸体被装入一口薄棺，两个穷苦人抬着她到了很远的荒郊，就这样她被埋人荒地。牧师拒绝为她的遗体祈祷，也不许将她的尸骨埋入插有十字架的墓地。只有她的孩子和另一位青年把她的尸体送到那个远处的土坑去埋葬，生活的坎坷让年轻人知道了同情。

癫疯的约翰

一

每个夏天的早晨，约翰都牵着牛、扛着犁下地，他一边走一边听着鸟雀的鸣叫和树叶的婆娑声。中午，他便来到溪水旁，这是一条奔流于绿油油的草地的低洼之处的小溪，他吃的干粮的碎末撒在草地上，凭鸟儿去啄食。晚上，当夜幕即将笼罩大地的时候，他便回到坐落在黎巴嫩北方乡村的简陋农舍。在年迈的父母身边坐下来，他安静地听他们谈论往事，虽然有点困倦，又有点惬意。

冬天，他靠着炉火取暖，思考着一年四季的不断更迭，任凭狂风肆虐。他从小小的窗口只看见山谷里的一片积雪，像是被逐在荒野中的流浪者似的，光秃的树枝在寒风中挣扎。

漫漫长夜，他一直醒着，父亲一睡着他就打开木柜，拿出一本《新约》，在暗淡的灯光下偷偷阅读，他必须小心，不让父亲知道。父亲不让他读这本书，原因是神父们禁止普通百姓深入了解耶稣的教导。如果他们违反这一规定，教会就会剥夺他们的“恩赐”。

日复一日，约翰在长满奇花异草的田野上，在充满光明和高尚的耶稣的书本中度过了自己的少年时代。他沉默着聆听父母的话，自己思索着，却一言不发。与同辈的少年相聚时，他只是默默地坐着，眼光飘向了遥远的天际。每次从教堂回来他都闷闷不乐，因为他在祭坛听到的教悔与他在《福音书》里读到的不同；在教会头头的管辖下，信徒们所过的生活并不像耶稣基督所描绘的那么美妙。

田野里、草原上的积雪逐渐消融，春天来了。高山顶的残雪也正在融化，成为山谷里的条条溪流。由小溪汇成的河川，哗哗地流着，宣告了大自然的苏醒。苹果花开了，杏花开了，垂柳和杨树都绽出了嫩芽，山地上的草绿了，野花也吐露芬芳。

对守在炉火旁的生活，约翰已厌倦了，他明白，牛儿也嫌栏棚狭小，一心向往着绿色的牧场。正好草料房空了，大麦也吃光了。他就把牛牵到田野中，让它们自由自在地吃，他自己则偷偷地在衣襟下藏了本《新约》。

一个山丘上，像高塔似的耸立着一座修道院，山谷旁边紧挨着修道院的田地里有片平坦的草坪。在这里约翰把牛儿散开自由自在地吃草，约翰倚着一块石头，或者阅读那些谈论天堂的文章，或者凝视山谷的美景。

村民们在这斋期的最后几天，由于奉斋吃素都迫不及待地等待着复活节的到来。对于约翰来说，和许多穷苦的农民一样吃斋并没有什么，甚至他一生都在吃斋，因为他的口粮只是用血汗换得的面饼和干果，自然没有荤腥。他整个身心都在奉斋，因为他一直记着“人子耶稣”的悲剧及他在人间遭遇的不测。

野花随风轻摆，沐浴在阳光中，鸟雀在约翰身边飞翔唱歌，鸽子飞快地从他身边飞过。正在专心致志地读着《圣经》的约翰抬起头，望见坐落在山谷两旁的村镇里耸立着教堂的圆顶，又听见一阵阵铃声从教堂中传来。他合上双目，任心灵越过年代的瀑布，飞向了旧日的耶路撒冷。他的心灵探问着行人，寻找着耶稣的足迹。行人回答：在这个大厅里，他曾告诫人们的警语；在那个宫廷里，他被人们绑在柱子上，人们往他脸上啐唾沫，还用鞭子抽他；在这条街上，他宽恕了一个娼妓的过错；就是在这里，耶稣治愈了失明者，让瘫痪者重新站起来；就是在这里，有人用荆棘为他编织花环，并戴在了他的头上；在那个地方，他背负十字架跌倒在地上。

时光飞逝，在肉体上约翰和人子耶稣共同分担痛苦，在精神上与他共享荣耀。中午，约翰四周望去，不见自己的牛群，牛群居然在这平坦的草地上突然消失，他心中十分诧异。他走到田间一条弯曲如掌心纹路的小路上，远远地看到田里站着一位穿黑衣的男子，便匆匆向他跑去。走近了，才知他是修道院的一位修士，先向他点头问候，并问道：

“神父，您见到这田野里的几头牛吗？”

那修士努力掩饰着自己的怒火，说道：

“对，我看见了，在那里！走，过去看看！”

约翰跟在修士后面来到了修道院，只见由一个修士看守着的正是那几头牛，它们被拴在一个大大的牲口棚中。那人手里拿着一根棍子，牛只要稍动一下，就挨一顿打。

约翰正要去牵牛．修士一把抓住他的衣襟，冲着修道院的门大声叫着：

“我抓住了这个该死的牧人！”

神父、修士应声而来。修道院院长走在前面，他面孔清癯，脸色阴沉，与众不同。像一群扑向敌人的士兵一样，他们把约翰团团围住。

约翰看了看修道院院长，平静地说：

“我没干什么，为什么把我当成罪犯？为什么抓我？”

院长一脸凶相，操着像拉锯一样刺耳的声音说：“抓你是因为你的牛吃了我们的庄稼，啃了修道院的葡萄藤！你对你的牲口要负责！”

约翰求情道：

“神父，牲口没有头脑，我穷得只有这几头牛和一双强壮的手了，您就让我牵走我的牛吧！我保证再也不到这草地上来了。”

院长往前走了几步，举手向天，说道：

“我们被天主安置在这里，伟大的以赛亚把这块土地托付给了我们。

我们不遗余力地看护它。无论谁走近这块圣洁的土地，都会受到火一般的炙灼。如果你不赔钱，牛肚子里的青草就会化成毒药。不过，你也不能不赔，否则，我们就把你的牲口一直关在我们的畜栏里。”

说着，修道院院长就要走，约翰一把拦住，哀求道：

“看在奉斋的日子的份上，您就放了我和我的几头牛吧！在这些日子里，耶稣受灾，圣母玛利亚为此落泪。您发发善心可怜一下我吧！有钱有势的修道院是能够原谅我的过失，可怜我年迈的父母的！”

“笨蛋！修道院不会宽恕你的！少用那些神圣的事物向我们哀求，这种事物的来龙去脉我们更清楚。你要想牵走你的牛，必须交三块金币，以赔偿被损失的庄稼。”院长轻蔑地说。

约翰哽咽道：

“神父啊，我一分钱也没有！可怜可怜我吧！”

院长捋了几下浓密的胡须说：

“卖掉你家的一块地，交三块金币来，快去！没有地你仍可以上天堂，可你要敢反抗伟大的以赛亚，惹火了先圣，你后世就要下地狱！”

约翰沉默片刻，忽然变得舒眉朗目，坚毅有力，声音充分体现了他的见识和青春的魅力，他说：

“莫非修道院的财库是让穷人卖掉他赖以谋生的土地来填补吗？为了弥补牛犯的过失，而让穷人更穷乃至饿死，这难道公平吗？”

“耶稣基督说过：贫富愈益悬殊。”院长傲慢地说。

约翰听罢十分气愤，他气宇轩昂，更显高大，似乎脚下的土地一下子把他托起来。像战士拔剑自卫一样，他从衣袋里拿出了《圣经》，大声说：

“多么伪善啊！你们竟这样玩弄《圣经》上的话！居然用生活中如此神圣的东西来散布恶行｛如果圣子在世！他必将捣毁你们的修道院，弃砖石于山谷；他必将焚毁你们的祭坛、画像和塑像！耶稣和圣母玛利亚的泪水将成为洪流，冲你们入深渊！多么贪婪啊，黑色的外衣遮盖了你们的黑心肠；你们口颂经文，心如顽石；你们身体跪拜在祭坛前，灵魂却背叛了天主！

“你们卑劣地带我到这个地方，为了一点由属于大家的阳光哺育而成的庄稼，就把我当作罪犯一样抓起来。我求你们看在耶稣面上宽恕我，看在他受苦挨饿的时候原谅我，你们却当我说的全是傻话。好吧！给我翻翻《圣经》，告诉我何时耶稣不宽容？读读这上天的悲剧，耶稣何地讲过不仁慈的话？在修道院前对追打那可怜的娼妇的人讲话时说过吗？在山上训诫时他说过吗？在他受刑的地方，当他两手伸向十字架两边以拥抱全人类时，他又说过这种话吗？

“铁石心肠的人，来看看这些贫困的村镇吧！多少病人在痛苦挣扎，生灵涂炭，乞丐哀告，穷人街头露宿，孤儿寡妇在坟地里哭泣。可你们却怠惰、舒适地生活，吃香喝辣。你们不曾看望过病人，不曾让异乡人住上一夜，也从未给过愁苦者丝毫安慰！

“你们施诡计掠夺了我们祖辈许多东西，如果就此住手也就罢了，可你们却像探出头的毒蛇一样伸手巧取豪夺，抢走寡妇辛苦所得的一丁点粮食，榨走农民为养老积下的积余。”

约翰沉默了，吸了口气，又坦然地昂首，平静地说：

“你们在这儿人多势众，怎么对付我都可以。在黑夜里狼可捕杀绵羊，但羊的血迹将染红山谷的卵石，黎明后这罪行将暴露于青天白日之下！”

约翰声音里神圣的力量令修士们不寒而栗，让他们无比愤怒，此时他们像饥饿的乌鸦，咬牙切齿，只等院长一声令下将约翰撕裂，吞掉。

约翰的话摧枯拉朽，让人惊骇。院长下令：

“抓住他，夺走《圣经》，把他押到修道院的暗室里去。亵渎天主忠实信徒的人，今生后世都不能被宽恕！”

修士们野兽般地扑向约翰，对他拳脚相加，之后将他反剪着双手押进了一个狭小的暗室，锁了起来。

约翰以胜利者的姿态屹立在暗室里。从狭小的窗口透进山谷里一片阳光。约翰神采奕奕，这狭小的囚室囚住的仅仅是他的躯体，他的心却伴着和风驰骋在山间，田野中；修士的拳脚只能打痛他的四肢，却损伤不了他在耶稣身边所感到的平和。迫害与虐待无伤于一个正直，掌握真理的人。苏格拉底笑着饮下鸩酒，保罗大主教含笑被乱石击毙。但是，如果人背叛了良心，便会无地自容。

约翰的双亲得知此事，母亲便拄着拐杖赶来，老泪纵横，跪于地下，吻着院长的手，恳求他宽恕自己的儿子，原谅他的无知。

院长视若无睹，说：

“你儿子的轻率、痴狂可以得到原谅，但我们必须尽到我们神圣的职责。虽然我们是宽容的，可以饶恕人的过失，可是，先圣以赛亚对于毁坏他葡萄藤，啃了他庄稼的人是决不会宽恕的！”

顺着母亲年迈而多皱的脸上流下一串泪水，她从脖子上摘下一个银项圈，递到院长手里，说：

“神父，这是我仅有的项圈，是出嫁时母亲给我的，请允许我用这个为我的儿子赎罪！”

院长接纳了，放入口袋。母亲吻着他的手感激不尽，只听他说：

“《圣经》说得没错，儿女吃酸葡萄，母亲倒牙，你是好女人，去吧，为你的疯癫儿子祈祷，求上天使他复原清醒的神志吧！”

约翰牵着牛走出了囚室，走在了年迈弯腰拄着拐杖的母亲身边。回到茅屋，他拴好牛，一言不发地挨窗口坐下，注视着苍茫的暮色。片刻，他听见父亲对母亲耳语：

“莎莱，我说这孩子神经有点不正常，可你总不信。我的话得到了证实，这回你该信了吧！尊敬的修道院院长所讲的话同我的一模一样。”

夕阳把晚霞渲染得无比缤纷，约翰依然望着西方。

二

复活节来临了，人们不再吃斋，变得大吃大喝起来。就像在牧民的茅舍中建了一座宫殿一样，城里的房屋之间搭起一个新的高耸的祭坛。主教就要来了，他将引领人们朝拜、祭奠。人们三五成群地来到路边，神父们唱着赞美词，青年人欢呼着，鼓乐齐鸣，将主教迎进了城。

主教下了银銮彩鞍的骏马，得到了长者、神父们的赞颂和欢迎。人们为他唱尽赞词，歌功颂德。主教来到新祭坛边，穿上了镶钳金色条纹的黑色圣服，戴上了嵌有珍珠石的主教冠，主教权杖上雕有美丽的花饰嵌有圣石，他把它佩在身上与神父们共诵祷词，围着祭坛举行仪式。主教四周，香烟袅袅，烛光辉映。

此时，约翰用惆怅的眼光望着这个场面，不停地发出痛苦的叹息。与其他牧民、农夫一起站在侧面的一个高台上，他看到，一边是破衣烂衫的苦难民众，另一边是穿金挂银的达官显贵；一边是来自僻壤穷乡的穷人贫民，稀奇地观看这复活节的欢庆和教会的奠祭，另一边是华贵衣裳、金器银器、昂贵的香炉烛台；这边是贫贱的百姓，他们为耶稣的死而复生而庆幸，悄声地在上天的耳际祷告，从破碎的心灵发出热烈的叹息，那边是有钱有势的人，用颂歌祷词来代表宗教信仰；那边的头头脑脑依权仗势活得有滋有味，如松柏常青，这边的农民穷人低声下气，生活飘忽不定，像一叶小舟在海上漂泊，随时会被狂风撕碎，被浊浪吞噬，死神是他们的舵手，船儿在风浪中颠簸；这边是残酷的专制，那边是盲目的服从。到底是顺从助长了专制，还是专制造成了顺从？难道专制是一棵只在低洼土地中扎根的强劲大树？或者顺从是一块荆棘丛生的贫瘠土地？

痛苦的思绪包围了他，他的喉咙已被堵住，无法呼吸，他把双手捂在了胸前，害怕喘息将胸口裂开一道口子。

祭奠结束了，正当人们准备离开时，约翰忽然感动空中的一个天灵，要他去告诫人们，人群中的一种力量在推动他，要他向上苍大地讲出全部真心话。于是，他来到高台的台口，抬起双目，高举双手，用令人不得不留神聆听的声音呼喊：

“坐在天空光环中的耶稣啊，看看吧！看看这蔚蓝苍穹笼罩的昔日灵光覆盖的大地吧！忠实的卫士啊，泥坑中的荆棘已掐住了您用汗水哺育的鲜花的花蒂；善良的牧人啊，您曾呵护的小羊已被野兽的利爪撕裂。看啊，您的鲜血已渗红了大地，您的热泪在人们心中已干枯，您的温暖的气息已被沙漠的狂风中消散，这块您曾来过的土地已成为战场，豪强的铁蹄已践踏在苦人的脊梁上，暴君的魔爪在扼杀弱者的生命。

“这黑暗世界到处响起的苦难者的呼声，以您的名义窃据教会宝座的人听不见；悲痛者的号哭，站在您讲坛上宣讲您讲义的人听不见。您遣至人间为了宣扬善的羔羊已变为了豺狼，正用尖锐的牙齿吞噬您曾搂抱过的小羔羊；从主那儿取来人世的生活福音已被藏于《圣经》，取而代之的是可怕的喧闹，人们不寒而栗。

“啊，耶稣，他们为自己建造了修道院、教堂，挂上了丝绸帷幕，装修得富丽堂皇，却让您的信徒在冰冷的窄巷里赤裸着身体遭涂炭；他们让空中香烟缭绕，烛光辉煌，却让虔信您的教民忍饥挨饿；他们的颂词赞歌响彻天宇，却对孤儿的悲泣，寡妇的叹息不闻不问。

“耶稣啊，请重返人间吧！从您的教堂中逐走那些宗教商吧，他们在变成蛇洞的教堂里炮制阴谋的毒汁。来吧！清算这些暴君吧，他们已把弱者抢劫一空。来吧！看啊，蛀虫已啃吃了您亲手栽下的葡萄的枝丫，行人已践踏了它的果实。来吧！这些臣民曾得到您所赐予的和平，如今已四分五裂，互相争斗，而战争中死掉的全是我们这些贫苦百姓。

“节日里，祭奠中，他们厚颜无耻地宣称：‘光荣归于天父，让大地得到安宁，人民获得幸福……’他们用罪恶的嘴唇、虚伪的舌头念颂主的名字，怎能增加天父的荣光？为了养活强者，喂饱暴君，穷苦人在烈日下耗尽力气，辛勤耕种，这样，大地又如何会有安宁？人们望着死神的目光就像走投无路的人望着救星，这又算是什么幸福？

“可爱可敬的耶稣啊，哪里有安宁？是在那些躺在石板地上的穷苦人身边，还是那些于阴暗潮湿陋室中的饥饿母亲怀中的婴儿眼中？穷人连神父们养猪用的猪食都吃不到啊！俊朗的耶稣啊！何处又有幸福？难道我们看到他们闪闪发光的金徽、珍贵的宝石、华美的服饰，因惊讶而沉默时，认命地做一辈子奴隶便能得到幸福吗？难道贵族用一点钱以换取男人的体力、女人的贞操会使人幸福吗？或者，他们派持刀骑马的仆从杀死妇女和儿童，以镇压我们的呐喊反抗以至血流成河，这也算是幸福吗？……

“强大的耶稣啊，伸出手救救我们吧！对我们来说，暴虐者的铁臂太残酷了，请派死神来把我们带进坟墓，让我们安歇在您的十字架下，直至您重生。我们已没有生活，生活成了一片黑暗，魑魅魍魉四处横行；岁月已成了利剑。当我们白天被迫劳作时，剑悬在我们头上；当我们夜晚躺在床上时，剑刺进我们的被褥。

“耶稣，我们以您的名义在您复活的日子里聚集一处，可怜可怜这些人们吧！怜惜他们屈辱、穷困的处境吧！”

约翰向苍天和四周的人们诉说着这一切时，有人欣喜、赞赏，有人鄙视、恼恨。“他讲的都是实话，我们是受欺压的，他在替我们讲话！”“从父辈、祖辈那里我从未听说过这话，这会儿我不想听！”“是恶魔让他这样讲的！”人们议论纷纷。有些人低声耳语：“他的话使我的内心感受到了一种奇妙的震动，他的话有种神奇的力量！”旁边却有人回答：“是啊，可是我们需要什么，统治者比我们更清楚，我们不该怀疑他们！”

议论的声音汇成了波涛般的巨响，随后又消散在空中。这时，约翰被一个警察抓住交到了法官手中。法庭上，约翰在审问时不讲一句话。因为他记得耶稣在那些迫害者面前也是保持沉默的。于是，约翰被押进了黑牢，他头枕石头墙壁平静地睡着了。

次日早晨，他的父亲来到法官面前以证明自己的儿子患有疯癫病。他说：

“老爷，他常独自一个人讲一些不着边际的疯话。晚上他常失眠，就像巫师念咒的声音说一些无人能懂的话，召唤黑暗中的幽灵。

“老爷，跟他在一起的年轻人都知道他脑子不在这里，已跑到老远的地方，他不回答他们的问题，净说些牛头不对马嘴的话。

“他母亲比谁都清楚，他神志不清，多次她看到目光呆滞，热烈地念叨树呀，溪流呀，花呀，星星呀什么的，就像孩子幼稚的谈话。昨天他还与修士们争吵，并蔑视他们的修身养性、崇拜天主，亵渎他们神圣的生活。

“老爷，他是个疯子，但是他很孝敬我和他母亲，为了我们的生活挥汗劳动，在我们晚年时赡养我们。您对他怜悯就是对我们的怜悯，可怜我们这两个老人吧，饶恕了他的疯癫行为吧！”

约翰被释放了，方圆几百里都知道了他是疯子。小伙子们嘲笑他所发的议论，姑娘们用惋惜的目光望着他说：

“命运不可知，他那么英俊却神经错乱。他的目光那么明亮温柔，心灵却笼罩着疾病……”

山坡长满绿草、野花，牛群迷恋着丰美的牧场，无感于人世的苦难，约翰坐着，凝视着山谷两边的村落、庄园，不停地反复说：

“你们人多势众，你们可以随心所欲地对待我。狼可以趁黑夜捕杀绵羊，但羊的血迹将染红山谷的卵石，黎明后这罪行将昭于光天化日之下！”

瓦尔黛·哈妮

一

一个男子，娶了个心爱的姑娘，把自己的汗水和心血全部倾注于她脚下，把辛劳的硕果和勤勉的收获全奉献于她的手中；却忽然发现，自己日夜劳作想赢得的那颗芳心已给予了另一个男子，以便享受他由衷的眷恋，领略他真心的爱情……

这样的男子多不幸啊！

一个女子，从青春的朦胧中惊醒，发现自己已嫁给了这样一个男子，不吝啬钱物，不惜赠品，恩爱自己亲近自己；可是，她的心灵不能被他的炽烈情火所温暖，她的灵魂不能畅饮天堂的琼浆；而上帝，却把她的心上人的目光化作了这股甘露……

这样的女子多么痛苦啊！

我与拉希德·努阿曼贝少年时就结识了。他是生在贝鲁特老家的黎巴嫩人。家世古老、富足，颇有盛誉，代代沿续。他十分喜欢炫耀祖辈的高贵，就讲述他们的事迹。生活中，他不仅继承了他们的信仰和传统，还效法他们的习惯和衣着，像飞翔在空中的鸟儿一样穿上了似鼓双翼的衣服。

尽管他为人大方，心地善良，但他像许多叙利亚地区的居民一样，不透过事物现象看本质，不倾听自己心灵的声音，只让周围的说法影响自己的感情。他看不到生活的真谛，醉心于浮光掠影；他不去探求自然的奥秘，沉湎于暂时的欢乐。他是这样的人，急于表明自己的爱与恨，而后对自己的不加思索后悔不迭。其实，悔恨得不到宽恕和谅解，只能招来讽刺和奚落。

与瓦尔黛·哈妮结婚时，拉希德·努阿曼贝就具有这些性格特点。而那时，姑娘还没有对他产生能带来婚后幸福生活的真正的爱情。

离开贝鲁特几年之后，我又回去拜访了拉希德。他变得形销骨立。团团愁云飘浮将他抑郁的面容上，内心的忧伤在他哀怨目光流露出的痛苦的神情中表露无遗。

我再三思索也找不出他消瘦抑郁的原因，便问道：

“出了什么事？从前容光焕发、喜气洋洋的你上哪儿去了？你那青年时代的欢乐哪儿去了？是你密友的生命被死神夺走了吗？你白昼聚起的财产在夜晚被人偷走了吗？看在友谊的面上，告诉我你心中的忧愁，为何身上这样消瘦？”

他痛苦地望了我一眼，往日美好的回忆在他眼中一闪而过。他语声颤颤地流露出绝望和沮丧，说：

“人如果失去知己，周围还有许多朋友，可以聊以自慰；人如果丢了钱财，还可以重新赚来。这样，这件事可不必放在心上。可是，如果一个人心中失去了平静，还能到哪里寻找，用什么来补偿？

“死神伸出手狠狠地揍你一顿，虽然疼痛钻心，可是时间流逝，生活的手指又会为你抚平创痛，然后让你欢笑，让你乐观。厄运会突然用可怕的圆眼瞪着你，用尖利的指甲扼住你的喉咙，把你扔进黄土，以铁蹄践踏，然后狂笑着扬长而去，可不久它会用柔软的手掌扶起你，为你高歌，在你身边诉说懊悔，求你原谅，使你欣赏。夜晚向你袭来的灾难和烦恼会在朝阳喷薄而出时，从你眼前烟消云散，你会变得意志坚定，充满希望……

“可是，你在人间的幸运，只是一只飞鸟，尽管你珍爱它，用心灵的血肉哺育它，用瞳珠的荧光喂养它，用你的心为它筑巢，用你的肋骨为它编织笼子，但是，在你用心灵的光芒去给它温暖，注视着鸟儿时，它却飞离你的手掌，穿过云层，降落在另一只笼中，再也回不来了。

“此时此刻，你能怎么办？你该怎么办？告诉我。到何处去寻求安慰，如何才能得到希望？”

拉希德·努阿曼贝痛苦地、哽咽地说完最后的话，像是风口的一棵芦苇，颤动地站起身来。他向前伸出痉挛的双手，似乎要抓住什么东西，将它撕成碎片。他的脸胀得通红，褶皱的皮肤被染成了酱色。他瞪着大眼睛，呆望了片刻，就像看见一个魔鬼突然闪出，要把他置于死地。

随后，他看着我，脸色变得十分难看，在他的躯体里，怒火和愤恨变成了痛苦和忧伤。他哽咽地说着：

“那个女人，从贫困的生活中被我解救出来，我为她添置了华美的衣着，贵重的首饰，豪华的车辆和纯种的马匹，为她敞开了财库，使所有的女人感到嫉妒；我的心已眷恋她，我的爱已涌向她，她是我亲密的伴侣、朋友，我是她忠诚的丈夫，可她却背叛了我，抛弃了我。

“她与另一个男子同食杂和了奇耻的面饼，共饮溶入了羞辱的苦水。

“这个女子，我爱过的女子就像那只美丽的小鸟。我那么珍爱她，她却从我的手中挣脱了，不惜跑到另一个笼子里啄食蒺藜和毛虫，吮饮鸩酒和苦茶。一位仙子，我曾让她在我爱恋和温存的天堂里生活，却情愿坠入深渊成为魔鬼，为自己的罪孽受煎熬，也让我伤心。”

那人双手捂住脸沉默着，仿佛要摆脱自我折磨。他叹了口气，接着说道：

“我能说的就这么多。别再多问了，不要为我哭泣，让我默默地忍受！希望它在沉默中加剧、蔓延，直至我死去……”

我热泪盈眶，站起身来，心都快碎了，马上告辞，因为我找不出合适的言辞来安慰他受伤的心，照亮他那忧闷的心情。

二

几天之后，我第一次在一所简陋的房子里见到了瓦尔黛·哈妮女士。她在那个被伤害过的男子——拉希德·努阿曼贝的家里就已被听说过了。她的眼睛那么明亮，她的嗓音那么甜美。我自忖：难道她就是那位不忠实的妻子？难道她就是那个我把她设想成毒如蛇蝎、艳若桃李的女子吗？她是恶毒的妇人？在这清澈无邪的面孔下藏着一颗丑陋的罪恶的心灵？

可我转念一想，她若不是如此秀丽动人，又怎会使男子痛苦？美丽的外表可以引起莫大的隐忧和沉痛，这样的事不是常有吗？同样的月亮，能为诗人带来灵感，不也能在平静的海上掀起潮涨潮落的狂涛？

瓦尔黛女士与我一同坐下。她好像听到了我的心声，不愿我在困惑与猜测中激烈斗争，便手托香腮，悠悠道来：

“先生，虽然我们没见过面，但我耳闻过您的高尚思想和忠厚品德。据我所知，您同情苦难的女子，怜悯她们，深知她们的感情和爱好。因此，我可以向您坦白一切。如果您愿意，可以告诉人们，瓦尔黛·哈妮绝不是一个对丈夫不忠的坏女人。

“命运将我们安排在一起时，我刚刚十八岁，而他已快四十了。如人们所说，他爱上了我并倾心于我，再后来，我成了他的妻子，成了豪宅的女主人。我穿的是绫罗绸缎，戴的是金银珠宝，他把我当件宝物到处炫耀。同伴们的赞美、欣赏使他十分自得，听到朋友的女眷用友爱称颂的口吻谈论我，他十分自豪。

“但是他没有听见以下的问话：‘这是拉希德·努阿曼贝年轻的妻子，还是他的养女？’另一人道：‘他如果早早结婚，长女要比瓦尔黛·哈妮还大呢！’

“这便是当时所发生的一切。当时，我的心灵还未从少女的梦中苏醒，心中的爱火还未被天神点燃，我胸中还未萌生眷恋的情感。是的，当这一切发生时，我仍认为美丽的衣服，华丽的马车，四周铺着贵重的地毯，这就是最大的幸福。

“可是，阳光拨开了我的眼帘，使我惊醒，我感到神圣的烈焰烧着我的胸膛，灵魂的饥渴绞痛了我的心房。当我惊醒时，我看到自己的双翼已在左右扑动，要把我送上爱的太空。可它们又颤抖着无奈地垂下，因为教律的链条束缚着我。我惊醒了，我感到了这一切，我明白了一个女子的幸福不在于丈夫的权势和荣誉，也不在于他的慷慨和温存，而在于爱情，爱情能让他俩的灵魂融在一起，能使她的感情注进她心灵，能使他们在生活中合为一体，能使他们在上帝的口中变成一个词语。

“看清了这一令人痛心的事实之后，我发现，我就像一个小偷一样在他家里偷吃他的面包，受着他的庇护。我知道，每天在他面前我都是口是心非，天地之间，虚伪已烙上了我的额头。因为我不能以内心的爱回报他的慷慨，不能用温情去偿还他的忠诚。我曾迫使自己去爱他，但我做不到。我不能违心地去改变爱情。

“我曾在寂寂的深夜祈求上苍，求它在我胸中播下爱情，改变我们之间的感情。但爱情不是人可以求得的。我就这样在那个男子家里度过了整整两年。我十分羡慕田野里鸟雀的自由，可有人却羡慕我的樊笼，我就像失去独生子的母亲一样为自己的心灵痛哭，它虽觉醒了，却仍受教义的束缚，饥渴难耐，悲痛欲绝。

“在那暗淡的岁月中，我突然看到一缕柔和的光芒从一个独立生活的青年眼中射来。他就是生活在这简陋的家中，每天在书籍纸堆中过活。我躲开那目光，自忖：命中注定你要在坟墓的黑暗中度过，别奢求阳光了！可马上，我又听见一个甜美纯洁的声音从上空飘来，震动了我的灵魂，浸润了我的身心。我堵住双耳，自忖：命中注定你要听深渊的呼啸，别再贪求歌声了！……我想不视不闻，闭目塞听，可是，那光芒仍能透过，那声音仍能传来。我害怕了，就像王宫附近的穷人看到了一颗珍珠，想拾又不敢拾，想放弃又舍不得。就像一个干渴难耐的人忽然发现了一汪甘泉，水边却围着一群野兽，我只得痛苦地伏在地上，怯怯地静候。”

往事历历在目，瓦尔黛夫人不再直视我的脸，沉默着闭上了两只大眼睛。接着说道：

“处在一个由于上天的意志而爱上的男子和一个由于人间法律而结合的丈夫之间，一个女子所感到的痛苦是那些尚未尝到生活滋味便逃跑的人所难以领悟的。女子用血泪写成的痛苦和悲剧，男人读过会一笑了之，如果他理解了，嘻笑就会变成辱骂和凶残，会对那女子大发雷霆，大声咒骂不止。

“这便是黑夜里一个女子心中上演的悲剧，她在不懂婚姻之前就成了一个男子的妻室，她被束缚在这个男子的床上，她的心灵却飞到了另一个人那里。她全心全意，纯洁真诚地爱着他。这场可怕的斗争自从出现女子可欺、男子强暴的现象后就开始了。弱肉强食的时代不结束，这场斗争也不会结束，它一方是腐朽的教义，另一方则是崇高的爱情，我已被卷了进去，几乎痛死过去，全身都化作了泪水。

“我最终站了起来，挣脱了逆来顺受的束缚，摆脱了女子的懦弱，展开双翅，在爱情和自由的高空飞翔。今天我在这个男子身边幸福地生活，我们是上帝手中的一束火把，象征着新时代的开始。我的幸福源于心与心的结合，充满了谅解，充满了爱情，没有任何力量能将它夺走。”

瓦尔黛夫人注视我的目光仿佛要穿透我的胸膛，寻觅她的话在我心中激起的波澜，倾听她的话在我心中的回响。但是，我沉默不语，暗示她继续讲下去。在她回忆往事的痛苦哀声里，终于有了解脱和自由的欢乐的声调。说：

“人们会说我是个水性杨花、忘恩负义的人，离开了她高贵的身份和地位，离开了给予她这一切的丈夫。人们会说我是个放荡的女人，用肮脏的手玷污了神圣的婚姻花冠，给自己戴上了一顶用地狱的荆棘编成的花圈。她抛弃了华丽的衣服，换上了罪恶羞耻的衣衫。他们的话会比这还要难听……因为，他们就像空谷中的洞穴，只是能为别人的声音提供回音，却不知那意味着什么，他们祖先的幽灵依然活在他们狭窄的心中。他们不知何为对，何为无辜，他们不懂上帝对万物的律法。他们只是肤浅地看事物的表面而不探究内中的奥秘。他们盲目地给他们认为不对的事物定罪，好与坏，是与非在他们这里都是一样，这样来进行判决和定罪是多么可怕啊！

“在拉希德·努阿曼贝看来，我确是一个不忠的女人，可是上帝没有用心灵和感情的律法让我们成为夫妻，而是用习俗和礼教让我做了他的妻子。当他以佳肴美味来喂饱我并满足他自己的欲望时，在我自己及上帝面前，我都觉得自己低下、卑贱。而现在，我又洁白无瑕了，爱神使我高尚、忠贞，我再也不用卖身来换取面包和衣衫了。

“当人们认为我是一个贤德的妻子时，我是一个罪恶的淫妇，当人们认为我下贱时，我却是纯洁高尚的。人们错在只用肉体判断心灵，用物质来衡量灵魂。”

瓦尔黛夫人仿佛在小巷中，平台上，客厅中见到了那些腐化堕落的身影，用手指着窗外的城市，提高了声音，厌恶轻蔑地说：

“看看这些美丽的豪宅及那里住着的有钱有势的人，在他们那装饰得富丽绝伦的宫殿里，有阿谀奉承、背叛不忠，有虚情假意、矫揉造作。看吧，在人们眼中这代表着荣誉、权势和幸福的楼房，其实是卑贱、痛苦和不幸的洞穴。它们就像是坟墓，女子在黛眉和口红下掩藏着狡黠，男人在金银的闪光下遮掩了兽欲和私心。

“虽然这些大楼自豪地伸入了高空，但是如果它们一旦感受到了扑面而来的腐朽臭气，就会纷纷坍塌。这些穷人用泪眼仰视大楼，如果知道居民之间没有一丝真正的感情的话，他们便会对它嗤之以鼻，惋惜地回到自己的祖国。

瓦尔黛夫人把我带到窗边，看着那些高楼大厦，说：

“我来告诉你，里面的人都干了些什么，我不愿成为这种人。那是一座宫殿，它有大理石柱子，黄铜嵌饰和水晶玻璃窗的宫殿。里面住着一个吝啬的有钱人，他继承了父亲的遗产，又在烟花小巷染上了恶习。两年前他结婚了，除了知道她妻子的父亲有世袭的爵位之外，他对她一无所知。蜜月刚过，他就喜新厌旧，又开始寻花问柳了。他像扔掉空酒瓶一样把他的妻子扔在家里。开始，那女子痛苦地哭泣。后来，她像迷路的人那样寻求安慰，她明白了她的眼泪为她的丈夫是白流了，毫无价值。现在，她已忘记了这一切，不仅把心中的感情，也把丈夫的金银塞到一个她热恋的优雅的青年身上。现在，他们夫妻之间形同路人。

“那幢花园围绕的房子，里面住着一个出身官宦世家的男子，由于子孙怠惰以致祖上的积业所剩无几，几年前，这男子娶了个十分有钱但相貌丑陋的富婆，在骗得了妻子的巨额家资之后，他就找了个美艳绝伦的情妇，使妻子追悔莫及。现在，她终日浓妆艳抹，指望博得某位男子的宠幸，但她一无所得，只能顾影自怜。

“那饰有浮雕塑像的大宅子，里面住着一位美貌十足，生性放荡的女人。她独揽了去世的丈夫的家资，并与一个懦弱的男子结婚，用他的名字使自己摆脱众人的非议，遮掩自己的丑行。如今，她就像花群中的蜜蜂周旋在追逐者之中。

“看那饰着宽敞门廊和美丽的拱门的房子，里面的男主人惜金如命，贪得无厌，他的妻子温柔和顺，貌美无双。她集秀美和善良于一身，恰似一首细腻动听的诗歌，她是为美好的爱情而准备的礼物，可是却被世俗送进了腐朽的婚姻坟墓，被弄得形容枯槁，风残柳败，她的热情把她烤干、熔化；暴风吹散了她飘逸的气质。她的爱全部奉献给了飘渺虚无的事物，她正静静地等待死亡，了却残生，从丈夫的奴役中解脱出来。她的丈夫，没日没夜地攒钱、点钱，终日指桑骂槐，因为他的妻子不能为他生儿育女，继承遗产。

“田园间那孤零零的房子里，住着一位才华横溢的诗人和他粗鲁、暴躁的妻子，她不懂她的丈夫，对他极尽嘲笑挖苦之能事。如今，诗人已另有所爱，他的情人是有夫之妇，但她十分聪慧，能用柔情照亮诗人的心灵，能用明眸笑靥使他悟出不朽的韵文。”

瓦尔黛夫人沉默片刻坐了下来，仿佛她的心因为深闺密闻而显得疲惫。然后，她平静地说：

“我不愿与这些肮脏的大楼为伍，不愿活埋于这坟墓。我抛开了这些人的清规戒律，挣脱了他们那个社会的桎梏。在主的面前，只有不忠于上帝的人才会为他们的同床异梦、虚情假意求情。

“现在我很可怜他们，我恨他们的委曲求全、花言巧语、口是心非的罪恶行径。我不是喜欢搬弄是非才向您揭示他们内心和生活的隐私，而是想让您看清他们的真相，了解他们的生活。过去我和他们一样，但现在我得救了。他们用恶毒的语言指责我，我失去了他们的友谊却换回了自己，我离开了他们尔虞我诈的黑暗道路，看到了光明，看到了忠诚、平等和真理。

“如今，我不属于他们的阶层，而我却非常高兴。因为一个人只有当他那崇高的心灵违背了暴虐时，才会被放逐。自由既是权利又是责任，一个人愿被放逐而甘受奴役的人是毫无自由可言的。

“以前的我就像一桌酒席，拉希德·努阿曼贝要吃便吃，要喝便喝，只有此时，他才与我亲近。我们的心则相距甚远，我不愿再受奴役了，我也曾试图屈从命运，但我说服不了自己，我的心灵不甘让自己拜倒在可怕的偶像面前。这黑暗的世代所树立的偶像，就是‘教规’。我砸碎了枷锁，刚把它扔掉就听见了爱的呼唤，我的心立即迎向前去了。

“像囚徒逃出监狱一样，我舍弃了衣服、首饰、仆役、马车，离开了拉希德·努阿曼贝的家，来到了我所爱的人家中。这里没有地毯却充满情感。我知道，我的所作所为既是权利又是责任。苍天不愿让人们不幸，它已在人心里种下了对幸福的向往，苍天不要我折断双翼，痛苦地呻吟，这就是我的命运！苍天不要我一辈子痛苦悲叹，悲叹自己的生命太长，时间太短。苍天知道，只有人们幸福，上帝才有荣光。

“先生，我的故事就是这样。我对上帝提出了这样的抗议，我曾反复呼吁阐述，人们却充耳不闻，他们害怕自己灵魂的骚动，怕他们的社会基础动摇、崩溃。

“我走过了崎岖的小路，终于达到了幸福之巅峰。即使死神现在把我带走，我站在上帝的宝座前，不恐惧也不惊慌，而是充满了欢乐和希望。因为我是按心的意愿行事，所以在伟大的判决者面前，我敢于披肝沥胆，袒出洁白如雪的心灵。我所追求的是心灵的呼唤，天使歌声的回响。

“贝鲁特的人们把我的故事看作是生活中的一件丑闻，社会肌体上的一个恶疾。但是，当阳光使鲜花在腐尸遍野的泥土中萌发，当岁月使他们幽暗的爱情苏醒时，他们会后悔的。此时，他们会在我坟前鞠躬致意，说：‘躺在这里的瓦尔黛。哈妮，她的感情挣脱了腐朽的教规的束缚，按照崇高的爱情法则来生活，她不愿看见自己在骷髅和荆棘中投下的身影，昂脸面对着太阳。’……”

她的话音刚落，便走进来了一个瘦削、英俊的青年，两眼发出诱人的目光，嘴角流露出温柔的微笑。瓦尔黛夫人站起来，温存地挽着他，为我作介绍，并在我的名字前加了一个动听的尊称，在说他的名字时露出了若有所指的眼色。我明白了，这就是那个她为之背叛世界违反了清规戒律的青年！

我们默默地坐着，都想知道对方的看法。仍是寂静，这寂静使人觉得此时无声胜有声。我望着他们二人，见到了从未见过的一切，一下子便明白了瓦尔黛夫人故事的含意，懂得了她之所以对抗这个社会的原因。这个社会机构，对敢于起来违反它教规习俗的人进行迫害，却不问原因。在我面前的两个人青春焕发，和谐的躯体代表着一颗天使般的灵魂，爱神站在他们中间展开双翅，保护他们免受人们的谴责和申斥。我看到，两张清澈的脸上显现出忠诚，洋溢着纯洁，透露出彻底的谅解。一生中我首次见到被宗教所不齿，被法律所鄙弃的一男一女身上所放射出的幸福光芒。

片刻之后，我起身告辞。虽无语却流露出我内心的无限激动。我走出这因爱情而和谐完美的陋室，穿行在高楼大厦之间。我思索着瓦尔黛夫人的话语和其中的哲理。

可是我刚一走出这个地区，拉希德·努阿曼贝痛苦绝望的形象便浮现在我眼前。他是委屈不幸的，可是他在上帝面前以受害者的身份控告瓦尔黛·哈妮时，七天会应允吗？是因为那女人为了心灵的自由而抛弃了他，还是那个女人被他作践了，因为他尚未用爱情赢得她的心灵便以婚姻来控制他的肉体？两者之中，谁是迫害者，谁是受害人？谁是无辜者，谁是罪犯？

稍加分析思考之后，我又自问：因为贪慕华美的衣饰，舒适的生活，一些女子常抛开自己贫穷的丈夫而与有钱男人勾搭，这使她们淫荡堕落。可瓦尔黛·哈妮是从一个有华衣、首饰、仆人的有钱男子的公馆走出去的，去的是一个贫困男子的陋室，除了一堆古籍外一无所有，她难道也是一个自私、贪婪的女人吗？

一些女子由于愚昧而忘却廉耻，追逐淫欲，厌弃自己的丈夫，到另一个比她更加下流、无耻的男子身边去寻找肉体的欢乐。瓦尔黛·哈妮本来也可以在家偷偷与人幽会，用那些贪恋她美色的，拜倒在她石榴裙下的年轻人来满足自己的肉欲，但她却光明正大地宣布与丈夫脱离关系，嫁给了一个操守高尚的男子，她是否也算一个愚昧的追求肉欲的女人？

瓦尔黛·哈妮这个不幸的女人，追求幸福，终于得到了，这便是被社会所鄙视，为教规所不允的一个现实！

我对着无垠的苍穹，轻轻地诉说着这几句话，可随即又反问，一个女子可否以丈夫的幸福来换取自己的幸福？一个男子又能否为了自己的幸福而来蹂躏妻子的感情？

我一直走到了城市的尽头，瓦尔黛夫人的声音始终回响在我耳边。我收住了脚步，凝视着眼前的一切：夕阳西下，田野披上了静谧的薄纱，鸟儿在唱着黄昏的歌……

然后，我叹了一口气，想道：大地的生灵万物，都按照自然的法规生活，并从这法则中吸取自由的荣誉和欢乐。在自由神的宝座前，这些树丛为微风的轻拂而感到欢乐，为阳光月华的映照而觉得喜悦；鸟儿在自由神旁悄声细语，在溪流旁，围着她的衣裙飞舞；花儿向自由神散发出自己芬芳的气息，并在她跟前为黎明的降临而露出笑颜……

可是，人类却被剥夺了这大自然的恩赐，他们把自己那属于天神的心灵囿之于人间的戒规教律，他们为自己的心灵理智挖了一个深洞，幽暗的墓穴，为自己的身心制定了一个狭隘可怕的牢狱！对于要摆脱这个社会、这些清规戒律的人，他们会说：这是个罪不可赦的叛逆者，必须予以放逐；这是个下贱的失足者，罪该万死……

可是，人们将永生永世都做这腐朽教规的奴隶，还是将为岁月解脱，而获得心心相映的生活？人们将永远面对黄土，还是高高地昂起头，昂视太阳，而不去看那投射在骷髅和荆棘中的身影？

墓地的呼声

一

酋长端坐在审判席上，左右坐着智囊团，他们的脸就像一张张经典古籍的书皮，皱巴巴的。腰佩短剑，手持长矛的士兵排列在长官四周。

一群人拥簇着挤在前面，有的人是出于好奇来看热闹，有的人则是在等待对自己亲属的判决。仿佛那酋长的两眼中有一股威力让他们心悸，人人都低下头，低垂着眼睑，屏住呼吸。

人来齐了，审判的时辰到了，酋长抬起手，大声吆喝道：

“把犯人押上来，让他们一一陈述罪行！”

牢门打开了，露出了黑洞洞的墙壁，让人感觉就像是猛兽在打哈欠时露出的喉咙。叮叮当当的铁镣声和着囚犯的呻吟和悲泣从地狱中传出来，人们伸长了脖子，争着看一看死神的猎物是如何从坟墓的深处走出来的。

过了一会儿，狱中走出来了两个士兵，押着一个双手被捆绑着的青年。他那愁蹙的脸上，流露出强烈的自尊心和坚定的意志。士兵让他站在审判场的中央，自己往后退了一步。

酋长盯着年轻人，然后问道：

“他是罪犯吗？他像获得了荣誉一样，昂首站在我面前，他犯了什么罪？”

手下人答道：

“他杀了人，昨天，他杀死了下乡执行任务的军官，被捕时，他手里还拿着沾满了鲜血的短剑呢！”

在他的座位上，酋长愤怒地晃动着身子，两眼迸射出恼恨的目光，大声喝道：

“重铐伺候，把他押回黑牢，明天清早用他自己的剑把他头坎下，抛尸荒野，尸体喂兀鹫野兽。让他的亲人闻到风吹到的尸体的臭气！”

青年被押回黑牢，身后是一片惋惜的目光和深深的叹息，人们替他可惜，他正当青春年少，仪容秀美，身强体壮。

接着一位美丽、瘦弱的姑娘被押了出来，她心灰意懒，十分憔悴，两眼充满泪水，头颈上写满了悔恨和悲伤。

酋长看着她，说：

“她站在这里，我只清楚一些事实。她干了些什么？”

一个士兵回答：

“她是个娼妇。一天晚上她和情人幽会。被丈夫逮了个正着，她相好的跑了，警察便把她抓住了。”

酋长盯着她，她羞愧地垂下头。酋长凶狠地说：

“押回黑牢，让她在铺满荆棘的床上回忆一下被自己罪恶玷污的床铺，用灌加醋的苦瓜汁的办法让她回味一下那非法的吻的滋味。天亮之后，在城外用乱石把她砸死，让豺狼吞噬她的肉，虫子啃她的骨头！”

姑娘消失在黑暗中。有的人赞扬酋长的公正，有的人替姑娘美丽动人的愁容、惆怅的秋波而叹息。

这次，两个士兵押出来的是一个瘦瘦的中年人，两膝颤抖，就像一件破衣服下挂着的两块布片。他在人们的注视下，眼里透出绝望和贫困不幸的光芒。

酋长厌恶地看着他，问道：

“他像僵尸一样站在人群中，他犯了什么罪？”

士兵答道：

“他是个小偷，晚上溜进修道院偷祭奠用的圣器，被虔诚的修士抓住了。”

酋长盯着他的目光，就像饿鹰盯着断翅的小鸟，喝道：

"重铸伺候，押回黑牢！天亮后，用麻绳把他绞死在一棵大树上，让他的尸体悬空，上不着天下不着地，让他的手指一点一点地烂掉，让他的躯体一点一点地风化。"

小偷罪犯被押走了，人们议论纷纷，"他不信教，又这么瘦，怎敢去偷教会的圣器?"

酋长带着他的智囊团和执法者走了。人群在士兵的驱赶下散了，人地两空，只剩下死囚的哀号和叹息。

我目睹这一切的发生，心中的镜子映出这群离开的魔影。我思考着人们立的所谓的教规律法，考虑着人们所谓的公道，探究着生活的奥秘和生存的意义。

夜雾湮没了晚霞，我理不出头绪，便离开了那个地方，自忖：野草吸取大地的汁液，羊儿吞食野草，狼以山羊为食，却又被独角兽吃掉，然后猛狮又吃掉独角兽，然后死神让猛狮灭亡。是否存在一种力量能战胜死神，它能把不义变为公道吗？这些罪恶会成为善果吗？能否有一种容纳百川的力量，能否有一种力量能在酋长面前使这些凶手和受害人、奸夫淫妇全部消失，不再出现呢?

二

次日我出了城，在清晨的田野中漫步，宁静使人心旷神怡，狭小街道中的病毒，阴暗院落里滋生的沮丧全部被清新的气息清除。我走到山谷中，放眼远望，看见许多鹫鹰和乌鸦时起时落，一片聒噪和扑翼声。

我想知道原因，忽见一棵大树上悬挂着一具男尸，乱石堆里躺着一具裸体女尸，一具无头男尸卧在血泊和污泥之中。

我吓得站住了，我的眼前一片漆黑。我仿佛看见死神在这几具尸首上狞笑，仿佛听见幽冥的哀号，乌鸦在这些人间教规牺牲品的上空盘旋。

昨天，这三个亚当子孙还生活在现实中，今天却已落入死神掌中。

以民间的习俗，这三个人亵渎了法律，于是盲目的教规伸出了巨手将他们的生命夺走。

无知使他们三个人沦为罪犯，因为他们是弱者，律法依仗着强暴把他们变成了尸首。

当一个普通的人杀死另一个人时，他是凶手，可当酋长杀死了凶手时，人们认为酋长执法十分严明。

人们认为一个企图窃取修道院财物的人是小偷，当酋长拿走了他的生命时，人们认为酋长恩深公正。

人们认为一个女子背叛了丈夫是娼妇，当酋长命令把她裸体押走时，人们说酋长崇高无比。

杀人犯法，可是，谁赋予酋长杀人合法的权利？

偷盗有罪，可是准又让夺走生命成为美德？

难道以恶抗恶是教规？难道以腐朽治腐朽是律法？难道以罪行罚罪行是公道？

难道在过去的日子里酋长没有杀过敌人？

没有掠夺过弱小子民的财物？没有调戏过妇女？难道这个任意作恶备受佑护的人有杀死凶手、绞死小偷、击毙娼妇的权利？

是来自上苍的天使，还是雁过拔毛巧取豪夺的凡夫，将小偷吊死在枝头？

是圣洁的修士，还是夜里淫荡乱伦的俗子，将这一女子用乱石击毙？

是上天的先知，还是杀人成性的兵痞，让这一男子人头落地？

何为教规？哪个人见过上帝的心，知他所想？谁见过教规偕同阳光降自上天？天使何时宣布过，不让弱者享受阳光，用利剑把失足者处死，用铁蹄践踏罪犯?

我心中思绪万千。突然，见到一个姑娘从树丛中闪出，小心翼翼地来到三具尸体旁，惊慌地四处张望，见到了那青年被砍掉的头颅便失声痛哭，她跪在地上，双臂搂紧这个头颅，样子让人心痛欲裂。

哭累了，她用双手在地上挖了个坑，把青年的尸体轻轻地拖进坟里，并把头颅安放好，用土掩埋了尸体后，她将那柄宝剑插在了坟头。

她正欲离开，看见了我，大吃一惊，随后她垂下头，热泪如注，长叹一声道：

“如果你想告发我，随便吧！他救了我，使我免受羞辱。我就是随他而去，也不让他陈尸荒野，让猛禽野兽吞食。”

我答道：

“可怜的姑娘别害怕！我已为这杀人不眨眼的命运而伤心痛哭。请告诉我事情的经过。”

她哽咽道：

“酋长的部将来我们的田园征税，他看中了我的美貌，于是逼我父亲交高额的赋税，我父亲交不起，他就把我抓起来欲带到酋长的宫廷中去。我求他，他充耳不闻，我只得高喊求救。

“我的未婚夫就是这个青年，他把我救了出来。那人勃然大怒，要杀死他，我的未婚夫抢先一步，为了自己和我的贞洁拔出墙上的一把短剑杀死了那个人。他没有逃走，因为他光明正大。于是士兵把他送进了黑牢。”

说完，姑娘用让人心碎、令人神伤的目光望了我一眼，便转身匆匆地走了。天空中依然回荡着她悲痛欲绝的声音。

过了一会儿，一个年轻人用衣服蒙着脸，走到那个与人私通的女子身边，他用外衣包住了女子的全身，然后用匕首在地上挖了一个坑，把女子轻轻抱入坑中，掩埋了起来。他流着泪采了一些野花放在坟头，对着鲜花，他合上双目，垂下了头。

我走上前去，问：

“她是你什么人，你冒了那么大的风险来为她掩埋尸骨?”

他那由于哭泣而失眠红肿的眼睛诉说着他的伤心，他哽咽着说：

“就是我使她遭到乱石击毙。我们彼此相爱，青梅竹马，我们被爱神引到了一起，我们向爱神倾吐了心中的秘密，爱神把我们拥入怀中。

“一天我出远门了，她父亲逼她嫁给了一个令人厌恶的男子。我回来后听到了这个消息，白昼在我眼里成了漫漫长夜，生活成了痛苦的无法停止的斗争。我拼命压抑自己，却无济于事，像中了魔一样，我偷偷地去看我的心上人。我只想看一看她明亮的双眼，听一听她美妙的声音。

“我发现，她正独自一人为自己的命运和生活而挥泪哭泣。我们只是默默地坐着，相对无言。过了一会，她丈夫闯了进来，看见我怒火中烧，他用残暴的双手揪住她光洁的脖子，高喊：‘来人啊！抓住一对淫妇奸夫哪！’乡邻们纷纷跑来，士兵也赶来了。她丈夫把她交给了粗暴的士兵，让她破衣烂衫，披头散发地被押走了。但却无人伤害我，因为教规和戒律不对男人治罪，只惩处失足的女子……”

用衣服蒙住脸的那个男子走了。我呆呆地站在那里。风儿吹动了树枝，那小偷的尸体也微微抖动，就像在祈求天上的神灵和天使下降人间，把那仗义救人而死的青年和为爱情捐躯的姑娘安置在大地的怀中。又过了一会儿，一位衣着褴褛的瘦弱女子，在绞死者身边顿足捶胸，痛哭不止。随后，她爬上树干，咬断了那根麻绳，尸体轻轻坠地，那女人也挖了个土坑，把尸体埋了，她又拾了两块木头做成十字架，竖立在坟头。

我对她说：“你太冒险了，为什么要这么做?”

她深沉地望了我一眼，目光中透露着悲怆说道：

“我的丈夫是温顺的伴侣，孩子的父亲。我们的孩子快饿死了，大的只有八岁，小的只有五岁，有的还没有断奶。他不是小偷，只是个为修道院耕耘的农民。他们给他的只有一块面饼，晚上我们大家分着吃，天明便无物可以充饥。

“修道院榨干了他的青春和力气，衰老了。辛劳的岁月和病魔折磨着他的肉体，他们便把他赶出来，说：‘我们不再需要你了，你走吧！你儿子长大后，替你再来干活！’

“我们以耶稣的名义乞求他们同情我们，同情我们的孩子，以天使和圣徒的名字向他们苦告，但是他们丝毫不为所动，不同情我们眼看就要饿死的孩子。于是．我的丈夫去城里找活，可那里的人赶他回来，因为他们要的是年青力壮的人。最后，他只得去大街上乞讨，可人们不予施舍，还说：‘不能同情施舍懒惰的人！’

“一天晚上，我们实在揭不开锅了，孩子饿得嗷嗷直叫，婴儿吮吸我的奶头却吃不到乳汁。我的丈夫便趁着夜色，溜进了修道院的地窖，那里藏着修道院的粮食和葡萄酒。他扛了一袋面粉，正要回来，可是被修士们捉住了。他们对他拳脚相加，天一亮就把他交给士兵，说：‘他是个小偷，来偷修道院的金器。’

“于是他上了绞架，他的尸体给饿鹰果腹，而仅仅因为他想拿点自己耕种的粮食救救快饿死的孩子……”

这苦难的女子走了，她那些断断续续的话像是凄凉的阴影飘入空中，袅袅四散下去就像微风吹拂的烟柱。

站在三座坟前我就像个吊唁者，神情惆怅，痛苦无语，只能用泪水倾泻出一腔愁绪。我无法集中思绪，心灵就像黑夜中的鲜花，收拢花瓣，拒绝对黑夜吐露芬芳。

我站着，仿佛听到了坟地的泥土中传出的哀号，它们萦绕在我耳边，启迪我万语千言。

我沉默地站着，我想人们如果理解我的沉默，他们会更接近天主而不是林中野兽。

我独自叹息，希望听了我的叹息，那田野中的树丛会离开原地，成群地向前挪动，去鞭挞长官和他的士兵，用它们的躯干去撞击修道院的墙壁，压死那些修士们。

我凝望着几家新坟，把爱怜和悲痛洒给他们。

青年人的坟。他用自己的生命捍卫了处女的贞节，从魔爪中救她出来。他们砍掉了他的头以酬劳他的勇敢。那姑娘以宝剑为标记，向阳光诉说着这块愚昧暴虐的国土上勇士的遭遇。

女子的坟。她的心弦在身体被贪婪者占有之前已被拨动。她虽被击毙，可她的心至死也要保持忠诚。在她尸体上的鲜花，以枯萎和凋零来证明她的崇高。与那些物欲横流的人们相比，他们显得无比高尚。

穷苦人的坟。他的臂力被修士们榨干，修士们把他赶走了。他想找工作赚块面包，不可以；想乞讨喂饱孩子，不可以。绝望让他取回一点自己汗水种得的粮食，却落得如此下场。他坟头上的十字架，向人们昭示：修士是残暴的，他们把耶稣的教导变成了杀人的宝剑，用剑的利刃砍剐了弱者的身体。

仿佛对人间的疾苦已厌烦，对人们的乖戾已憎恨，夕阳躲进了晚霞。夜色用幽暗和寂静织成了一块薄幕，盖在了大自然身上。我举目仰视天空，伸开双手，大声疾呼：耶稣啊，这就是你的十字架，它已湮没在黑夜中！爱神啊，你的鲜花，已在烈火中凋败！勇敢之神啊，你的宝剑已被深深插入黄土之中！

新婚的床

一

新郎新娘从教堂中走出来，明亮的灯火在前面引路，高兴无比的傧相跟在后面，青年男女前呼后拥，男孩子哼着欢乐的曲调，女孩子唱着喜悦的歌。

婚礼的队伍载歌载舞地来到新郎家，这里服饰华贵，地毯贵重，器皿锃亮，香气扑鼻。来宾们在尊贵的席上坐好，新人双双登上大厅的平台。客厅里挤满了来祝贺的人们。音乐交织的大厅，穿梭着忙忙碌碌的人们。这时，乐队开始奏乐了。纳耶笛声抑扬顿挫，奥德琴低声絮谈，美妙的乐音令人如痴如醉。

姑娘们和着乐曲快乐地跳舞。人们向她们投去了羡慕和赞叹的目光。像微风中摇曳的柳条，她们的腰肢轻扭，她们像彩云明月相嬉，姑娘们的风采让小伙子们心醉神迷让老人们目瞪口呆。人们饮酒助兴，欢乐无比，宾客们眉飞色舞，心荡神摇，整个大厅就像断了弦的吉他被一位神秘的精灵弹奏，她十分努力，把和谐音与不和谐音搅在一起。这边，一对情侣在互相倾吐心声；那边，一个少年郎正搜寻记忆中甜美的词句和一个妙龄少女搭讪；这边，一个中年人开怀痛饮，使劲要求歌唱者再唱一遍他昔日恋情热烈时常常唱的歌曲；那个角落，笑咪咪的老妇正暗中挑选自己的儿对另一个女子心驰神往；窗户旁边，一位妻子离开了醉意浓浓的丈夫，凑到了情夫身边……所有的人都在寻求快乐，沉浸其中难以自拔。他们忘记了昨天和今天、明天，只享受着眼前这难得的时光。

一切都在继续。美丽的新娘充满忧郁地盯着这一切，十分冷漠和绝望。在大厅的一个角落孤独地坐着一个二十岁的青年，像掉队的小鸟，寂然无声。他好像害怕心脏会跳出心窝一样，紧紧抱着双肩护住心脏。他呆呆地望着大厅的穹顶，没人知道他在看什么。灵与肉已在他身上分开，在黑暗中他的灵魂随着幽灵在世界中飘荡。

午夜时分，人们的欢乐情绪渐渐升温，成为一种骚动。人们饮酒饮得头昏脑胀，舌头失灵。这时其貌不扬的中年新郎，醉眼惺松地在宾客中周旋，假惺惺地摆出温文尔雅的样子。

此时，新娘示意一位年轻的姑娘来到自己身边。姑娘照办了，新娘看了一下四周，好似有什么重大秘密要说一样，贴近那姑娘的耳朵小声说："朋友啊！请你以我们从小玩到大的感情起誓；请你以安抚我们灵魂并把它变成光明的爱起誓；请你以心中所有的秘密起誓；请你以心中的快乐和痛苦起誓。求你现在就到萨里姆那儿去，请他到柳林间的花园等我。苏珊娜，你千万请他答应我的要求，请他好好想想过去的日子，以爱的名义恳求他，告诉他，我正在受罪；我是一个快被地火吞食的垂危的人；我是一个即将死于黑暗迫切向他吐露心声的人；我承认自己的错误，我请求他的宽恕。快去吧，代我恳求他，那些猪猡已醉死了，别害怕，他们不会注意你的。"

苏珊娜蹑手蹑脚地来到那青年身边，如实地转达了女友的话。萨里姆一言不发认真地听着，他困惑地望着她，终于她听到他低沉地说："我将在杨柳林间的花园里等她。"他的声音就像从大地深处发出来的。

萨里姆讲完，便走向花园去了。

新娘从客人中悄悄溜出。没人注意她，男子们已被酒弄得昏昏沉沉，女子们的心倾注在男子身上。像可怜的羚羊正躲往栖身之所，她惊慌地来到夜幕笼罩的花园。她发现青年已在那里，便一头扑到他怀里，紧紧地抱住他。她盯着他的双眼，然后一字一顿、痛不欲生地说："亲爱的人啊，你听我说，我有多么懊悔，多么沮丧！多么后悔啊！我今生今世只爱你一个。他们告诉我，你移情别恋已不再爱我。他们恶毒地撒下了谣言，他们的利爪撕开了我的心。纳姬蓓告诉我，你已彻底忘了我而疯狂地爱上了她。这个女人，她为了让我嫁给他的亲戚，欺骗我，迷乱我的情感。我答应了那个男人，可是除你之外我别无所爱。

“现在，我明白了真相。我从那房子里走出来就再也不会走回去。我在这里想用双臂拥抱你。没有任何力量能把我拉回那个令人失望和厌恶的男子的怀抱。我不要成为我主宰的父亲，我不要欺骗为我选择的新郎，我不要陈规陋习的法律，我不要神甫编织的花环，我不要这纸醉金迷、淫逸放荡的一切。我要跟你走，哪怕是到天涯海角，哪怕任死亡摆布！快点，我们离开这儿吧，萨里姆，趁着天黑，我们去海边乘一条船，去陌生遥远的国度，快点，趁天还没亮我们现在就出发吧，否则我们会落入魔爪。快看，我有纯金的首饰，珍贵的项链和戒指，足以保证我们的未来。你怎么不说话，怎么不吻我，你听到我心灵的哭泣和呐喊了吗？难道你不信我从他们那里义无反顾地跑出来，是为了与你一块逃走吗？你倒是说话呀，咱们赶快走吧，现在一分一秒都比钻石值钱，比王冠宝贵啊！……”

新娘娇婉的声音比生命的细语更加甜美，比死亡的哀泣更凄切，比波涛的叹息更深沉，比鸟儿的飞翔更轻柔。这是一个女人心中全部的感情和心曲，就像在失望和希望、甜蜜和痛苦、欢乐和悲哀间起伏跳动的乐章。

在青年的心里，爱情和荣誉正进行着激烈的斗争。那荣誉，阻拦心，违背自己的意愿；那爱情，使崎岖变得平坦，使黑暗化作光明；那荣誉，是人类的陋习倾注在头脑中的；那爱情，是上帝降在心中的。

那青年长时间沉默，就像摇摆于兴衰间各民族所处的黑暗时代。荣誉战胜了自己的意愿，他终于说：“还是回到你新郎的怀中吧！事已至此，不可挽回。在人们发觉以前，回到快乐的拥抱中吧！否则，人们会指责你就像背叛了昔日的情人那样背叛了自己的丈夫。”

新娘痛苦万分，颤抖不停，说：“今生今世我都不会再回到那房子里去，我永永远远地抛弃了那里，我就像俘虏抛弃了流放地那样，永远地抛弃了那里的一切。不要放弃我，别说我是背叛者，我们的灵魂紧紧地连在一起，爱情的手比神甫的手更有力。没有力量能分开我搂紧你的双臂，没有力量能把我们的心分开。”

青年做出嫌弃的样子，企图从姑娘怀中挣脱出来，他说：“你这女人，快走开！我已忘了你，我已嫌弃你！我爱上了别人这是真的，你听见了吗？我忘了你的存在，我厌恶你，不愿再见到你。走开！我们结束了，回到你丈夫那里去吧！”

姑娘心痛欲裂，说：“不，这不是真的！你爱我，你的眼睛告诉我你爱我，我感觉得到，你爱我，如同我爱你！我不会离开这个地方，我决不会再进那房子，我心中保留着自己的意志。我要与你远走高飞，要么我在前方带路，要么你举起双手，让我热血喷涌！”

青年提高声音说：“别再这样，我要高喊了！我会把人召唤到这里来，让他们看到你的可耻行径，让你成为他们含在嘴里难以下咽的苦饭。我要我的爱人纳姬蓓在你面前大笑，笑她的胜利，笑你的失败。”

姑娘听完，脸色变了。两眼发亮，温情、希望、倾诉变成了愤怒、严肃。像一只母狮，像一股翻江倒海的飓风，她吼叫着：“除了我，没人能享有你的爱，除了我，没有哪颗心为你的吻陶醉！”

说着，她猛地抽出一把匕首，闪电般地插入男子的胸膛。男子应声而倒。她俯在他身上，手里的匕首还滴着血。青年挣扎着睁开眼，微微地说：“亲爱的，靠近我吧！不要抛下我。死亡比生命强大，爱情比死亡强大。听啊，人们在为你的婚礼尽情欢笑！听啊，人们清脆的碰杯声！来，让我吻吻这只打碎了我枷锁的手！请吻我的唇，它说过谎，掩饰过我内心的秘密！用你满是血迹的手抚平我的眼睑吧！请把匕首放在我的右手边，对人们说，他因失恋和嫉妒而自杀。我爱你，莱依拉！我没爱过别的女人。不过，让我死掉，牺牲我的心、幸福和生命，比我们亡命天涯要好。我心中的爱人，吻吻我吧！在人们看到我尸体之前，吻吻我吧，莱依拉！”

死神让他的心脏停止了跳动，头垂下来了，灵魂飞走了。

新娘向大厅那边高喊，声音十分可怕：“快来人啊！这里正在举行婚礼，这才是个真正的新郎。快来看看这新婚的床啊！昏睡的人快醒来吧！沉醉的人们振作一下吧！快来看这爱情，死亡和生命的秘密吧！”

新娘的呼唤传遍了每一个角落，她的话传进了寻欢作乐的人们耳中。他们的灵魂战栗了，起初是侧耳细听，如梦方醒时，便慌忙冲出大厅，当他们看见这骇人的一幕时，吓呆了，无人敢上前探问，鲜血和匕首的寒光凝滞了他们的舌头，冻僵了他们躯壳中的生命。

新娘表情严峻，悲哀地望着他们，说：“胆小鬼们！过来吧！死亡是伟大的，它不会理睬你们这群卑贱小人的。不要战战兢兢的，这把匕首是件神圣的器具，它不会碰你们的心脏和躯体。’看看这位身穿结婚服的青年吧！他是我的爱人，我杀死了他，因为我们彼此相爱，而我们寻遍了这世界却找不到一张适合我们憩息的床。这个世界因为你们的愚昧无知、陈规陋习而变得狭窄不堪、漆黑一团。我们宁可上天去！胆小鬼啊，软弱的人啊！你们也许能看见上帝对我们微笑，也许能听见我们心中甜美的声音。——那个可恶又嫉妒的女人，在哪里？她扯谎，说什么我的爱人移情别恋钟情于她，她以为，当神甫举起手放到我和她那亲戚的头上祝福时，她胜利了。诡计多端、巧言令色的纳娅蓓在哪里？这条毒蛇快出来，让她看一看，是她把你们聚集到这里来庆祝我所爱的人的婚礼，而不是来庆祝她给我挑选的那个人的婚礼……

“喧嚣的海浪听不到群星的歌唱，我的话你们是听不懂的。你们会对你们的儿子说，一个女人在新婚之夜杀死了她的爱人，然后用罪恶的舌头诅咒我，但你们的孙子孙女会为我祝福，因为明天属于真理和灵魂。

“你这个愚蠢的男人，妄图用诡计、金钱和卑劣手段娶我为妻，你象征着这个在黑暗中寻找光明，顽石中等流水，荆棘中寻找玫瑰的国家，你象征着这个愚昧顺从的国家，你代表了砍断脖子抢项链，弄折腕骨夺手镯的男子汉气概。因为载着崇高和纯洁从这世界离去的心，宽恕这世界的一切罪过，所以我宽恕你的渺小卑微。”

猛地，像干渴的人举起了渴望已久的杯子，她高高地举起了她的匕首，一下子刺入自己的胸膛，像折断了的晚香玉，倒在爱人身边。妇女们顿时慌作一团，其中几个晕倒在地。男人们的喧嚣也从四面升起，怀着恐惧和敬畏向倒在地上的人走过去……

新娘用最后的力气向她的爱人送上了一个吻，微弱地说：“亲爱的人，看我一眼吧！心上人啊，看看我们床边的这些嫉妒者吧！瞧瞧他们专心致志地望着我们的样子吧！你听，他们的牙齿咯咯作响，他们恨死我们了！萨里姆，我已砸烂了镣铐枷锁，我们启程奔向太阳吧！我们已在黑暗下留得太久了。噢，一切已被湮没，我看不到任何东西，我的眼里只有你，我的双唇啊，请呼出我们最后一口气，在我们面前，爱已高飞，飞向那光明的中心。”

新娘已支持不住了，他们紧紧依偎在一起，血汇成了一条小溪，她的头靠在他脖颈上，两眼一直凝视着他的眼睛。

人们呆了，死的庄严震摄了他们的活力和生气，他们心虚胆寒。

这时，主持婚礼的神甫走上前来，指着两具尸体，望了望不安的人群，用一种粗鄙不堪的声调讲道：“诅咒为这两个十恶不赦的灵魂所落下的泪！诅咒向他们伸出去的双手！让他们陈尸荒野，任人踩踏吧！让他们的躯体被野狗撕碎，让他们的骨架被狂风吹散！人们，回家吧！躲开这两颗心灵被错误铸造，被卑劣碾碎而发出的臭气吧！人们散开吧，在地狱之火没有蔓延到你们之前，离开这儿吧！如果有人留在这儿，他就会被人鄙视！他将不能走进虔诚信徒做礼舞的教堂，也不能参加基督教举行的祈祷！”

这时，曾为新娘新郎传话的苏珊娜走过来，她满眼泪水，逼视着神甫，勇敢地说：“我就要留在这儿，守护着他们，直至黎明来临。我要为他们在垂柳下挖出一座坟墓，如果你们阻止我，我就用手指扯开大地的胸膛，如果你们捆住我的手，我就用嘴巴挖出一个坑来。滚吧，肮脏的瞎眼猪猡！只有窃贼才害怕家室的主人和担心黎明的来临，只有猪猡才不愿呼吸这纯洁芬芳的气息。滚回你们阴暗的床上吧！你们的耳朵已被黄土堵塞，听不到这两位爱的烈士头上唱出的歌！”

在神甫怒视下，人们散开了，只有这位姑娘，伫立在这一对情侣身边，像一位母亲在寂静的夜晚守护着自己的孩子一样。

当人们都完全离开，又恢复了沉寂和宁静时，她才放声恸哭起来。

叛教徒哈利勒

一

就像埃米尔在他的牧民中，阿巴斯谢赫在僻居于黎巴嫩北方的那个村子的居民中非常有地位。好像巨人与侏儒，他在他们低矮茅舍上建立了显赫地位。——如宽裕面对需求，他的生活比他们优越。恰似力量与软弱的天壤之别，他的道德与他们不同。

只要阿巴斯谢赫一开口，农民们就点头应答，好像他就是理智的代表，他的话全部是真理。只要阿巴斯谢赫一发火，他们就像秋风中的枯叶那样浑身瑟索。如果谁挨了他一记耳光，那么他必须笔直地站着，好像那是上天让他那样做的理所应当，如果胆敢看一看，都会被认为是反叛之举。如果另一个人博得了他一笑，人们都会说“阿巴斯谢赫喜欢的青年是多么幸福啊”！

这些可怜的人对阿巴斯谢赫的服从及对他残酷的恐惧，是因为他提供给他们土地，土地和茅屋都是他的，是他从祖上继承的财产，而他们从祖上继承的，只有贫穷和苦难。阿巴斯谢赫拥有的除了强力之外，还有他们所需要的土地。

他们的一切劳作包括耕地、栽种庄稼、收割谷物都在他的监督之下。他们辛苦劳作的回报只有一点点，勉强使他们活下来。可是他们大多在冬季结束之前就断粮了，于是只好去苦苦哀求他，求他贷给一个第纳尔或一点克雅勒小麦。阿巴斯谢赫答应他们的请求，可收获季节，他们要以双倍的代价偿还。

这些苦难的人在对阿巴斯赫又恨又不敢反抗的情绪中生存，背负着他的重债，受羁于他的需求。

二

田野上，山谷中一片空旷，只有聒噪的乌鸦和光秃的树木。冬天来了。在装满了阿巴斯谢赫的谷仓，灌满了他的酒桶之后，这个村子的百姓无事可干，只有坐在火炉边，回忆老掉牙的故事以此来消磨时光。

十二月过去了。老人一年喘完了最后一口气，走了。时光为青春年少的新年戴上了王冠，让他坐在王座上。

夜色笼罩了山川大地，光线渐渐暗下来了。狂风夹杂着积雪，横扫一切，无论低谷还是沟壑。树木发抖，大地战栗。白天的积雪和夜晚的降雪聚集起来，一切的一切像一块白板，死亡在上面留言，又涂掉。村庄被浓雾分隔开来，浓雾也使农舍里的灯光暗淡下去。惊恐抓住了农民的心，牲畜蜷曲在圈栏草料附近，狗儿躲到墙角。除了狂风的怒吼之外，什么也没有留下。风从谷底升上来，从山顶掠下去，大自然因年老而发出的怒吼，是它对茅舍中生命的嫉妒和报复，甚至攻击讨伐。

一位二十二岁的青年就在这样的天气，这样的夜晚中跋涉。从迦扎希亚修道院到阿巴斯谢赫村的路上，他步步艰难，越走越高。他的关节已被冻僵，他的气力已被饥饿和恐惧夺走，他浑身是雪，就像在他死之前给他披上了一件殓衣。风阻挠着他向前，似乎不愿看见他跨入有生命的居室。他跌倒在崎岖不平的山路上，他努力爬起来。严寒让他叫不出声音，他发抖无声地站在那里。他处在严重的失望和深深的悲哀之中，像是一个疲惫的战士，或是即将被怒涛卷进深渊的断翅的小鸟。

青年艰难行进，精疲力竭，意志崩溃，血液冻结在他的血脉中，死亡紧紧跟随他，终于他倒在了雪地上。

他面对死亡本能地大声叫喊了一声。黑暗伤害了他，狂风捕获了他，他就要被抛向深渊。这是在乌有的空旷中热爱生命的声音。

三

田野中有一所孤零零矮小的茅舍。里面住着一个妇人叫拉希勒，领着她十八岁的女儿玛利亚。她的丈夫五年前在旷野上被杀了，凶手至今查无下落。

拉希勒怀着对死亡和毁灭的恐惧，辛勤地劳动过活。秋天，她拾麦穗，在果园里捡别人不要的果实。冬天，她纺线制衣，换来小钱和玉米。她十分坚毅、忍耐，十分仔细认真。她的女儿玛丽亚是个文静漂亮的姑娘，她分担母亲的辛劳，与母亲一起做家务。

在这个可怕的夜晚，她们母女正坐在火炉边。炉温已不能抵御寒冷，火炭已即将燃为灰烬。一豆灯光昏昏黄黄，就像穷困者心中慰藉的幻影。

夜半时分，两个女人坐在床上，听着外面的呼呼风声。姑娘坐立不安，不时望着窗外，浑身颤抖。

突然姑娘缩动了一下，就像刚从沉睡中惊醒。她惶悚地向母亲望去，急急地问道："妈妈，您听见什么声音了？你是否听见大声求救的声音？"

妈妈抬起头，仔细地听了一会儿，说："孩子，我只听见狂风的呼声。"

姑娘说："我听见一种比飒飒北风还要深沉，比狂风呼号还要苦的声音。"

她打开小窗，又仔细听了一会儿，说："妈妈，我又听到了。""我也听到了，快，快开门，看看是谁，关上窗，别让风吹灭灯！"

母亲边说边裹上长袍，打开门，迈着无力的步子走出去，玛利亚站在门口，风狂吹她的发辫。

拉希勒两脚沉沉地踏着雪，走几步停几步。她大声地问："谁在哪儿？谁在求救？"她再三地重复这此话，回答她的只有狂风的呼叫。她又继续往前走，搜寻着第一个被风挡住的地方。忽然，她就发现雪地上的脚印。它马上就要被风抹去了。她顺着脚印快速向前走去，恐惧又期盼。终于发现了一个躯体倒在雪地上，就像洁白衣裳上的一块黑色补丁。她走过去，扒开他身上的雪，让他的头靠在她的膝头，摸了摸他的胸口，他仍活着。他的心脏还在弱弱地跳。她向茅屋方向喊："玛利亚，来帮帮我！我找到他了！"

玛利亚冲出家门，沿着母亲的足迹走过去，她又冷又怕，一个劲地哆嗦。当她看见一个青年一动不动地倒在地上，她惊叫起来。母亲已把她的双手放在了他的腋下，母亲说："别怕，他还活着，抓住他的衣角，抬他回家。"

她们抬着青年，狂风吹着她们，大雪拽着她们的双脚。她们把他抬进茅舍放在火炉旁边。母亲为他揉搓冻僵的四肢，女儿为他擦干头发和冰凉的手指。生命又一次回到他身上，他稍稍动了动，眼皮颤抖了。他发出了一声叹息，给了人们生还的希望。玛利亚为他解开了靴带，脱去了湿透的斗篷，"妈妈，他的衣服很像修道院的修士。"这时，妈妈正往炉膛加柴，她莫名其妙，便说："这样的夜晚，修士们是不会出来的，这人为何冒生命危险出来呢？"

女儿接着说："妈妈，他没有修士应有的浓密的胡须。"母性的光辉从她身上流露出来，她说："孩子，先擦干他的双脚，管他是谁。"

拉希勒打开木柜，取出一小罐酒，在一个陶瓷杯中倒满了酒，对女儿说："扶住他的头，喂他一点酒，他会好得更快一些的。"

拉希勒试着喂了他一口酒。年轻人的眼睛睁大了，温和而又悲哀望着她们两个，感恩的泪水流了出来。他的目光是一个处于死亡的魔爪下又感到生命抚爱的目光，是失望之后的希望的目光。他动了一下，说出这样几个字："愿上帝保佑你们。"

拉希勒安慰他道："别说话，兄弟，你需要静养。"

玛丽亚说："兄弟，你靠着这个枕头，再稍微靠近炉子。"

青年靠住枕头叹息着。一会儿，拉希勒又喂他喝了一杯酒，冲女儿说："快快想办法让火烘干他的袍子。"玛利亚照办后，就带着同情和怜悯坐下来，想用自己热烈的目光把温暖的力量送进他的虚弱的身体。

拉希勒取来两块面饼，满满一碟蜜糖和一盘干果。她亲手一小口一小口地喂他，像母亲喂自己的孩子那样。当他感到有活力时，就坐了起来。玫瑰色的火光映在他脸上，忧愁的双眼也闪闪发光。他慢慢点着头，说道："在人类的心中慈爱与残酷彼此斗争，神性的慈爱终将战胜残酷。今夜的恐怖将因白天的到来而消失。"青年沉默了一会儿，低低地说："人类多残酷，又是多仁慈啊！一只手推我入深渊，一只手又拯救了我。"

拉希勒用母性温柔和安心后的甜蜜声调说："你在这样的黑夜为何要离开修道院？狼害怕得躲到洞中去，鹰鹫也畏惧得藏到岩石中去！"

青年似乎想用眼睑把泪水重新送回心田，他闭上眼，说："狐狸、飞鸟各有巢穴，可人却没有立足之处。"

拉希勒说："拿撒勒人耶稣就是这样说自己的，那是一位司书请求他不论到何地都让他跟随他时这么说的。"

青年回答："这个时代尽是伪善、谎言和欺骗，所有想跟随真理的人都这样说。"

拉希勒咀嚼着他的话，带着点犹豫地说："修道院里有许多宽敞的房舍，仓库装满金银，地窖里装满谷物和美酒，栏圈里满是肥牛羊，你为何在这样的黑夜要出走?”青年叹息着说:“我讨厌那个修道院,所以抛下这一切出走!”

拉希勒说:“修士和士兵一样,以服从命令为天职。我听说,一个人只有把意志、思想、爱好以及一切事情抛开,才能成为一名修士。不过一个好上司,不会强人所难,迦扎希亚修道院院长为何让你把生命交给狂风大雪呢?”

青年答道:“一个人只有又聋又哑,成为没有情感和力量的修士,才可以成为修士。我不是盲目的无感情的机器,所以我离开那里,我是一个人,所以我离开那里。”

拉希勒和玛丽亚仔细看着他,仿佛他脸上隐藏着一个秘密。过了片刻,母亲问:“难道会有人在这伸手不见五指的寒冷之夜让一个能听能看的人出门吗?”

青年长叹一声,用深沉的声调说:“我是被修道院逐出来的。”

拉希勒惊呼:“被赶出来的?”

玛利亚悲伤地重复了一次。

青年后悔自己讲出了真相。他担心她们会因此轻贱他。但他发现,她们的目光中含有怜悯,含有爱。于是,他小心地说:“是的,他们把我赶出来。因为我的心灵不允许我品尝穷苦人创造的财富,因为我的心不跟随谎言行动,因为我没能用自己的手为自己挖坟掘墓,因为我的心不允许我享受沾满血汗的金钱。我被赶出来,因为我的心不能从茅舍居民修建的房子里得到舒适安逸的感觉,因为我不能下咽沾满泪水的穷人想得而得不到的面饼,因为我的舌不再能作出院长用来和信徒们、普通人的钱交换的祷文。因为我在主教和修士们的耳边重复着那使他们的良心受到拷问的经文,我因而被他们像赶麻风病人一样被赶出来。”

青年沉默不语了。拉希勒和玛利亚诧异地望着他。她们注视着他俊美忧郁的面孔，又不时互相探问，想知道他到这里来的原因。母亲想要打破沙锅问到底，便说：“兄弟，你的父母在什么地方？他们是否还活在世上？”

青年用令人痛苦的哽咽的声音说：“我无父无母，我不知自己从何而来。”

拉希勒感动地叹息着。玛利亚转过脸去，热泪喷涌而出。青年以征服者的目光望着她们，他的心灵因她们的温情和友善而复活，就像黎明花瓣上的朝露浸润了岩石般的心灵一样。他抬起头，说：“七岁前我父亲去世了。我们村的神甫带我到了迦扎希亚修道院。修士们十分高兴地让我做了放牛娃。十五岁时，他们给我套上了这粗糙的黑衣服，让我站在祭坛前。他们说：‘以上帝和圣徒的名义起誓吧！你已立誓安贫、顺从、守贞。’在我还不懂这些话之时，在我还不懂安贫、顺从、守贞为何意时，在我未看清他们指引给我的狭窄的道路时，我接受了他们的话。我原本叫哈利勒，但这时起，他们就叫我穆巴拉克兄弟了。但他们并不待我如亲兄弟。他们吃的是香喷喷的肉类和食物，我吃的却是干巴巴的面饼和干茶。我喝着掺着眼泪的水时，他们喝的是美酒和可口的饮料。我睡在猪圈旁边冰冷的石铺上，他们却睡在舒适柔软的床上。我曾自问：‘何时我才能成为一名修士，能和他们共享幸福？何时也能享受他们的美味和快乐，从而我的心不会因食物的美味而刺痛，不会因美酒的诱惑折磨我的肝，我的灵魂不再因院长发出的声音而抖动？’可我所想的一切是徒劳的，因为我仍旧在荒野上放牛，背着沉甸甸的石头，用胳膊去挖土。

“为了一块面包和一处栖身之处，我拼命干活。我那时不知除了修道院之外，还有什么地方能容我呆下去。他们教我一切叛教行为，却唯独不能背叛他们的生活。他们在我心中灌输了失望和驯服的毒剂，以致我认为世界苦海无边，而修道院是避风港。”

哈利勒坐了起来，紧皱的面容舒展了。好像一件美丽的事物正在他面前，他望着前方。拉希勒和玛利亚仍默默无语，凝视着他。过了片刻，他又说："老天召走了我的父母，我成了一个孤儿，被送到修道院。可它并没有让我像处于危险中的盲人一样度过一生。它让我见到了真理和光明，明亮了我的眼，清晰了我的耳。"

这时拉希勒晃捂着头，说："难道太阳发出的光不照耀众生吗？人们能够认识真理吗？"

哈利勒答道："从人类心中迸发出来的光明是真正的光明，照出人心对人心的秘密的光明是真正的光明，它使人心为生命而欢呼，借圣灵之名而歌唱。真理就像星辰，只有在夜色深沉幽暗之后才出现。真理像世上一切美好事物，它的令人满意的影响，只对那感到残酷谎言的影响的人显现。真理是那种教我们为我们的日月高兴，让我们为所有的人企盼着这快乐本身的那一隐蕴的感情。"

拉希勒说："很多人活在他们心中所隐藏的感情里，他们相信这一感情是上帝给人类定下的法规的影子。他们不为自己的日月高兴，而是一直痛苦不堪，直至死去。"

哈利勒说："那此使人感到痛苦的信仰和教导虚妄无益。那些把人们引向失望、悲哀、不幸的感情是骗人的。因为人们要的幸福，人们探索的是通往幸福的道路，并以它的名义随时随地传播福音。看不到现实生命中天国的人，在他未来生命中也就绝对看不到它。因为我们是作为天真儿童来到这个世界的，并不是作为被轻贱被放逐的人来到这个世界的，我们是为了学习生活的美好和奥妙，即崇拜不朽的精神，探求我们内心的隐蕴。

"这才是我读拿撒勒人耶稣的教导时认识到的真理。它是我内心的光明，借它之义我看清了修道院，看清了修士的面目。修道院就像一个深渊，可怕的魔鬼从谷底闪出，要致我们于死地。这是我坐下来叹息、痛苦、悲叹的时候，美好大地向我宣布的秘密。

“有一天，当我的心沉醉在天国时，我就在他们像一群跑够了吃饱了的牲口一样盘坐在修道院的花园里时，站在他们中间，向他们阐述我的思想，在他们耳边朗诵圣书上证明他们迷惘和不敬的经文。我对他们说：“我们正吃着从别人土地上掠夺来的粮食，我们品尝的面饼是他们额头的汗水和眼角的泪水混合而成的，我们的享乐是以别人的不幸为基础的，我们为什么要如此蛰居来消磨岁月？为什么在懈怠和懒惰之中生活，为什么要远离需要知识的人民？为什么要禁锢我们心灵的力量？耶稣让你们作为羊深入到狼群中，可你们为何反而成了狼？上帝使你们成为人类，可你们为何远离人类？你们应该走到比你们优秀或不如你们的队伍中，应该教育他们或向他们学习。但你们却过着王公贵族一般的生活，你们表里不一，背叛新约，你们许下贞节之愿，却心中充满情欲，你们的超然尘世掩盖了你们的贪婪，你们的假装节俭遮住了你们好吃懒做的嘴脸。来吧，把土地还给贫穷的人们吧！来吧，把掠夺到手的钱财装回他们的衣袋吧！来吧，让我们像鸟儿一样飞到他们中间，为他们服务吧！来吧，来改善我们靠它的财富生活的国家的状况吧！来吧，让我们为上天的赏赐，生命的光荣和自由而欢呼吧！让我们努力使这个贫穷的国家微笑吧！我们在人们中间遇到的疲惫困顿会比在此地顺从的安逸更崇高美好，我们用来抚慰别人心灵的怜悯，会比在此地的功德更高尚，我们在弱者、罪犯、堕落者耳畔说出的话将比神庙中反复诵念的祷词更加荣光。”

哈利勒停顿了一下，理了理呼吸，望着母女俩，平静地说：

“他们听了我所说的话，脸上的表情惊讶无比。他们不相信我居然敢站在他们中间讲这种话。当我说完时，他们中的一个咬牙切齿地说：‘你这孽种，居然敢在我们面前大放厥词？’另一个带着藐视的冷笑看着我说：‘你是从每天陪伴你的牛和猪那里学来的吧！’又一个人过来诅咒我：‘亵渎宗教的蠢货，你不会有好下场的！’然后，他们像躲麻风病人一样远远地躲开我。

“他们跑到院长那里告了我一状。院长黄昏时分召见了我。当着洋洋得意的修士们的面，他狠狠地责备了我，又命令鞭笞我，又关了我整整一个月的禁闭。他们把我关在一个潮湿黑暗的房间里，从始至终，他们开怀大笑着。

“整整一个月，我被抛在坟墓中，没有丝毫的光明，只有尘土和虫子。我分不出黑夜和白昼。只有一个修士把一些发霉的干饼碎屑和一碗臭水放在我的旁边。我走出这囚室时，面黄肌瘦，他们以为我的心已死，以为用饥饿已将上帝在我心中复活的感情弄死。

“可我在孤独的时刻努力思考，怎样使修士们重见光明，听见生命之歌。但我知道，遮住他们视线的厚厚面纱是许多世代积下来的，不是短时间就能撕破的，手指已拂不去愚昧用来堵住他们耳道的泥团，只因泥团已变成化石，我所做的一切都是枉然。”

在充满叹息的寂静中，玛利亚望了望母亲，征得她的同意之后，带着抑郁望着哈利勒，问道：“你是不是又在那些修士面前谈过什么，他们又将你在这可怕的夜晚，把你从修道院赶出来？”

青年说：“就在今天晚上，当狂风卷着万物在天空飞旋的时候，我远远离开在炉边取暖谈天说地的修士，独坐着思考福音书上让我倾心，让我忘记大自然的狂怒和世界的残酷的话。修士们就把我的孤独拿来作笑料。他们走过来，站在我附近，风言风语，冷嘲热讽，指指点点。我将目光转向窗外以示对他们的不屑。他们因此而感到气愤，一人说道：‘伟大的改革家，你读什么呢？’我没有正眼看他，而是打开福音书，大声地朗读：‘他对前来的人说：毒蛇之子啊，谁能让你们看到你们因来到的愤怒逃跑，你们就造出一些适于懊悔的果实吧！你们不要因为我对你们说上帝能从这些石头中令亚伯拉罕的孩子们站起来，就开始在自己的心里说‘我们有亚伯拉罕为父’。现在，因为不结好果的任何一棵树，都应砍倒烧掉，所以我已把斧头放在树根上了。人们异口同声地问：‘那我们该做些什么？’他回答道：‘有两件衣服的人把衣服分给没有衣服的，有食物的把食物分给饥饿的人。’

“当我读完施洗约翰说的这段话时，好像一只无形的手抓住了他们的灵魂，他们沉默了一会儿，然后，忽然哈哈大笑，说：‘这些话我们已读过多次了，用不着牛倌在我们耳朵边重复它们。’我说：‘如果你们读懂过它，就不会存在那些因狂风暴雪而冻得坐立不安，饿得苦苦挣扎的居民了。你们在这里吃着他们牲畜的肉，享受着他们的财富，喝着他们果子的汁液……’

“这时，一个修士猛一下打了我一个耳光，又有人踢了我一脚；第三个人抢走了我的书，院长闻讯匆匆赶来。他知道了事情的经过，气得脸色大变，浑身哆嗦，大声吼道：‘抓住这个造反的坏蛋！把他拉出去，扔到又黑又冷的地方，让上帝的旨意来惩罚他。完事后，你们要洗净手，小心粘在他衣服上的叛徒的毒素！如果他后悔，企图重新回到这里，谁也不要给他开门，因为毒蛇关在笼子里不会变成鸽子，荆棘种在果园里不会结出无花果！’

“修士们把我逐出了修道院，笑着回去。我听见他们关门的时候说：‘昨天你是一个国王，你的牧民是那些牛和猪，今天因为你搞坏了政治，我们把你赶下台，改革家，走吧！去当饿狼的乌鸦的国王吧！教给它们应该怎样在洞窟和巢穴里生活吧！’”

哈利勒深深地叹息，然后转过脸去，看着炉中跳跃的火焰。带着伤痛和甜蜜，他说：“就这样，我被赶出了修道院，就这样，我被修道士推进了死亡的魔掌。我走着，浓雾阻拦了我的视线，狂风撕破了我的衣裳，没膝的雪拖着我的步伐，我累极了，停了下来，大声呼喊求救，我感到除了死亡和深谷没有人能听得见我的呼救。但是，黑暗和浓云之后，风雪之后，以太和星辰之后，一切之后，有一种全知的慈爱的力量，听见了我的呼叫和吼叫。它派你们把我从死亡中拉了回来，不让我在学得生活的秘密之前死去。”

两个女人带着深情、惊讶和怜悯的目光，默默地望着青年。他们的心似乎和他连在了一起。过了一会儿，拉希勒情不自禁地伸出手，轻轻地抚摸他的手。她含着泪水说：“不义和风雪不会将上帝选为真理捍卫者的人杀死。”

玛利亚哽咽着说：“暴风雪不能杀死花朵的种子。”

像晨光照亮了地平线，她们的话语照亮了哈利勒灰暗的面容。他说：“从敏感的女人心中涌现出了人类的幸福，从其高尚的心灵的情感中诞生出了人类心灵的情感。如果你们不当我是造反者和叛教徒，那么我所受的迫害就会成为一个民族达到有知前遭受的苦难的一个象征，这个几乎将我杀死的夜晚，就会成为那些走在自由平等之前的革命的例证。”

他讲完之后倚在了枕头上。母女俩从他的眼神中看出了长途跋涉之后，从休息和取暖中产生出的睡意已经诱惑他的眼睛了，她们没有再说下去。

几分钟之后，哈利勒像一个躺在母亲怀里的孩子一样安睡了。她们母女俩轻手轻脚地回到了自己的床上，望着他，他的脸上有一种吸引她们的灵魂掌握她们心灵的力量。母亲自语道：“在他闭合的双眼中，有一种神奇的力量，用无声的言语讲话，那是唤醒心灵的声音。”

女儿说：“妈妈！他的双手就像教堂中耶稣的双手。”

母亲轻轻地说：“他脸上，既显示出女性的温柔，又显示出男性的力量。”

她们的灵魂被睡意载着飞向了梦幻的世界。炉中的火势渐弱下来，火炭成为灰烬。灯油燃尽了，灯光熄了。暴风一直在户外喧嚣，昏暗的天空洒下了纷扬的雪花，被狂风吹得忽左忽右，四处飘落。

四

转眼两个星期过去了，天气时好时坏，浓雾时而会笼罩山谷，大雪时而覆盖山丘。哈利勒曾想继续自己的旅程，去海边，可拉希勒三次温和地劝阻了他：

“你的生命不能再交给那虚妄的未来了。留在这儿吧！兄弟，面饼够两个人吃也就够三个人吃，反正火炉也是一样要燃烧的，虽然我们穷，但我们生活在阳光之下，上帝把每人的口粮恩赐给我们。”

玛利亚温柔的目光，轻轻的叹息也在恳求他，恳求他留下。自从他带着半条命来到这个简陋的家之后，玛利亚就觉得他心中有一种巨大的力量，光明与幸福被它送到自己心中，一些令人甜蜜无比的感情在她心中被唤醒。——因为她有生以来首次体验到一种奇妙的感觉，那种让少女纯洁如白玫瑰的心，去饮吮甘露溢出芬芳的感觉。

少女心中那种深藏的感情纯洁美妙，她心中的这种感情突然觉醒，于是她的日子变得像诗人的梦幻，她的夜晚变得像先知的理想，神奇的乐曲充满了她的心胸。少女心中的这一感情强烈而美好，少女心中的宁静因此而变得骚动，这骚动以其坚执杀死了往日的记忆，以其甜美恢复了对未来日月的希望。

黎巴嫩少女感情的强烈和感觉的纤细远远超过了其他民族的少女。她们所受的被禁锢的简单化教育使她们只能探询自己的心灵，只热衷于考察自己内心的隐秘。黎巴嫩少女就像从大地深处涌出的清泉，由于地势低洼而无法找到通向大海的出路，于是变成一泓平静的湖水，湖面上映着月色星光。

哈利勒感到玛利亚灵魂的冲击波猛烈地冲击了他的灵魂，知道她的心已被包围着他的心的那神圣的火焰所触及。他一面狂喜，一面又觉得自己太仓促，太狂热离开这个村庄的时候，这种灵魂的沟通就会消散。于是他暗自思考：暗中嘲弄我们的玄机到底是什么？这世璺法则一会儿引我们上崎岖小路，一会儿又让我们停在太阳面前，我们总是一切照办；我们时而被欢呼着被上山巅，一会儿又被痛苦地扔下山涧。——这些法则到底是什么？生活是什么？它一会儿像情人，一会儿像敌人，昨天我还是个被修士嘲笑压迫的人，昨天我还为真理而备受折磨和嘲笑，昨天我还对修士们说过幸福即寄寓人类身上的上帝的愿望，可现在呢？

那么，什么是畏惧呢？为什么我要闭上眼睛，为什么我要躲开姑娘眼里闪出的光芒？我和她，是被驱赶的人和穷姑娘，可人只靠面包活吗？生活是一种付出和一种回报吗？我们不是处在富有和贫穷之中吗？可是自己的女儿与被修道院赶出去的青年默默相爱，拉希勒会说什么？当她知道自己女儿的伴侣将是被她从魔爪下救出的青年时，她会怎么做？当纯朴的居民得知，一个青年从小在修道院里长大，却被赶了出来，而现在就要生活在一个美丽姑娘的身旁，他们会说些什么？离开修道院而生活在他们之中的人就像一只自由鸟飞向光明，他们会听我说的话吗？阿巴斯谢赫听了会说什么呢？他一直像一个国王一样生活在这里。这个村子的神甫听到村民在他耳边重复我的那些言论，会说些什么呢？

哈利勒坐在火炉旁，火炉里的火舌像他的感情一样炽烈。玛利亚从他的表情中看到了他的梦，感到了他心中疑惧的幻影，听到了他胸中迸出的思想的回声。

一天傍晚，哈利勒立于窗前，俯视着山谷。雪无情地覆盖着树木和岩石。玛利亚走过来站在他身边，向远处眺望。哈利勒一回头，他们的目光相遇了，他转过头闭上眼睛，发出了炙热的叹息，好像他的灵魂已抛下了他，向世界深处游走，去搜寻他要说的言辞。

片刻之后，玛利亚鼓足勇气问："雪融化时，你将到哪里去？"

他凝望着远方，回答："我将顺路而行到我也不知道的地方去。"

玛利亚的灵魂震颤了，叹息着说："在这里住下不好吗？这里的生活难道不如异地他乡吗？"

哈利勒的心激荡了，他说："让一个被修道院赶出来的人作邻居，这个村子的居民是不会接受的，也不会允许他呼吸他们生存的空气，他们认为他是上帝的背叛者，可能毒化这空气。"

玛利亚沉默了，事实让她缄口了。哈利勒继续说："玛利亚，从修道士和神甫那里，这个村子的居民学到了仇视一切为自身考虑的人，他们模仿他们，对于一个不想作为盲从者支配自己生活的人，他们躲得远远的。如果我对这里的居民说：兄弟姐妹们，上帝不希望自己成为模仿别人的愚者的崇拜对象，让我们按自己的意志和愿望来祈祷吧！他们会说：'这个叛徒，他在顽固地反抗上帝置于神甫们手中的权力！'如果我对他们说：'仔细倾听你们心中的声音吧！去认识藏在你们内心深处的灵魂的意志吧！'他们会说：'这个坏蛋，想让我们背叛上帝的使者。'"

哈利勒此时望着玛利亚，用银铃般悦耳的声调说："这里有一股神奇的力量把握了我的心，让我忘掉了修士们的迫害，使我觉得他们的残酷的可爱，它让我的灵魂拥抱了上帝。这里有一朵荆棘丛中生长起来的花朵，我倾心于她的美丽，我的心胸装满了她的芳馨。我该怎么办？是留在她身边，在包围她的荆棘丛中为我的思想、梦幻挖一个坟墓？还是远走他乡，去宣扬那些让我远离修道院的原则呢？”

玛利亚全身颤动了，就像百合花在风中颤抖一样，她心灵的光辉从她的目光中洋溢出来，羞怯地欲言又止地说：“我们处在一个公正的慈悲的，不可见的力量之中，让他随心所欲地处置我们吧！”

哈利勒同玛利亚的心交织在一起了，化作一团燃烧的火焰，放射出光芒。在它的周围芬芳四溢。

五

总有一小撮人，他们习惯于固守陈规，他们和神甫们、宗教首领们彼此结盟，合伙对付人民。这是一种病态，根深蒂固，它用利爪扼住了人类联盟的脖颈。只有当每个男子的头脑变为国王，每个妇女的心灵变为祭司，只有愚昧从这个世界消失时，这一种病态才会消除。

贫弱者的身体为继承了光荣的子嗣建立起他的宫殿。祭司的庙宇建立在驯顺的信徒的坟墓上，他们把手伸进农民的衣袋。大主教微笑着觊觎统治者，而他们则蹙皱眉头望着田畴的儿女。畜群毁灭在恶虎的厉色和豺狼的微笑之间。统治者自称代表法律，祭司者声言代表宗教，在这二者之间，一具具肉体毁灭了，一个个灵魂消失了。

黎巴嫩是一个太阳照耀下的缺乏知识的山国，贵族和教士联合对付贫弱的人，贫弱者为了保护自身免受前一个的刀剑和后一个的咒骂，努力耕耘土地，从中得到收获。

高贵之子孙站在自己的宫殿前，大声宣称：“我被苏丹任命做你们人身的监护者。”神甫站在祭坛前高呼：“上帝委任我做你们灵魂的保护人。”被尘土裹住的心不会破裂，死去的人不会哭泣，黎巴嫩人始终沉默。”

在这里，阿巴斯谢赫是监护者、统治者、君主。他很高兴地维护着他们的训导和传统，因为修道院修士们的确可以扼杀知识，鼓励顺从。

在这个夜晚，当哈利勒、玛利亚二人接近爱情的御座，当拉希勒和蔼地用目光探询他俩秘密的时候，这个村子的神甫扈利·伊里亚斯来到阿巴斯谢赫那里，把哈利勒的一切都告诉了他。

他还不满足于此，添油加醋地说：“被田主摈弃到火中的无花果树是不能结出果实的，被赶出修道院的魔鬼是不会在这里成为天使的。我们必须把他赶出农田和房舍，以保证我们这里不受细菌的侵害。”

阿巴斯谢赫问：“你怎么知道他会像细菌一样呢？让他留下来为我们干活不好吗？我们急需这样的人，大道带给我们强有力的人，那我们就应让他高兴，而不是抛弃他。”

神甫像毒蛇吐出了信子那样奸笑着，他用手捋着浓密的胡须说：“如果他好好干活，那土地宽阔，牛羊无数的修道院就不会驱赶他了。昨晚在我家借宿的驴夫说，他曾多次在修士的耳边散布谣言，很有点造反的意味，他说什么‘把修道院的农田、果园和钱财还给这个村子里的穷百姓吧！各奔东西吧，这样要比整日礼拜祈祷强’。严厉的申斥、鞭笞的痛苦和监禁的黑暗都未让他回心转意，相反就如同脏臭的垃圾为蚊蚋的生存提供了条件一样，所有的一切给攫住他灵魂的魔鬼提供了营养。”

阿巴斯谢赫听完之后，向后退了几步，像老虎预备扑食一样，他又向前走去，来到大厅门口，高声叫来三个毕恭毕敬站在他面前的奴仆，说：“去，到寡妇拉希勒家，逮捕一个身穿修士服的青年罪犯，如果那女人反抗你们，那就把她也抓来，揪住她的头发在地上拖，助纣为恶的人一个也不饶。”

仆人们遵命而去，阿巴斯谢赫和神甫则留下来，继续高谈如何对付这个青年和寡妇拉希勒。

六

夜色的影子覆盖了大地。像永恒不灭的希望出现于挣扎和死亡的痛苦之后，星星出现在寒漆的夜空。农民们躲在家中，围着火炉，不再理会巡行在他们田舍周围的夜的幻影。

当拉希勒带着两个年轻人围坐在木桌边共进晚餐时，门敲响了。几个恶奴闯了进来。拉希勒吃惊地叫着，玛利亚吓得惊叫，只有哈利勒仍旧平静，他似乎早已得知了消息。

一个奴仆窜到哈利勒跟前："被修道院赶出来的青年就是你吗？"哈利勒不动声色地回答："是我，怎么了？"

那个汉子说："我们要把你五花大绑，带到阿巴斯谢赫家里去，你最好听话，否则我们便在雪地上拖着你走！"

"为什么要把他五花大绑带到阿巴斯谢赫那里去？"拉希勒双眉紧锁，面色发黄，颤声问道。

"你们三个人合起来对付他一个人，这是胆小懦弱的行为。"玛利亚急切地说。

奴仆大怒，吼道："这个村子里哪个女人胆敢反抗阿巴斯谢赫的意志？"他边说边从腰间取出绳索，想去捆住哈利勒的臂膀。青年带着同情微笑地对他们说："这些可怜的人们啊！你们是掌握在别人手中的有力工具，你们被人利用却毫不知情，你们是愚昧的奴隶，你们的愚昧比黑种人的皮肤还要黑。昨天我们是那么相似，而明天你们要变得与我一样，可现在，一条鸿沟存在我们中间，使你们听不到真理的呼唤，看不到真理的身影。我在这儿，来捆绑我吧，想怎么干就怎么干吧！”青年像暴风雨前的高塔一样，屹立不动，头颅高昂。

几个人听了这话之后，眼睛发愣，浑身哆嗦，他们是那么吃惊以致于话都说不出来了。他们体内的活力被青年唤醒了。但他们马上就恢复了清醒，因为阿巴斯谢赫的声音时时提醒他们的任务。他们走上去将青年的臂膀牢牢捆住，此时他们感到良心的痛苦，哑然无语。就像当年耶路撒冷的姑娘们跟随耶稣去骷髅地时那样，拉希勒和玛利亚紧紧跟随在哈利勒后面，朝阿巴斯谢赫的宅邸行去。

七

不管消息是大是小，有无价值，这则消息却在这个村子的居民中以飞快的速度传开了。平时他们的全部注意力都放在穷究他们狭窄空间内发生的事了，因而他们远离了接连不断的社会事务。冬天，果园和田野在大雪覆盖下沉睡，生命畏惧地蜷曲在火炉边取暖，村民们则变得越来越好奇，越来越爱打听消息，以这些消息的影响和刺激来填补他们无所事事的白日和冰冷的晚上。

哈利勒被捕的消息像传染病一样在这个村子的居民中传遍了。在刨根问底的好奇心的驱使下他们抛下自己的茅舍从四面八方奔涌而来。在五花大绑的青年来到阿巴斯谢赫家前，男女老少就聚集在这里，伸长了脖子想看一下这个叛教徒，还有伙同罪恶的灵魂在他们村子的天空散布毒素的拉希勒玛利亚母女。

此时，农民们、奴仆们站在那里，扈利·伊利亚斯盘坐在他的身边，阿巴斯谢赫坐在高椅上，所有的人都盯着这个被反绑着的青年。青年巍然地屹立在他们中间，拉希勒和玛利亚站在他们的身后，她们的心被恐惧侵扰着，人们严厉的目光折磨着她们。但是，恐惧在一个追随真理的妇女心中不算什么，严厉的目光在一个被爱唤醒的姑娘心中不算什么。

阿巴斯谢赫用恶狼咆哮似的声音问道："你叫什么名字?"

"我叫哈利勒。""你的亲人是谁?你的出生地在哪里?"

"被欺凌的农民和贫苦的人就是我的亲人和朋友，我的出生地就是这个广阔的国家。"哈利勒看了看那些带着厌恶和鄙夷望着他的农民。

阿巴斯谢赫嘲讽地奸笑道："正要惩罚你的是被你当成亲戚的人，被你称为祖国的这个国家不想让你成为她的子民。"

哈利勒无比激动地说："蒙昧无知的人民把他们最高尚的子弟交给残暴者和压迫者，热爱国家、忠于国家的人将被淹没在卑屈和耻辱的国家中。但是，好儿子不能摒弃她患病的母亲，仁厚的兄长不能绝情于他危难的兄弟。"

"昨天把脖子伸出来交给你的人就是今天把我捆绑着送到你这儿来的这些可怜的人。正是在你的土地上播种着他们心灵的种子，在你的脚下抛洒热血的人让我屈辱地站在了你们面前。正是这块不愿张开嘴巴吞食暴君和贪婪者的土地不愿我成为它的居民!"

阿巴斯谢赫哈哈大笑，这丑陋的笑声湮没了青年的灵魂，挡住它通向那纯朴的听众的灵魂的去路。他说："你真是不知羞耻，你不就是那个修道院里的牛倌吗?你为何抛下牛群，被赶了出来?难道你以为人民体恤叛教的疯子胜过体恤虔诚的修士吗?"

哈利勒回答道："我是个牧人，而不是屠夫。我是这样对待这些牲畜的。我没有带它们去荒山野岭，而是领着他们到了绿色的草原和丰美的牧场。我带它们至甘泉边，而不是臭沼边。傍晚，我带它们回牛栏，以免它们被抛在山谷作为豺狼野兽的猎物。

“假如你能像这样对待这些贫弱的人群，你就不会把他们抛在陋舍中啼饥号寒了，你也不会住在这深宅豪院里了。假如你能体恤上帝的忠实的儿女，你就不会让他们像寒风中的枯枝那样站在你面前了，你就不会自己坐在这丝绸的软椅上了。”

阿巴斯谢赫的额头渗出了冷汗，不安地动了动，他十分生气，但他很快又恢复了自恃，不想让人看出他的不安和在意。然后他说：“我们把你捆绑着拉来，是要把你当作恶劣的罪犯加以审问而非为了听你的谵言妄语。你最好放明白一点，你面前是这个村子的主人，是上帝赞助的艾敏·谢哈布埃米尔意志的代表，是神圣的教会代表扈利·伊里亚斯。你还不赶快在我们面前忏悔，请求宽恕，请求赦免，我们还会像你在修道院时那样让你去放牛。

青年平静地回答：“罪犯不能审判罪犯，即使是邪恶的叛教徒也不能在罪人面前为自己辩护。”

他边说边望着这个大厅里的人们，用洪钟般的声音说道：“兄弟们，你们这片土地的主人，这个被你们的屈服和顺从宠坏的人，把我五花大绑地捆在这里，是为了对我进行审判。这个神甫，站立在你们信仰上的这个神甫，是来给我定罪，是来折磨我，侮辱我的。你们急急忙忙地从四面八方赶来，是为了看利爪下的猎物是如何挣扎的，是为看你们的儿子、兄弟是如何被捆绑，如何被折磨的。对，我就是那个罪人，我就是那个叛教者，就是我被从修道院里赶了出来。现在，请你们听听我的辩护吧！公正是无辜者所要求的一切，怜悯只可施与那些软弱的犯罪者，所以请带着公正之心来听我的辩护吧！

“人民的意愿就是上帝的意愿，你们就是审判我的法官，请用你们醒过来的心好好听我讲一讲吧！你们只听说我是个邪恶的叛教徒，你们只看到我像一个真正的罪犯一样被捆绑着，可你们没有听到我的罪状，不了解我的罪行。因为在这个国家里，浓雾掩盖了罪行的真相，而惩罚则像闪电的剑锋那样出现在人们面前。

“人们啊，我们的祖辈都曾生活在这让你们耗尽了力气的山谷，都曾死于这压弯了你们的脖子的重轭之下。我相信上帝，他能听见你们内心痛苦的呼唤，能看见你们被捶打。我相信在上帝驻脚的大地上的那些教导，它从人类的奴性中解放我也解放你们。

“我曾是修道院里的牛倌，但与牲畜在田野中相伴的孤独并没有阻塞我的视听。我仍看得见你们被迫在田野上劳作的身影，我仍听得见从茅舍角落里传来的失望的呼声。我慢慢地审视，发现自己像狼群后面的羊群那样跟随在修道士们的身后。于是我停在半路，大声呼救，豺狼猛扑过来，死死地咬住我，把我拖得远远的，不让我的惊呼唤醒沉睡的羔羊，从而群起反叛，四处逃散。

“为了我看到的那个用鲜血写在你们面孔上的真理，我忍受了囚禁、饥饿和焦渴。我把你们的哀叹用声音大声地表达出来，因而我遭到了毒打、鞭笞和嘲笑。但你们的痛苦追逐着我，我重获力量，我觉得压迫、藐视和死亡都是可爱的，所以我没有害怕，我的心没有软弱。

“你们现在就问问自己：‘受欺负的时候，我吼叫过吗？我们中哪一个敢出声？’现在，我告诉你们，你们的灵魂每天都在痛苦地叫喊。你们的心夜夜都在悲啼。垂危者听不见自己灵魂和心的呼唤，而坐在他床榻边的人可以听得见；被宰杀的禽鸟不自知地翻腾乱跳，但旁观者是最清楚的。

“每个时刻，你们的灵魂都在痛苦呐喊。早晨，生存的愿望喝斥你们撕下你们的面纱，让你们像奴隶一样走进田野；中午，你们想坐在树荫下以躲避炙热的阳光毒剑而不能如愿；傍晚，你们回到茅舍，饥肠辘辘，而等待你们的只有干巴巴的饼子和浑浊的水；夜晚，你们虽然疲倦之极，但仍不能安眠，你们忧心忡忡，辗转反侧，睡意刚刚袭来，阿巴斯谢赫的吆喝声就在你们的耳畔回响。每个季节，你们的心都在哭泣。春季，大自然都穿上了新衣，而你们却仍然穿着破衣烂衫；夏天，你们收获庄稼，把禾捆一抱抱堆放在打谷场，用粮食填满你们主人的粮仓，而你们得到的回报只是草料和霉麦；秋季，你们采摘果实，压榨葡萄酒，但你们得到的只是酸汁和橡子；冬天，天空压迫你们，严寒和暴风把你们赶进严寒覆盖的茅舍，你们坐在火炉边，极其不安，害怕狂风暴雨再大起来。

“这就是你们的生活，这就是笼罩你们灵魂的黑夜，这就是你们屈辱和不幸的身影，这就是我从你们内心深处听到的持续不断的痛苦的吼声。我觉醒了，我造了修士们的反，叛变了他们的愿望。我独自一个人，以你们和你们的痛苦以及正义的名义进行控诉，他们恼火了，就说我是一个邪恶的人，把我赶出了修道院。我来了，生活在你们近旁，为了同甘共苦，为了与你们共同拿回本应属于我们的东西。而你们却把我捆起来交给你们的敌人，他掠夺你们的财产，吞食你们的劳动果实，靠着你们的钱过着富翁的生活。

“难道你们中就没有人明白这样的道理？土地本应属于你们，可你们耕种却不许收获，这土地是阿巴斯谢赫的父亲用剑掠夺走的。难道你们就不知道？修士们对你们的祖父要了花招，他们掌握了你们的农田和果园，当时宗教的经文正写在神甫的嘴唇上？你们应该明白，宗教的代表和贵族的子孙相互串通，让你们屈服，让你们卑贱，让你们心血干枯。你们中的每一位男子，都曾在教堂神甫的命令下在他的田地的主人面前低过头，你们中的每一位女子，都曾被土地的主人呵斥过，被驱策着去追随教堂神甫的意志。

“上帝对第一个人说：‘你将带着额上的汗水吃你的面包。’可为什么阿巴斯谢赫却就着你们额头上汗水吃面包？喝着混合着你们泪水的美酒？是上帝特别垂青他，让他在娘胎中就成为你们的主人吗？还是上帝有意迁怒于你们，让你们像一个奴隶一样生活在这里，只吃山谷中的荆棘，只住濒于倒塌的茅舍？

“耶稣对他的门徒说：‘无偿地获取，无偿地给予。不要让银子、金子和铜常居于你们所在之地’既然这样，为什么修士们和神甫们出卖他们的祈祷符箓来换取金银呢？你们在静夜中如此祈祷：‘主啊，请赐予我们每日的糊口之食。’主把大地赐给你们，让你们得到糊口之食，但修道院院长有从你们手中掠走土地的权利吗？因为犹大为了金钱而出卖了师长，人们诅咒他。那么，你们为什么去祝福那些他们生活中的每天每日都在出卖他的人呢？与犹大因忏悔而自缢身亡相比，这些趾高气扬，穿金戴银的人是不是更可恶呢？耶稣的使徒为了让圣灵常驻你们心中而被杀死、被石头砸死，可修士与神甫为了活着享受你们的财产和你们镣铐的叮当声，正在杀死你们的灵魂？你们教育子女要热爱耶稣，可你们为什么要教育他们顺从那些背叛教规的神甫和修士呢？可怜的人们啊，是什么让你们跪在可怕的偶像前，它是一个由谎言和虚伪竖起来的呀！是什么诱惑了你们，让你们的存在充满了屈辱？你们又想用屈从来换取什么？你们又想遗留给子孙什么东西呢？

“神甫掌握了你们的灵魂，统治者的利爪抓住了你们的身体，你们的心处在失望和悲伤的黑暗中。生活中没有任何东西是属于你们的。软弱屈从的人们啊！你们知道那个让你们畏惧被你们当作心中神圣的监护人的神甫是什么样的人吗？让我来挑明你们虽然感受到却害怕的实情吧！

“他是个叛徒，伪君子，不义者。基督徒们交给他一本圣书，他便将它变成一张张捕猎你们钱财的网；他把信士们给他佩戴的精美十字架磨制成了一把利剑，在你们头上挥舞；他把软弱者的脖颈用缰绳紧紧勒住，并以铁腕扼住，直至颈项如陶器破裂四散。

“他是一只闯入羊圈的恶狼，牧人错以为他是一只羊，所以安然入睡，黑夜里，它便将羊儿一只一只地咬死。

“他是一个贪得无厌的家伙，他是一个吝啬鬼，他是一个老饕。他追逐第纳尔可到精怪的洞窟，他吸吮信徒的血；他对餐桌的尊重要超过对祭坛的尊重；他死守着他的所有，聚敛着并不需要的东西。

“他是个有鹰的喙、虎的爪、鬣狗的利齿和毒蛇的舌头的怪物。你们可以随便拿走他的书，撕破他的衣服，揪掉他的胡子，可是你们如果拿走他的一块钱币，他就会怒不可遏，但如果你们在他的手里放一块钱币，他会原谅你们所有的行为。你们抽他耳光，唾他的脸，踩他的脖子，可你们必须让他坐在餐桌旁饱吃一顿，这样，他便会松开裤带，眉开眼笑，拼命地以你们的食物和饮料涨满他的肚腹。即使你亵渎他的主的圣名。嘲讽他的信仰，诽谤他的信条，可你只要再给他一坛酒或一篮子水果，他就会原谅你们，为你们高声辩解。

“他是骗子，从墙缝里钻进去，如果房屋不塌，他是不会出来的；他是一个铁石心肠的强盗，从孤儿手中抢菲勒斯，从寡妇那里抢第尔罕。

“他看到女人就变脸，高声说：‘巴比伦之女，离我远一点！’可低下声音却说：‘结婚要比受煎熬强。’当他看到青年男女行进在爱情的行列之中时，就望着苍天高呼：‘天下之事太无聊太荒唐了！’可他空寂一人时就感慨：‘法律、传统滚开吧！你们让我远离欢乐，禁止我品尝人生的美好滋味！’他的思想一直盘绕着人们的钱袋。他引经据典地对人们说：‘不要为了不受责备而信仰。’但是他残忍地给所有笑他的狡猾的人定罪，要把他们的灵魂打入地狱，无论他们是死是活。他用这样的话呼唤：‘我的孩子们！我的孩子们！’但他十分冷酷，不会对一个婴儿微笑，不会用肩头背起一个孩童。他装模作样地说：‘我们的年华飞逝，日月如梭，让我超脱了俗务之上吧！’但你们会发现他是紧拽着生命的衣角，紧抓着岁月的衣襟，为时光的飞逝而不停地叹息。

“他比你们都富有，却要你们行善积德。他会公开祝福那些响应了他的人，更会暗地诅咒那些拒绝了他的人。他劝你们接济穷苦人，但他却对家里的饥饿者不管不顾；对眼前的困难的人不看不听……他对那些不买他祷文的人，轻蔑地视为背叛了上帝和先知的人，禁止他们进入天国享受幸福。

“人们啊！这就是因为我的灵魂反叛了耶稣的敌人，反叛了爱你们，称你们为他的兄弟尔后被钉上十字架的耶稣的敌人！这就是今晚来给我定罪名、侮骂我的人！这就是至始至终地追随你们灵魂的那个魔影！这就是那个让你们害怕的人！这就是那个吸你们血的修士！这就是那个左手抓住你们心的神甫！这就是那个你们立他为仆人他却变成主人，你们封他为圣徒却变为魔鬼，你们尊他为代表他却变作重轭的主教！”

被绑的青年容光焕发，他已感觉到听众的心中正萌动着灵魂的觉醒，他已注意到他的话已深深地打动了人们。于是他提高了声调补充道：“兄弟们！阿巴斯谢赫已被艾敏·谢哈比埃米尔任命为这个山区的统治者。你们看不见听不到种种力量，这种力量让国王立为一国之主，但是你们在灵魂深处可以感到它的存在，你们跪在它面前祈祷，用你们的心呼唤它：‘我们上帝！’

“是的，你们无所不能的上帝委任了国王们和埃米尔们。但是，他不愿让你们成为被压迫和被欺侮的人，因为他爱你们并通过先知教你们正道；他让云降雨，让种子结实，让花结果，他不愿让你们成为备受熬煎的饥饿者，而仅仅把一个人养得肥肥胖胖，只懂享受荣华富贵；他让你们相信让你们喜欢生命之光的永恒法则，他不让你们喜欢死亡黑暗；他启示你们爱妻子体恤亲人，不会委任一个残酷的主人，不会让他使你们受压迫，当作奴隶；他给你们的躯体注入力量，不会让它反过来屈从软弱。

“你们不会相信这些。否则，你们就成为了神性正义的背叛者，照亮所有人的真理之光的背叛者。那么，是谁让你们去帮助你们心目中的坏人？你们为什么要害怕上帝的意愿？他把你们作为自由人派到这个世界上，而你们却成为背叛他法则的人的奴隶。你们不能在称上帝为父亲的同时，又低首于一个软弱者面前，称他为主人。上帝的子嗣不应满足于成为人的奴隶，耶稣称你们为兄弟，阿巴斯谢赫怎能称你们为仆人？耶稣让你们成为具有灵魂和真理的人，埃米尔怎能让你们变为暴虐和腐化的奴隶？耶稣让你们举首望天，而你们却低首向着尘土；耶稣向你们心中注入光明，而你们却把心掩埋于黑暗中。

“上帝派你们的灵魂到这生命中来，让你们成为火炬，靠着对日夜的秘密的探求而增加美丽，靠着知识而熊熊燃烧，你们不能把它们埋于灰烬，让它们熄灭。上帝赐予你们儿女，是让你们教育他们走上真理之路，让他们胸中充满人生的欢歌，为他们留下生活的欢乐作宝贵遗产，你们不能昏昏沉睡让他们成为时光手中的死者，他们不是出生地上的陌生者，不是太阳面前的不幸者。你们不能让自己的孩子沦为奴隶，不能在他们需要面包时给他们石头，你们应该像田野上的鸟儿那样训练它们的雏鸟飞翔，不能教孩子们去学扶镣铐和锁链，你们应该像山谷中的花儿把自己的种子交给温暖的阳光，而不是交给冰冷的黑暗。上帝赐给你们翅膀，让你们靠着它们在爱情和自由的天空中飞翔，不能让他们像虫豸一样在地面上爬行。上帝在你们的心田播下了幸福的种子，你们不能把它们刨出来抛到岩石上任乌鸦啄食，任狂风横扫。

哈利勒沉默着，他的思想和感情已经成长扩大，从此不再需要穿上言辞的服装了。然后他用低沉的声音说："修道士们正是因为这些话而将我驱逐；你们所感到的那个在自己心中激荡澎湃的灵魂，正是将我捆绑着立于你们面前的那个灵魂。如果你们田地的主人和教堂的神甫向我猛扑过来，一起将我击倒，我将幸福而高兴地死去。我已向你们揭示了真理，我已实现了我的创造者和你们的创造者的愿望。"

哈利勒的声音中有一种神秘的情调，激荡着男子的心灵，像盲人见到光明那样，他们带着男子的惊奇的目光看着他；妇女们的眼里含着泪水，凝视着他，她们的心因之震颤。但阿巴斯谢赫和扈利·伊里亚斯此时气得浑身发抖，他俩如坐针毡。此时青年凭着一种崇高的力量对群众讲话，就像暴风带着它的决心，微风带着它的温柔，因而没有人能够阻止他。

哈利勒讲完，退到了拉希勒和玛利亚身边。一片寂静，好像那振翅飞翔在大厅各个角落的他的灵魂已把村民们的视线引向了一个遥远的地方。它们把思想和意志从阿巴斯谢赫和神甫的心中夺走，让他俩颤抖着站在自己良心惊恐的身影面前。

这时，愁眉苦脸、面色发黄的阿巴斯谢赫站起身来，大声呵斥他周围站着的人。他用快窒息的声音说道："狗东西！中了什么魔！你们为什么不能撕碎这个喋喋不休的叛教徒？难道这个恶魔的灵魂包围了你们？难道恶魔给你们的手臂带上了镣铐，难道你们不能消灭他？"

说着说着，他随手抄起一把利剑，向青年冲过去，要把他砍倒。说时迟那时快，一个健壮的男人冲了过来，拦住他，平静地说："收起你的剑，我的主人，你要是再握剑你就会被击倒！"

阿巴斯谢赫抖个不停，剑从他手中跌落，他大吼："你，奴才胆敢反对主子、恩人？"

这个汉子答道："忠实的仆人不会和他的主人一起行凶作恶。他所讲的是实情，他宣布的是真理。"

另一个男子走上前来说："你为什么要欺负他，他没有讲任何一句应受审判的话！"

一个女子高声说："你为什么称他为叛教徒？他没有攻击宗教，也没有冒犯上帝的圣名。"

这时，拉希勒鼓起勇气说："这位青年是在替我们大众说话，是代表我们诉苦伸冤，谁想伤害他，谁就是我们的敌人！"

阿巴斯谢赫咬牙切齿地说："这个荡妇！你也想造反了吗？难道你忘了五年前你丈夫背叛我的下场了吗？"

听到了这些话，拉希勒尖叫起来，她得知了一个可怕的秘密，她痛苦着，她颤抖着，她向着人群用最高的声音吼叫道："听吧！凶手在气极败坏的时候承认了他的罪行。我丈夫的尸体是在田野上找到的，我们之所以没有抓到凶手是因为他躲在了高墙之内。我丈夫是个勇敢的人，他讲过阿巴斯谢赫老奸巨滑，讲过他的恶行和残酷。

"啊，老天已揭露出真正的凶手，凶手就在这里，你们好好看看他吧！看看写在他发黄的脸上的罪状吧！看啊，他正在发抖，他惊慌失措，他捂着脸，他害怕你们盯着他的目光！这个伟大的巨人，他吓得就像个犯了错误的奴隶！他是真正的杀手，她让我成为寡妇，让我女儿成为孤儿，他是个罪恶的灵魂!”

拉希勒的话像霹雳一样在阿巴斯谢赫头顶轰鸣。男人们，女人们的愤怒像烈焰和硫磺一样熏烤着他。神甫站起来，扶住阿巴斯的胳膊，让他坐稳，然后颤抖着呼唤仆人们：

“这个女人用谎言指控你们的主人，快把她抓起来！把她和这个叛教青年一起关进黑牢！阻拦者同罪，都不能进入神圣的教堂!”

仆人们对他的命令置若罔闻，只是目不转睛地盯着这三个人。母女俩就像哈利勒的一对翅膀，而哈利勒就要借她们的力量飞翔。

神甫吹胡子瞪眼地说：“怎么，你们反了吗？你们要为一个叛教青年和一个淫妇背叛你们的主人吗?”

年长的一个仆人回敬道：“我们不是阿巴斯谢赫的奴隶，我们为他服务换得的是面包和栖身之所!”他边说边脱下斗篷和缠头巾，往阿巴斯谢赫面前一扔，说：“这种卑贱的衣服我享受不了，我不愿在这个杀人犯的家里继续受折磨!”

全体仆役都学他的样子，加入了群众的行列，脸上带着解放和自由的神情。

扈利·伊里亚斯边诅咒着这个村子，边走出了这座豪宅，因为他感到了虚幻的权力已开始瓦解。

一个汉子从人群中走出来，替哈利勒解开了身上的绳索。此时的阿巴斯谢赫倒在椅子上像僵尸一样，这个汉子带着充满决心和意志的声调对他说：“你把这个青年像罪犯一样捆起来严加审问，可正是他照亮了我们黑暗的心胸，给我们指明了引向真理和知识的道路。这个女人，被你称为淫妇，可她向我们揭开了五年未解的骇人听闻的秘密。我们急急忙忙地跑到这里来，看到的是正义被迫害，无辜被陷害。

“现在，我们已睁开眼睛了，终开看清了你可怕的罪行和残忍的面目。我们不给你定罪，也不抱怨你，但我们将轻视你，远远离开你，让上天对你进行公正的评判。”

这时，大厅里大声四起，这个说：“走吧！我们离开这个充满罪恶的地方吧！”那个说：“来啊，我们去拉希勒家里，听听真理的声音吧！”这个喊：“哈利勒知道我们的要求，我们按他说的做吧！”那个又喊：“我们到艾敏埃米尔那里去讨回公正，让他来惩罚哈利勒的罪行！”又一个喊：“我们恳求埃米尔，让他任命哈利勒作我们村的权力代表，同时，惩罚伊里亚斯！”

正义之声吓得阿巴斯谢赫心惊胆战。在哈利勒的示意下，大家安静下来，然后哈利勒说：“兄弟姐妹们！如果我配享受你们的同情和爱，那就让我和你们生活在一起吧！我们同甘共苦，同劳动，同干活。你们不要到埃米尔那里去，他在阿巴斯谢赫的问题上是不会为你们主持公道的；也不要到神甫的主子那里去控告神甫，因为猛禽是不会彼此撕咬的，他们也不会同室操戈。我不会作统治者在这个村子的代表，忠实的仆人不会成为坏主人的帮凶。所以，让我和你们在一起，否则我会成为假仁假义者，口头上全是美德，而行动上尽是邪恶。

“现在，我已把斧头砍向树根。我们让阿巴斯谢赫面对上帝的御座，立于良心的法庭，我们不要再理他了。因为上帝让他的太阳在好人和坏人的头上一样升起。”

他说完这些话，便离开了那里。所有人都跟着他。就像他身上有一股力量吸引着他们。此时的阿巴斯谢赫被孤零零地留在那里，就像一个被打败的将军那样痛苦。从薄暮中升起的月亮，把它的光辉洒在了大地上，人们来到了教堂广场。哈利勒回头发现男男女女都像羊儿看着牧羊人那样望着他，他感到了灵魂上的震颤，从这些可怜的村民身上，他发现了那些受压迫民族的像征，在那些冰雪覆盖的茅屋中，他看到了那些湮没在屈辱中的国家的标记。他站在那里，眼睛睁得大大的，像一位先知听到了时代的呼声。他的心似乎已看到东方各民族正拖着奴役的锁链在那些山谷中踯躅行进。于是他双手高举，用洪亮的声音呼唤道：

“自由啊，我们从深渊之底向你呼唤！我们在黑暗中向你伸出双手！我们在这层层积雪上向你跪拜！我们在你庄严的宝座前面，身穿祖辈沾满鲜血的衣衫，手持刺破他们肝胆的双剑，发出损伤他们喉咙的呼声，拖着毁伤他们双脚的镣铐，高举戳入他们胸膛的长矛，头顶与他们遗物相伴的坟墓尘埃，带着充塞他们黑牢的悲恸，做着来自他们哀痛之心的祈祷。——自由，听听我们吧！看看我们吧！

“从尼罗河源头到幼发拉底河入海口，从阿拉伯半岛的边陲到黎巴嫩的山麓，从海湾的沿岸到撒哈拉的深处，人们仰望着你，眼里充满痛苦。——自由啊，看看我们吧！听听我们吧！在奴役和专制笼罩下的家室中，一个个灵魂在期盼你。在位于愚昧无知阴影的房舍里，一颗颗心向你奔去。在建于贫穷卑贱阴影下的茅屋的角落中，一个个胸膛在你面前起伏。自由啊，发发慈悲吧！法庭和会所里，被忽视的法律在向你求救；教堂和清真寺里，被抛弃的圣书在要求你垂顾；学校和图书馆里，失望的青年在向你呼唤。自由啊，拯救我们吧！在我们贫瘠的平原上，贝都因人饥肠辘辘，赤脚而行，无人同情他；在我们的土地上，农民在用他的双手耕耘，种下心灵的种子，用他的泪水浇灌，可他只收获荆棘，没有人教育他。在我们狭窄的街道上，商人在出卖他的时日，以便把它的价值给予两方强盗，而没有一个人向他发出忠告，开口说话呀，自由！教导教导我们吧！

“我们的骡马吃的不是大麦，而是枯蒿；我们的牛犊咀嚼的不是玉米，而是树根；我们的羔羊吃的不是鲜花和嫩草而是荆棘。自由啊！救救我们吧！

“黎明何时到来？从一开始，夜的黑暗就笼罩了我们的灵魂。我们的躯体从一个监牢到另一个监牢，一代又一代经过我们的身旁，嘲笑我们，我们承受时代的嘲弄要到何时？我们的腿脚行走着，从一副镣铐到另一副镣铐，镣铐没有被砸碎，我们也没有死去，但我们能到几时呢？我们的颈项从一个重轭下转到另一个重轭下，地球上的人们从远处看着我们，耻笑我们，我们要被耻笑到何时？

“从埃及人的奴性，到巴比伦的放逐，到波斯人的严酷，到希腊人的服务，到罗马人的专制，到蒙古人的暴虐，到法兰克人的贪婪，我们如今要走到什么地方？我们何时才能登上山坡呢？

“从法老的巨掌，到尼布甲尼撒的利爪，到亚历山大的手心，到希律王的宝剑，到尼禄王的铁蹄，到鬼怪的獠牙，我们到底要走入谁的把握之下呢？我们何时才能进入死亡的掌心，去享受那乌有的宁静呢？

“为了保住他们的王座和内心的安宁，他们武装德鲁兹人反对阿拉伯人，挑动什叶派去斗逊尼派，煽动库尔德人屠杀贝都因人，鼓动艾哈迈德派反对基督徒。啊，兄弟们在母亲面前相互残杀，邻居与邻居在情人坟前互相威胁，十字架和新月徽在上帝的眼前彼此疏远，这一切何时停止？

“用愚蠢和狡诈他们使家庭分裂，亲友反目，让教派彼此远离，让部族间互相仇杀。我们何时才不会被这肆虐的狂风吹得四散呢？我们何时才不会像饥饿的狮崽在腐尸前争斗呢？

“我们用肩膀的臂力，为他们的诸神建立了圣殿、神庙的岩柱。我们用背脊移沙运石，为他们建造城堡，以加强他们的安全。我们用身体的力量为他们建起了金字塔，让他们的名字永垂不朽。我们建起了宫殿大厦，我们填满了粮囤仓库，我们纺出了绸缎毛绒，可我们只能住茅舍洞穴，我们只能吃大蒜韭菜，我们只能穿粗衣烂衫，这样的生活何时才能了结？

“倾听吧！自由！听听我们吧！大地居民之母啊！我们是你的亲生儿女，请顾着我们吧。一个火星就能燃起一堆干柴，请你用我们中一员之口讲话吧！一片云中就能迸发出闪电，请你用翅翼拍醒我们中一个人的灵魂吧！请你在一瞬间照亮谷底和山巅吧！请用你的坚强意志扫去这乌云吧！请你象霹雳一样降下，像弩炮一般摧毁高踞尸骨之上，镀着贡金贿银，浸于血泪之中的王座吧！

“自由啊！聆听我们吧！耶稣啊，教导我们吧！穆罕默德的情人啊，援助我们吧！摩西的伴侣啊，解放我们吧！罗马的姐妹啊，拯救我们吧！雅典的女儿啊，发发慈悲吧！使我们的心更加坚强吧，让我们活下去！要不就让我们对付敌人的臂膀变得有力吧，那样我们就可以毁灭，消亡，安然休息。”

当哈利勒对天呼唤时，农民全部望着他，他们的心随着他的脉搏而悸动，他们的气息随着他的呼唤而颤动，他们的感情随着他的声调而起伏。此刻，他与他们融与一体。他平静地对众人说：“黑夜将我们带到冰冷的夜空下，我们得以彼此相识；今晚我们聚在阿巴斯谢赫家，是为了看到白昼的光明。现在，我们回到各自的床榻上吧！等待明朝与自己的兄弟相聚吧！”

人们听了他的话之后，都各自回家。每个人都回忆着今天他的所见所闻，感到自己内心深处有一个新的生命的抚慰。

夜深了，村庄在寂静中安眠。农民们的灵魂随着梦飞翔，阿巴斯谢赫不眠的惊魂则同夜的幻影作伴。他的灵魂在他的罪行面前颤抖着，在他恐惧的利齿间经受着折磨。

八

两个月过去了。哈利勒把他灵魂的秘密注入了那些村民的心里。每天他都在他们的耳畔复述着残酷无情的统治者的劣迹，描述着修士们腐化的生活，向他们谈权利和义务的幽微奥秘。他在他与村民之间建立了一种十分牢固的联系，这联系像把星辰与星辰彼此固定在一起的那些永恒的法则。农民们反复琢磨，反复聆听他所说的话，像及时而来的喜雨，他们也给这些话穿上爱的服装。他们的神甫扈利·伊里亚斯自他的盟友阿巴斯谢赫的罪行暴露之后，千方百计地讨好村民，想方设法地套近乎，软得像一团蜡，可他过去则像一块石头，村民对他不理不睬。

阿巴斯谢赫好像患了一种类似疯癫的心理疾病。他像笼子里的老虎在自己家里来回徘徊。他高声叫唤他的仆人，可无人回应。他向他的家人求救，可只有他可怜的妻子帮助他。可怜的妻子不幸遭到了他粗暴的虐待。当斋戒期开始时，春天来了。阿巴斯谢赫随着冬天的逝去而逝去，痛苦而可怕的挣扎之后，他死了。他的灵魂乘着他的尸首，赤裸裸地站在我们可以感到它存在却看不见它的御座前。农民们猜测他的死因，可能是感情紊乱，发疯而死；可能是大势已去，失望之极，自杀而亡；那些去慰问他妻子的女人们则说他因为恐惧而死。因为半夜时分，苏姆安·拉米穿着血衣来到他面前，厌恶地带他去到五年前自己被害的地方。

哈利勒和玛利亚的爱情随着四月的春风散遍了整个村庄，快乐吹红了村民的面颊，激动使他们心灵起舞。他们不再担心这个呼唤他们走近真理的青年会离他们远去。他们奔走相告，这个青年已变成他们每一个人亲近的邻居和可爱的女婿。

当收获季节来到时，农民们从所耕种的土地上取得了收获，他们的茅屋装满了小麦、玉米、酒和食油。阿巴斯谢赫抢走粮食的事再也不会发生了。

哈利勒一直和他们同甘共苦，帮着他们收粮入仓，榨葡萄酿酒，采摘水果。他不让自己显得与众不同，但他的爱和活力除外。

从那时起直至今天，这个村子的每一个农民都带着喜悦从他们艰苦劳作的果园里采摘果实，带着欢乐从他们辛勤耕耘的土地上取得收获。他们的财产是他们自己的。

今天，这件事已过去半个世纪了。黎巴嫩人已经觉醒。旅行者会在通向圣杉林的路上，看到一座像新娘般一样美丽的村庄，会看到简陋的农舍已成为漂亮的住宅，肥沃的农田和葱茂的花园包围着它。他若去问有关阿巴斯谢赫的历史，人们会告诉他："这片破砖烂石的断壁残垣就是他的宫殿，这就是他一生的历史。"老旅行者问及哈利勒时，村民们会举手向天，说："那里住着我们的哈利勒。我们的父辈已用闪光的字母把他的生平写在了我们的心扉上，日月是不会将他抹去的。"

折断的翅膀

引 言

我十八岁时，爱情神奇的光芒照亮了我的双眼，火热的手指第一次轻抚我的心扉。第一个以美丽唤醒我灵魂的女性是萨勒玛·克拉玛，她引导我走向高尚情操的天国，在那里，夜晚犹如婚礼般的过去，白昼似梦似幻地消逝。

是她，在我的耳旁吟唱了精神生活诗篇的第一行诗句。

每一个青年都会记住这样一个少女，她是第一个用深情使青年从少年时代的漫不经心中幡然醒悟的美丽得令人心醉的少女。每个人都会记住那奇妙的时刻。因为掩饰真情的种种痛苦会引起愉快的激动，流泪、思念、失眠也能带来喜悦。所以当他蓦然回首时，他会发现自己的整个身心都在翻腾、变化，他的心胸已变得开阔、舒展，充满了激情和喜悦。

在每个年轻人生命的春天里，都会有自己的萨勒玛出现，使他寂寞的白天洋溢着柔情，安谧的夜晚荡漾着歌声，使他的孤独充满诗意。

我的生活空虚、荒凉、冷清，就像亚当在天堂沉睡不醒，我在大自然的陶冶、书籍、游历的启示中游移不定，这时，爱情通过萨勒玛的双唇在我心灵的耳畔低语。萨勒玛像一束光柱立在我眼前。她就是我这颗充满奥秘和奇趣的心灵中的夏娃。她为我照亮了生活的本质，为它廓清了幻影，就像一面明镜。始祖亚当和夏娃走出天堂，凭的是夏娃的意志和亚当的顺从；而萨勒玛把我携入爱情与纯洁的乐土，靠的是她的美好和我的心愿。虽然我没有违犯过训诫，也没有品尝过善恶之果，但我还是受到了亚当的遭遇，把他逐出天堂的带火的宝剑与那把将我赶离爱情乐园的寒光逼人的宝剑一模一样。

如今，物是人非，给我留下的，只有痛苦的回忆。像长了许多无形的翅膀，回忆在我的头部四周扑扇、盘旋，激起我内心深处的悲叹。让我痛苦、流泪不止……萨勒玛啊，美丽动人的萨勒玛，你已隐入蓝色的云霭中去了，她在这世上留下的痕迹，只是我心灵的隐痛和一块苍松翠柏遮掩下的大理石墓碑。留在世上述说她的遭遇的只有我的心和这块墓碑。然而，以吮吸逝者的躯体为营养的树枝也不会用飒飒细语公布埋在墓穴中的内情，笼罩着墓地的寂寞决不会泄露神祇匿在黑暗棺椁里的秘密。我的心在大声疾呼，正在用黑色的墨水倾诉着，把那爱、美、死的悲剧暴露在光天化日之下。

散住在贝鲁特城里我年轻的朋友们啊，如果你们走过那座依傍着松林的墓地，请你们沉默缓行，不要惊扰长眠于九泉之下的人们；请你们替我向掩埋着萨勒玛的黄土致意，然后肃立，代我长叹一声，默默地述说你们的心声：

“在这里，一个青年的理想幻灭了，欢乐不见了，泪水已干，微笑已尽；在这里，埋葬着一个青年人的希望，灾难祸患迫使他流落海外。他的悲伤与苍松翠柳在这寂寞的坟冢间一起生长；他追忆往事的灵魂，日日夜夜在这坑上回旋，伴随着孤寂的幻影，与树枝一起，重复唱着挽歌，为那少女哭泣——生命的一首欢乐之歌顷刻成为了大地怀抱中悄无声息的一个秘密。

正在与心上人倾心相恋的朋友啊，请你们在她的坟前放上花圈，愿你们放在这里的花儿，恰如清晨洒在玫瑰残叶上的露珠。

无声的忧愁

我与人们恰恰相反，人们总是为逝去的青春惋惜，兴高采烈地回忆青年时代的情景，而我追忆往事时，想到的只是自由人被囚禁时的牢房和束缚他的枷锁。从童年到青年这段时间被人们称为黄金时代。我的黄金时代是痛苦的时代，忧愁随着我心灵的搏动日益增长，我却无法向亲友们宣泄倾吐。像暴风雨般的无声忧愁占据了我的心房。爱情就在这时，来到了我心间，打开了我心灵的大门，照亮了我心灵的每个角落，它让我开口说话，让我懂得哭泣，让我叹息，诉苦。人们的黄金时代，大多是这样度过的，你们嘲笑岁月中的艰辛和忧愁，展开双翼，就像蜜蜂飞过恶劣的沼泽地，飞向美丽的花园。

人们啊，你们总是记得你们游戏过，悄声地诉说真情的田野、花园、广场和街道。而我，时时刻刻想着黎巴嫩北部那块美丽的土地。只因我听过溪流的潺潺声和树梢的飒飒声，我才对社会上的嘈杂声不闻不问；只因我看到过那些充满庄严气氛和充满神奇色彩的河谷，那些凭着荣光和伟绩而昂然耸立的群峰，我才对浩瀚的大洋视若无睹。可是，就像一只苍鹰眼望广阔天空中自由翱翔的雄鹰，而自己却被禁锢在笼子的栅栏后饱受蹂躏，正是这些我向往之极的秀美景色在我晦暗的少年时期折磨着我受困扰的灵魂。这些美景，用它令人惶惑、犯疑的手指织成了一块绝望的面纱，蒙住了我的心灵，使我胸中充满了期望的苦楚和相思的伤痛。我听到黑鸟啭鸣，溪水唱歌，总是伫立着，因不知为何惆怅而黯然神伤。黄昏时分，我看到被阳光染得五彩缤纷的云霞，总有一种不解原因的烦闷，搞得我愁肠百结；我去原野，回来时总是满怀着莫名的悒郁。

对于那些生下来就如同已经死去，行尸走肉般活在世上的人来讲，“无知是空虚的摇篮，空虚是安宁的宿地”，这句话也许是正确的。但是，倘若盲目无知偎依在已苏醒的感情旁边，那么，无知就比深渊更加残酷，比死亡更令人痛苦。太阳底下最可怜的生灵便是感情丰富而知识贫乏的敏感少年，他置身在两股巨大而又互相悖逆的力量中间：一股力量十分隐秘，载着他飞上云天，让他透过梦幻的雾霭，看见生灵的美好；另一股力量外露，把他限制在地面上，用尘埃遮挡他的视线，让他在一片漆黑中惊慌。

孤独，是忧愁的伙伴，也是每次精神活动的密友。忧愁用诸多光滑强健的手，紧紧揪住人们的心灵，使之饱尝孤独的痛苦。少年的心顶住了孤独和忧愁的侵袭，就像刚刚绽开的百合，在微风中颤动，在晨光中敞开花蕊，在暮色中合上花瓣。对于一个少年来说，生活中如果没有令他心驰神往的游乐场所，没有志同道合的友人，那么生活于他就是一座牢笼，见到的只是四周的蜘蛛网，听到的只是唧唧虫鸣。

缠绕我少年时代的忧愁，不是源于我对游乐场所的向往，也不是我身边缺少朋友，事实上我有很多地方可去，也有很多伙伴。它是源于我与生俱来的心病，它让我喜欢孤独，它扼杀了我对游乐场和嬉戏的兴趣，它让我过早地成熟，像群山环抱中的水塘那样，幻影的图画、树枝的线条和云霞的色彩宁静忧郁地映在我心中，却找不到一条奔向大海的通道。

十八岁之前我的生活就是如此。在我的经历中，十八岁那一年如同山峦的峰顶，因为它让我驻足仔细眺望这个世界，让我看到了人生的旅途，看到了传统造成的洞穴，苦难重重的关隘和律法以及能诱发各种志趣的草原。

我认为，如果一个人从被孕育、分娩堕地没有经历过忧愁和沮丧，又没有被爱情放入梦幻的摇篮，那么，他的一生就是宇宙这本书中空白的一页。我就是在十八岁那年，获得了新生。

一个人如果没有在生活的韶光中看见过天使，在生活的灾难中没有见过恶魔，那么他的心永远也不会开窍，也永远不会有情感。正是那一年，我看到了天使正通过美女的眼睛向我顾盼，还看到了地狱中的恶魔在一个罪人的胸膛上咆哮、奔跑。

命运之手

就是那充满奇遇的一年的春天，我在贝鲁持。阳春四月，大地正向天空展示自己的秘密，花园里嫩草发芽、鲜花开放，巴旦杏树、苹果树披上了洁白如雪、香气袭人的衣裳，就像美丽的白衣仙女下凡人间，嫁给了非凡的才子。

叙利亚的春天，风光迷人。正在大地上匆匆巡行的无形之神在叙利亚放慢了脚步，频频顾盼回首，同黎巴嫩杉树共同歌颂着远古时代的光荣业绩。与遨游太空的帝王魂、先知亲昵地结伴，和着犹太国的溪流节拍，吟唱着不朽的所罗门诗歌。

春天是贝鲁特最美好的季节，没有寒冬的泥泞，没有盛夏的灰尘。冬夏之间的贝鲁特，就像一位少女，从水塘中出浴，端坐岸边，享受阳光的抚摸。

我在四月的充满醉人气息的一天里，去看望一位离群索居的朋友。正当我们大谈特谈理想和抱负的时候，一位庄重的老人走了进来。他六十五岁了，满面皱纹、衣着朴素，但神气凛然。我朋友介绍说："这位是法里斯·克拉玛先生。"之后报出了我的名字又加了几句赞赏的话。我恭敬地站着，老人凝视我一会儿，轻拂了一下他雪白的头发衬托下的高高前额，像是努力回想一幅早已消逝的图画。然后他微微一笑，包含了欣喜和慈爱，说：

"我曾与令尊大人共同度过了年青时代，见到你，我太高兴了，我希望和令尊大人相会啊！"

我深受感动，就像直觉引导着鸟儿在暴风雨来临之前飞返巢穴，我的心刹那间和他的心非常接近。我们在一块儿谈起了我父辈和他之间的友情，追寻着已被岁月吞噬的往事，回忆着他们的青春年华……垂暮之年的老人们缅怀他们的青春岁月，就像漂泊异乡的游子思念着故乡；如同诗人吟诵自己的杰作，他们津津乐道自己少年时代的经历。老人们很眷顾往事，因为现实在他们面前一闪即过，而未来在他们是那么地遥不可及。

仿佛树荫在草地上消失，整整一小时就在回忆中逝去。当我们彼此告辞时，他右手拉着我，左手搭在我肩上，说：

"我与令尊二十年没见了，希望我们能经常见面，以补偿我们之间长期的分离。"

我鞠躬表示谢意，并答应尽到儿子对自己父亲的挚友所负的责任。

待法里斯·克拉玛出门后，我的朋友以一种谨慎小心的口吻对我讲述了一些关于他的事：

"在这里，无人能与他平起平座。他仗义疏财，目光长远。但他们这类人虽然不伤害任何一个生灵，但他们不晓得防范别人的狡诈与卑鄙，往往很不幸，常受人斯负。法里

斯·克拉玛的独生女儿，品德如她父亲那般，无人可及她的温柔、美丽。可她也将遭受不幸，因为她父亲的万贯家资正使她站在一个阴森可怖的深渊边缘。"

友人忧郁难过地说完这几句话，接着他又说：

"他们父女俩，父亲德高望重、心地善良，可意志薄弱，对付不了虚伪和贪婪的人；女儿充满力量和智慧，却只是一味地顺从父亲软弱的意志。贪得无厌、诡计多端的大主教洞悉了父女俩的弱点。《圣经》掩盖了他的劣迹，这个多宗教多教派的国家中，人们的灵魂和肉体都得畏惧他，膜拜他，只因他是一教之主。大主教有个侄儿，他心中只有淫荡和邪恶，

如同蝎子与毒蛇在洞窟，沼泽里闹腾。很快，大主教就要为他的侄儿和萨勒玛主持婚礼。天啊，一个纯洁的身躯和一具腐尸就要拴在一起，天上的灵魂和地上的污泥就要结合起来，白昼的心脏就要被塞进黑夜的胸膛。关于这父女俩，我只能告诉你这么多，千万别向我追根问底，因为提及灾难会使它降临得更快，害怕死亡，死亡便会应声而来。”

朋友说完，凝视着外面的天空，似乎想从以太的尘埃中寻找出日与夜的奥秘。

此刻，我站起身来，与朋友辞行，我说：“法里斯·克拉玛。他与我父亲的情谊不浅，我要向他的那些回忆表示敬意。”

朋友忽然愣住了，似乎我短短的几句话启示了他，他脸色变了，用一种奇异的目光久久注视我的眼睛，仿佛先知预见了人们内心的秘密，他的目光中有友爱、怜悯和担心。友人最终什么也没说。我心绪纷乱地向门口走去，我仍觉得他奇特的目光追随着我。后来，我还是不理解他目光的含义，尽管我的心灵从那个循规蹈矩、墨守陈规的世界中解脱出来，飞向了用目光交流心声，以谅解培育灵魂的天国。

在神殿门口

几天后我厌烦了孤独，看腻了一本书。于是我乘着马车来到了法里斯·克拉玛的家。刚到人们常去散步的松林，车夫便驾着两匹马离开公路，折入一条小路缓缓行去。一路上，花繁叶茂，美不胜收。马车来到了一座独立的公馆旁，它被一座大花园包围着，园中古木参夫，花香袭人。法里斯·克拉玛已迎在了门口，因为辚辚的车声宣布了我的到来。老人微笑着引我进入屋内。像一位慈父一样，他询问我的打算和经历。我此时充满了抱负和幻想，年轻人都有好高骛远的毛病。像插着诗意的羽毛，充满幻想的神经的翅膀，青春载着年轻人飞向云端。他们听见生活在高唱赞歌；他们看见宇宙沐浴在彩虹的绚丽光芒中。可是，那些诗意盎然的翅膀很快就会被考验所折断，年轻人马上就会降落到现实世界，他们从这面古怪的镜子中，会发现自己被缩小，被歪曲的形象。

这时，天鹅绒的门幔中走出来一位少女，脚步轻盈，身穿一件洁白柔软的绸衫。我立即站了起来，老人也站起身，说道：

“这是我女儿萨勒玛。”他又介绍我说：

“他就是我那位阔别多年的老友的公子。我现在看见他，就像看见他父亲一样。”

那个少女走近我，凝视着我的双眼，似乎要盘问出我的底细，弄清我到这里的来龙去脉。然后，我们握了握手。她的手白皙细腻柔软。我像作家突然得到了灵感那样，一碰她的手，一股奇妙的新鲜感油然而生。

萨勒玛带来了静谧庄严的高尚精神，我们三个人都沉默着坐了下来。

她似乎有所觉察，便对我嫣然一笑，说：

“父亲常和我谈起他与令尊大人年轻时的趣事，想必令尊大人也是如此。今天，我们总算见了一面。”

老人为女儿的话感到高兴，他笑吟吟地说：

“兴趣和志向上萨勒玛都崇尚精神生活，在她看来，一切事物都在心灵的世界中飘游。”

就这样，法里斯·克拉玛又全神贯注地与我交谈起来。他可以借助我背上回忆的翅膀重返他那已消逝的青年时代。

我注视着老人，展望着我的前程。老人一面凝视着我，一面寻找着青春的踪影。他看着我的目光，就像参天大树俯视着一株幼苗，参天大树身上布满了岁月流逝的痕迹，幼苗则踌躇满志，充满盲目的活力。大树遒劲，苍老，经历过岁月的风霜雨雪，经历过生命的暑去冬来；幼苗只见过春天，柔嫩孱弱，只在黎明的微风吹拂下轻轻颤动。

萨勒玛沉默不语，她不时地望望我和她父亲，似乎在我们一老一少的脸上，读到了生命故事的第一章和尾声。

夕阳西下，金黄色的余辉笼罩了高耸入云的黎巴嫩群峰。我对法里斯·克拉玛的缅怀的往事感叹不已；他也以我所吟唱的青春的欢歌而快乐无比。萨勒玛一动不动，聆听着我们的谈话，始终沉默，她始终坐在临近窗口的地方，一双忧郁的眼睛注视着我们。她好像知道：美，是只有我们的灵魂才能解读的秘密，灵魂为它而欢欣，受它影响而成长；美，是一种不朽的语言，是一种不需要用唇舌发声、分清音节的上界语言，它能容纳人类所有悦耳的音调，让它成为永恒的寂静。我们努力想用言语来反映它，给它下个定义，可我们做不到。美是一股暖流，肉体觉察不出，它在观看者的情感和被观看者的实体之间翻着浪花。真正的美，是发自心灵深处，照亮人体外表的光芒，就像源于果核的生命力，给花儿带来了色彩和芬芳。这种男女在刹那间达成的充分的互相理解，便是爱情的最初来源。是那天我和萨勒玛带着青春的醉意正在勾勒飘浮不定的景象和幻影？还是那天黄昏我们的精神相通了，从而使她在我的眼里成为阳光下最美丽的女人？是因为这光芒、柔情和娉婷，拨开了我的双眼，让我看到了欢乐和痛苦？还是因为我年少不懂事，只觉得萨勒玛的双眼、唇间流露出柔情蜜意，身段婀娜多姿？我自己怎么也弄不明白这一切。我只知道自己体验到一种全新的感情，它像创世之前灵魂在洋面上飘摇那样，在我的心里悄无声息地摇曳。如同世间万物轮回转世，这感情孕育了我的幸福和悲伤。

爱是这世界上唯一的自由，人类的法律和传统无法企及，自然界的金科玉律也无法主宰，因为心灵因它而升华。

当我辞行时，法里斯·克拉玛用诚恳感人的声音对我说：

“现在，你已知道我们这里的情况了，你到这里来，应觉得像回到自己家一样，把我和萨勒玛当作自己的父亲和妹妹。你说对吗？萨勒玛？”

萨玛勒点头表示肯定，接着看了我一眼，就像是迷路的异乡人遇到了自己熟识的朋友。

老人的一席话，是一只我们用来啜饮蜜汁的杯盏，是一股鼓舞我们两人的灵魂去接近光焰的力量，是一支以恸哭和哀悼告终的天国之歌的序曲，是引导我和他女儿并肩走向爱情宝座的前奏。

老人一直把我送到花园尽头，跟他们告别时，我心怦怦真跳，仿佛干渴的唇碰到杯口时战栗不止。

白炽的火苗

四个月过去了。在这一个月里，我常去法里斯·克拉玛家，与萨勒玛见面。我感到冥冥之中有许多无形的手将我拉到她身边，我端详她的姿容，欣赏她的才华，领略她淡淡的忧伤。她就像一本书，每次见面，我都从她的美中找到新的含义，从她的灵魂深处发现高深的秘密，我一行一行，一章一章地仔细阅读，却不觉厌倦。

被神灵赐予美好的心灵和形体的女性，既引人瞩目，又令人难以捉摸。我们必须用爱去理解她，用真情去接触她。当我们企图用语言来形容她时，她却在我们眼中消失，隐人

一片令人困惑、模糊不清的云雾中去了。

萨勒玛的一切都是美丽的。我如何形容她呢？一个身陷囹圄的俘虏难道能追随黎明时分的微风？一个坐在死神翅膀阴影下的人难道能召来夜莺鸣啭、玫瑰低语和溪流叹息？但是，缄默比说话更困难。假如我不能用金线来描绘萨勒玛的面貌，那就没有什么能阻止我用微不足道的言辞来刻画她。假如上天降下甘霖和鹌鹑给少漠中饥饿的行人，那么，他是不会拒绝啃干面包的。

萨勒玛身材苗条，一身白色的绸衣，恍如一缕皎洁的月光。她的嗓音低而甜润，时而夹杂着一些叹息，从她那两片殷红的嘴唇中吐出的词句，像微风从花冠上吹落的露珠。她举止温和从容，就像伊斯法哈尼的诗篇。她的面庞，有谁能形容出萨勒玛·克拉玛的面庞？用什么样的字眼才能描述一张娴静、忧郁、被遮掩着——并非用透明的黄色面纱蒙着的脸？我们

用何种语言才能够说清这容貌？它每时每刻都在揭示心灵的奥秘，使凝视者们领悟到超尘脱俗的含义。

萨勒玛姣好的面容并不符合人们的审美标准。她的美是一种诗的意境，从典雅的诗篇、不朽的绘画和乐曲中我们能捕捉到它的影子。才华横溢的人都是不幸者，尽管他们精神高尚，可那精神总是蒙着层泪水。萨勒玛的美在于她头上笼罩着圣洁的光环，在于她眼睛里闪烁着智慧的光芒，在于她典雅得体的话语，在于她微微前倾探身的样子。她的美奇异得如梦如幻，像圣洁的思想，无与伦比，不可名状，雕塑家的大理石无法体现，画家的笔不能玷污。

萨勒玛沉默寡言。她静默时如同音乐，与她同座的人会被她带往理想剧场，会听到自己心弦的颤动，看到自己的情感和随想展示在眼前。

萨勒玛的气质中含有一种深切而剧烈的忧愁。忧愁是她所佩带的一条精神绶带，给她平添了几分异彩和凝重。像一株树透过晨雾而显出它鲜明的轮廓一样，她心灵的光辉从这条绶带的丝线间射出。这忧愁为我和萨勒玛织就了一条精神纽带，利用这条纽带，我们能知道彼此内心的感受，听到自己的肺腑之言。在神灵的撮合之下，我们在一起形成了一个完美的人，一旦分离，精神上便感到了创巨痛深。

由于感受相同，我的心结合在一起，悲痛让我们的心贴近，世俗的欢乐不能使我们分离。心中忧愁的纽带要比喜悦的纽带更牢固，爱情一旦被泪水洗濯过，就会变得分外纯洁和美丽。

暴风雨

几天后，我又欣然前往他们的宅邸，应法里斯·克拉玛之邀前去吃饭。我饥饿的心正盼着萨勒玛手里圣洁的食物，我们的心吞咽下那精神食粮，饥饿却在疯长。这食粮是神灵用痛苦的泪和甜蜜的吻糅合而成的，作为敏感而颖悟的心的营养，它的美味使心儿欢畅，它的作用却让心儿备受折磨。古希腊的萨福、意大利的但丁、阿拉伯的盖斯都品尝过这精神食粮的滋味，结果他们腹内如焚，心儿溶化。

我来到公馆，萨勒玛正坐在花园的一张木椅上，她衣裙雪白，就像一尊幻想女神守护着那块地方。如同虔诚的教徒端坐在圣火前，我悄悄地坐在她身边。深邃的感觉一旦用具体的语言表达出来，就会失去它特殊的意味，我只能保持缄默。我觉得，萨勒玛正通过我的双眼观看我心灵的幻影，正倾听我内心的独白。

一会儿，法里斯·克拉玛来到花园，像往常一样，他张开双臂欢迎我，似乎想为我和他女儿的心心相印祝福。老人笑容可掬地说：

"快来，我的孩子，丰盛的晚餐正等着我们。"

仿佛"我的孩子"这个称唤在她的心中呼起了一种崭新的甜蜜的感觉，萨勒玛用含情脉脉的目光望着我，其中包含了她对我的爱情，就像母亲怀抱着她的孩子。

我们来到餐桌前，边吃边聊，我们畅饮各色醇酒，品尝美味佳肴，我们的灵魂来到了一个清新的境界遨游，一面准备去历经千难万险，一面时时憧憬着未来。三个志向不同，想法各异的三个人，心中怀着友爱和挚诚，襟怀坦荡，可他们感情丰富，阅世不深，这就上演了心灵舞台上的悲剧。一位是年方二十的姑娘，她瞪大双眼想要看清隐藏在前途中的欢乐和痛苦；还有一位沉浸于梦幻和遐想的青年，他不曾尝过生活的艰辛，他张开双翼要飞向知识和爱情的天空，却因软弱而不能如愿。就是这样的三个人，在孤零零的公馆里，围坐在精美的餐桌前。他们三个被黑暗笼罩着，命运在他们的杯盏中暗暗撒下了苦难和悲伤。

一个女仆走了进来，对法里斯·克拉玛说：

"老爷，有个男人求见。"

"什么人？"

"可能是大主教家的听差，老爷。"

法里斯沉吟了一会儿，像一位先知仰望苍穹，探问天机，他转向女儿凝视了一会，然后对女仆说："让他进来。"

不多时，一个身穿锦绣衣衫，胡须修得整整齐齐的男子进来了，他行过礼，说：

"主教大人派我请你到府上，有要事相商。"

法里斯老人直起了身子，脸色变了，沉思揣摩代替了原先的满面春风。他走近我，十分可亲地对我说：

"希望你能继续留在这里直到我回来。你的心灵旋律会抵御孤独，你的谈话会驱散夜间的寂寞，萨勒玛将从你那里得到慰藉。"说完，老人微笑着问女儿："是这样吗？我的女儿？"

她点点头，脸颊微红，羞涩地说：

"我会尽力使客人愉快的，爸爸。"

老人跟着听差一起走了。萨勒玛伫立在窗口，直到马车声被黑暗吞噬。然后，她坐在我对面的一张安乐椅上，素净的衣裙在绿色绸缎的衬托下，像绿草坪上的一朵百合花。

我们就这样待在一座孤零零的房子里，树木为我们守卫着一片宁静，守卫着爱和纯洁。是天意让我们单独呆在一起。

几分钟过去了，我们沉默无语，期待着对方先开口说话。但是，说出来的话并不是能使爱的灵魂相互理解，相互信任；唇舌发出的音节和声响并不能缩短情感和理智的距离；还有比语言更纯洁、更崇高的东西。正是宁静在传递着心灵的光芒和人们的心声；正是宁静把我们解脱出来，让我们翱翔在无垠的精神世界。我们觉得自己的身躯只是一个狭窄的牢笼，这个尘世并不见得比遥远的流放地更好。

萨勒玛看着我，她的眼睛流露着她的心思，她迷人又从容地说：

“走，我们到花园里去，坐在树上，看月亮从山后升起来。”

我顺从地站起来，对她说：“现在，黑暗遮盖了一切，我们什么也看不见，我们就留在这里，等着月亮的光辉洒满花园，好不好?”

她回答说：

“黑暗可以遮住眼前的树木、花草，但它遮不住心中的爱。”

说完，她把目光投向了窗外，我暗自思忖她的话，仔细咀嚼、品味。这时，她似乎对刚才的话感到后悔，重新凝视着我，想用她神秘的目光从我耳边收回那些话。可是，她的慧眼使她的话清晰感人地嵌入我心灵，随着我的情感蔓延，直至我生命的最后一刻。

人内心深处的某种思想感受是一切伟大美好事物的起源。金字塔的建立是凭着一种想法；特洛伊城的毁灭则源于一种感情；一点灵感，产生了伊斯兰的光荣；一句话，烧毁了亚历山大城的图书馆。今天的古代遗迹在出现之前，只是藏在某个男人头脑中的一种思想，或某个女子胸中一种美好的感情。奉自由如神灵的暴动，只是人们脑海中萦绕了很久的一个想法；战争使王权颠覆，使百姓痛苦，可它原先也只是某个人头脑中盘旋的念头；改变人类生活进程的崇高原则，本来只是一位才华出众的人心中的一种诗意。

夜深人静时涌入你心头的某种想法，或者把你引向光荣，或者把你引向疯狂。一个男人说出的一句话，或者使你由富变穷，或者使你由穷变富；一个女郎的一瞥，能使你成为世上最幸福的人，也能使你成为最不幸的人。萨勒玛·克拉玛在这寂静的夜晚所说的一句话，使我像一艘轮船泊在茫茫天穹下的汪洋大海上，伫立在自己的往昔与未来中间。一句话，意味深长，把我从少年时代的沉睡中唤醒，把我的岁月引入了一条崭新的大道，前往伴随着生与死的爱情舞台。

我们来到花园里，穿行在树荫中。两个人都感到花草在我们脚边起舞，和风轻拂我们的面颊。我们静坐在素馨花前的一张木椅上，听着沉睡着的大自然的呼吸声。暗蓝色的天空中繁星凝视着我们，我们通过自己甜美的呼吸，探索着各自心中的秘密。

月亮静静地从萨尼鲁山丘升起，月光撒遍了土地。村庄从虚无缥缈的境界中显现出来，黎巴嫩山上下都沐浴在银色的月光中，就像一位曲肱而枕的青年，身上披着一层轻纱，肢体若隐若现。

黎巴嫩在西方诗人的眼中是个梦幻般的地方。随着大卫·所罗门以及众先知们的离去，黎巴嫩寂然了，就像伊甸园在亚当和夏娃步入尘世后就隐去了一样。那个晚上，展现在我眼前的黎巴嫩，充满了睡眼朦胧中梦一般的诗情画意。它象征着内心的激情，使人联想到一幅幅图景：有清香袭人的杉树林，有用铜和大理石盖成的显示荣耀、伟业的高塔，还有在废墟和山谷间奔驰的羚羊群。我们跟前的事物随我们感情的变化而变化。于是，当我们的心间只有神奇和美感的时候，我们便把一切事物都想象得既神奇又美丽。

月光下的萨勒玛，好像是一位崇拜善与爱的女神阿什塔露特的信徒亲手雕成的一座象牙像。她问我：

“你为什么不说话？为什么不跟我谈谈你过去的经历？”

望着她明亮的眼睛，我突然开口说道：

“我一直在说话，你听见了吗？你的心能听见花的细语、宁静中的旋律，那也一定听得见我灵魂的呼唤，内心的响声。”

她双手一下子捂住脸，断断续续地低声说：

“是的……我听到了，听到了……我听到了黑夜发自肺腑的呼喊，听到了从白昼心脏跳动的巨响。”

我忘却了自身，忘却了往事，忘却了一切，除了萨勒玛，我什么都不知道，我感觉不到其他的东西。我急切地说：

“萨勒玛，你的话我也听到了，我听到了一支伟大的复苏万物的激昂曲调，大地受到了震动，以太的微粒在随着它翻腾。”

萨勒玛闭上眼睛，唇边漾起一丝笑意。她低声说：

“现在我终于了解了昨天我不知道也未曾想过的事情，有一种东西比天高，比海深，比生死和光阴更有力。”

从那一刻起，萨勒玛成为萦回在我脑际中的高尚思想，成了珍藏在我胸间的温情，成了缠绕着我心头的美梦。她成为比我朋友更亲近，比姐妹更情深，比情侣更可爱的人。

多么无知啊！那些认为日久才能产生爱情的人。真正的爱情源于精神上的相通，如果这种相互理解不能在片刻间实现，那么即使一年和一辈子也无济于事。

萨勒玛抬头遥望着远方的地平线，萨尼鲁山的轮廓和线条与天际相接。然后，她说：

“昨天，你我如同兄妹一起坐在父亲的庇荫下；现在，我们之间有一种比兄弟姐妹的情谊更强烈、更美好的感情，它凌驾于一切之上，这种强烈、可怕又可爱的感情，使我的内心充满了欢乐与痛苦。”

我回答她说：

“大自然的规律使月亮环绕地球，地球围绕太阳，而太阳和其他行星则围绕着上帝。这种让我们害怕，忽然之间来到我们心中的感情难道不是大自然规律的一部分吗？”

她的手指抚摸着我的头发，脸上神采奕奕，眼睛发亮，如水仙叶上晶莹闪亮的露珠，她说：

“没有人会相信我们的故事，没有人会相信从太阳下山到月亮升起的这段时间里，我们已逾越了障碍，跨过了横亘在怀疑与信任中间的要隘。没有人会相信这短短的四个月，我们已步入了生命的圣坛。”

她的手一直抚弄着我低垂的头。此时，如果让我选择，我宁愿放弃王冠、桂冠，只要这光滑如绸，拨弄我头发的小手。我说：

“人们不会相信我们的故事，他们不懂只有爱情才一年四季都会成长发芽。萨勒玛，一个人的生命不是源于母体，也非终于墓穴。我们还未降临人世的时候，上帝就把我们结合在一起，我们不是今日才到达生命的圣坛的。这个月光如水、群星闪耀的广阔天空，有一颗真诚相爱的灵魂和精诚一致的心啊。”

她的手轻轻地拿开，在我头上形成的发窝里留下了电波，夜风拂过，我的头发更加蓬松、紊乱了。我紧紧握住她的手，如同虔诚的信徒摸着祭坛的帷幔祈福。我在她的手上留下了一个灼热的吻。这吻能融化人心中的一切感觉，这吻能唤起神心间的全部真情。

一个小时过去了，它的每一分钟带来的是一整年的情爱。静静的夜，月光笼罩着一切，在这种境况里，除了真实的爱情，一切都已不存在。忽然，一阵马蹄声、车轮声迅速地把我们带回现实。是老人回来了，我们急忙穿过树丛去迎接他。马车里走出了法里斯·克拉玛。他行动缓慢，垂头丧气。他好像不堪重负，走近萨勒玛，双手放在她肩头，久久地凝望着他，似乎害怕她突然从他眼前消失。泪水顺着他的面颊流了下来，他双唇颤抖，笑容凄楚，哽咽地说：

“萨勒玛，你很快就要离开父亲的怀抱，投身到另一个男人的怀抱中去了。不久，上帝就要让你按照他的旨意离开这公馆，投身到花花世界中去了。我和这花园将盼望你回来。命运已定，萨勒玛，愿上帝赐福你，保佑你！”

萨勒玛大惊失色，她双目呆滞，仿佛一下子见到了死神伫立在她眼前。随后，她放声大哭，就像一只鸟儿，不幸被猎人射中，落到低洼处，痛得直哆嗦。她非常气愤：

“您说什么？您指的是什么？您要把我送到哪里去？”

她目光直视老人的心底。沉默。四周静得像墓地。她哀叹：

“一切我都明白了……我明白了。大主教夺走了你的心，他为断翅的鸟儿预备了笼子，您的本意如此吗？爸爸？”

他没有回答，只是咳了几声，然后陪她进屋去了，他慈父的爱闪动在他的眼睛里。此时，我的感情像暴风雨中的飘萍。然后，我在大厅向他们告别，这样我才不像一个专门打听别人私事的人。我握住了老人的手，并绝望地看了萨勒玛一眼，便黯然离去。可刚走到花园尽头，老人忽然用颤抖的声音叫住我，他拉着我的手，哽咽着说：“原谅我，孩子，这个让你伤心的夜晚结束了。可你还会常来看我，对吗？很快，这里就要只剩下我这个风烛残年的老人了。你会来吗？风华正茂的年轻人是不喜欢和老人亲近的，就像清晨不会跟黄昏亲近一样。当萨勒玛离开之后，我独自在这里孤独地生活，而你是会来到这里，让我回忆起我和你父亲一起度过的岁月，让我重新听到那已不再属于我的生活的信息是不是？你会来的，对吗？

他的声音低沉，时断时续。我拉着他的手默默地摇了几下，热泪从我的手中滴洒下来。我的心在颤抖，胸中对他饱含了亲近又忧愁的亲子之情，我把这份感情硬压在我的心中。我用泪眼望了望老人，他见我哭了，便用抖索的嘴唇吻了一下我的额头。说：

“晚安……孩子，晚安。”

老人满布皱纹的脸上挂着几滴眼泪，这比小伙子的痛哭更令人心碎。

从心房溢出的水是年轻人满脸的眼泪，从眼角淌出的生命的残汁是老年人的眼泪，这是他们衰弱体内剩下的最后一点活力。年轻人眼中的泪是玫瑰花瓣上的露珠，而老年人腮颊的泪，却像秋天的枯叶，在隆冬将近时，任狂风吹落，卷走。

当我走出这座花园时，萨勒玛的身影仍在我面前闪过，她的声音还在我耳畔回响。她父亲滴落在我手上的泪水慢慢地干了。像亚当走出天堂一样，我离开了这个地方，可惜的是，夏娃没有跟我在一块儿，没有和我一起把整个世界变成乐园。在同一个夜晚，我得到了第二次生命，也第一次窥见了死神的面目。

阳光在用热量照亮万物的同时，也用它的热量杀死生灵。

火的湖

要想人不知，除非己莫为。人们在寂静中低声说过的话，会不知不觉地被众人谈论，人们今天在角落里偷偷干的事，明天就会被街头巷尾的人们议论。

就这样，人们全部知晓了保罗·加利卡邀见贝法里斯·克拉玛的用心。包括我在内。

在那个月光皎洁的夜晚，大主教保罗·加利卡把法里斯·克拉玛召去，是为了替自己的侄子曼苏尔·加利卡贝克向他的女儿求婚，而不是与他磋商接济贫民、残废人的事情，也不是为了与他讨论鳏寡孤独的问题。

法里斯·克拉玛万贯家财的唯一继承人是他的女儿萨勒玛，正因为这点，大主教才选定她作为自己侄子的配偶，她的万贯家财能铺平他侄子的前程，她广泛的社会关系将帮助他结识高人一等的达官显贵，而不是因为她容貌秀丽、精神高尚。

东方的宗教领袖们对他们自身获得的荣誉和权力并不满足，他们还竭力使自己的子嗣出人头地，成为奴役人民、榨取人民血汗的上等人。国王的长子将继承他的荣誉，而宗教首领的荣誉，则当他还在世时便象传染病一样传给了他的兄弟子侄。因此，婆罗门教的祭司、伊斯兰教的教长、基督教的大主教，都象海中的巨蟒，伸出利爪攫取猎物，张开血盆大口，吸吮它们的鲜血。

听了大主教保罗的联姻提议，老人唯有沉默和两行清泪。老人被迫答应了大主教的请求，强抑制住内心的不满，屈从了大主教的意旨。他见过那个粗暴、贪婪、品质低劣的侄儿。可是在叙利亚，谁敢反抗大主教谁就不能是一个真正的基督徒了。在东方，被人们视为高尚者的人不能违逆宗教，最简单的道理是眼珠与利箭相争就会被射穿，与刀剑相争的手臂会被斩断。如果老人敢不同意这桩婚事，敢于反抗，那她女儿就会遭受猜疑和暗算，她在恶言中伤下就不能保持清白。对狐狸来说，吃不到的葡萄不全是酸的。

就这样，高尚的灵魂刚刚展开爱情的洁白翅膀，第一次在月色溶溶、花香飘溢的空中飞翔时，便落入了罗网。于是，在命运的摆布下，萨勒玛·克拉玛成为了一名卑微的女奴。

子女不幸的根源有时源自父辈的钱财，万贯家资对继承人来说是狭窄黑暗的牢笼。被人们顶礼膜拜的伟大的钱神，会在刹那间成为能置人于死地的可怕恶魔。如果他们不那么富有，那么萨勒玛一定会和我们一样生活在阳光中，可非常不幸，萨勒玛成了父亲财产和未婚夫野心的受害者。

神圣的爱是知足的，不会猜忌，它藏于灵魂深处，不会骚扰肉体，它是自然产生而非生硬勾起思慕的情感，它是使心灵变得充实的极度饥饿，是一种使心灵得到满足的强烈情操。萨勒玛的爱在黄昏时与我作伴，在我耳旁吟唱着幸福的歌，她的爱在黎明时将我唤醒，向我昭示生活的意义和宇宙的奥秘。它让我觉得大地成了乐土，岁月变成美梦。当清晨我走在田野里，我从大自然的苏醒中看到了永恒的象征；当我坐在海边时，我从海浪里听到了不朽的乐曲；当我漫步街头时，我从行人的脸上和劳动者的动作中发现了生活的美好和建设的快乐。

那些日子雾一样的消散了，留给我的只有痛苦的回忆。相爱的日子是多么甜蜜，爱情的梦乡是多么美好，悲伤的夜晚又是多么痛苦、可怕！我的心感受过人类劳动的光荣，现在感受到的只有贫苦和卑贱者的不幸。我的耳朵听过海浪的歌唱，现在所听见的只有内心的呻吟和从深渊传来的哀号。我的眼睛见过大好春光，田园苏醒，现在看到的只是愤怒的风暴和绝望的严冬。

那个令人难忘的周末的夜晚，我来到了萨勒玛·克拉玛的家，这里是一座用美构筑，被爱供奉，允许心灵在里面虔诚祈祷的神殿。当我步入宁静的花园时，我感到一股力量在吸引我，要拉着我远离尘嚣，慢慢地让我走近另一个宁静安详的神奇天地。我情不自禁地穿过那枝繁叶茂的大树和团花锦簇的花卉，来到屋子门口。我回头一看，只见萨勒玛坐在素馨花下的椅子上，就是在那张椅子上，在由神灵择定的一个星期前的晚上，我们开始了幸福和苦难的旅程。仿佛早已知道我的到来，她一动不动，一言不发。我默默地坐在她身边，她凝视了我好一会儿，才深深地长叹一声，然后又恢复起原来的神情，眺望着远方的晚霞。夕阳西下的岑寂将我们引入愁云惨雾之中，过了一会儿，萨勒玛面对着我，用颤抖着的冰冷的手握紧我的手，她声音极其微弱地说：

“看着我的脸，我的朋友，我的话全部表白在我的脸上，看着我的脸，亲爱的……我的伙伴。”

我久久凝视着她的脸：双眼凹陷、呆滞，眼圈周围笼罩着痛苦的黑晕，可几天前，这双眼睛还是那么活泼、灵动。皮肤发黄、憔悴，像是蒙上了绝望的面纱，可几天前还像阳光亲吻过的百合花蕊。她的嘴唇已成为两片枯萎的玫瑰花瓣，可几天前它们还像流出蜜汁的菊花一样。那曾经如象牙柱般笔挺的玉颈，已向前倾斜，似乎承受不了头脑的负担。

她的这些变化固然令人心痛，可在我看来，只不过月亮被乌云遮住了，然而月亮却更美，更庄重了。内心痛苦不堪的秘密一旦流露于脸上，面庞却反而更加妩媚、清秀。酒杯唯有玲珑剔透能映出醇酒的色彩，才能吸引人们去啜饮。那些五官端正、线条匀称但不显露内心情感的面孔是不美丽的。今天黄昏时分的萨勒玛·克拉玛，就像一只盛满了神圣的，把生活的苦汁与心灵的甜美搅得均匀的杯子。她不知道自己代表了东方妇女的生活：刚离开慈母的怀抱，就生活在狠心婆母的控制下；一走出可爱的父亲的家园，就被粗暴的丈夫套上枷锁。

望着萨勒玛的脸，我沉默着。我很痛苦，我觉得时光已静止不动，世界被遮没了，消失了，我只能看到一双凝视着我内心深处的慧眼，我只能感到一只冰凉颤抖的小手。我还未从这恍惚的状态中清醒过来，便听到萨勒玛安详地说：

“来吧，让我们来谈谈，谈谈未来，谈谈将要降临到我们头上的恐怖和险恶。这会儿伴我度过青年时代的老人正在市中心跟将陪我度过残生的年轻人会晤，他们要商量我结婚的日子，他们无论定得多远总是离我很近。这是个多么奇怪的时刻，上星期的同一夜晚，就在这素馨花丛中，爱情第一次拥抱了我的灵魂，而与此同时，命运却在大主教家里写下了我未来故事的开头。而这会儿，我和你坐在一起，感受着你心潮的起伏澎湃，而我父亲和未婚夫正坐在一起，编织婚礼的花冠。啊，今夜多么奇怪，多么深邃，它的影响多么巨大！”

绝望放出了黑色的鬼魅，卡住了我们爱情的脖子想要将爱情掐死在襁褓中。我回答她：

“干渴的鸟儿扑扇着双翼，在一泓被可怕的饿蛇盘踞着的清泉上空盘旋，它不会停止，直至精疲力竭，坠地死去，被毒蛇攫取、吞食。”

她此时说话的声音像银质的琴弦在战栗，十分激动地说：

“不，我的朋友，这只鸟儿要活下去，要它歌唱，从早到晚，直至天荒地老。它的歌声能让我重新获得生命，它展翅高飞的声响，能驱散我心中的愁云。”

我叹息着，低吟：

“可是，萨勒玛，鸟儿会因为干渴和担忧而死亡的。”

她颤抖着双唇，急切地说：

“内心的担忧比肉体的宁静更可爱，精神上的追求比物质上的满足更重要。亲爱的，听着，我对自己即将迈人的新生活一无所知，我像一个害怕摔倒的盲人，借助着墙壁前行。因为父亲的巨额财产，我沦为奴隶市场的一名女奴，我被一个既不相爱也不相识的男人买走了。爱情与生疏无缘，所以，我将学着去爱他、伺候他，使他快活，向他奉献我的一切。而你，年富力强，你前面的路还长，你将自立自强，用自己的双手和智慧去开辟你自己的生活，你将成为你自己生活的主人，你永远不会成为奴隶市场中的一员，你将和你的意中人相爱、结婚。她将占据你的心房，会追随您的思想。

她停顿了一下，接着说：

“生活就此将我们分开，我去尽我的妇道，你追求你的生活。甜蜜的现实就此消散，美梦就此幻灭。酒杯就这样被踏碎，玫瑰花瓣就这样被吹落，鸟鸣就这样被噪声湮没。月光下的那个夜晚不是假的，索馨花下的相会也不是骗人的，可为什么爱情在睡梦中突然降临，却又要在醒来之后惩罚我们？我们没有激怒夜间的清风；可它为什么要撒裂我们，将我们卷入深谷？我们没有违反告诫，也不曾偷尝禁果，为何要将我们逐出伊甸园？我们没有玩弄诡计，也不曾叛逆，为何要把我们打入地狱？不，不，一千个不，我们的相聚胜过几个世纪，我们心灵的光辉将照亮大地，即使我们被海上的狂风吹散，我们也将聚合在平静的岸边，生活也将处死我们，可死亡会让我们复生。

“女人的心永远不会死亡，女人的心永远不会随四季的变迁而变动。有人把女人的心当作旷野，当作厮斗的战场，烧毁它，玷污它，可它仍然平静、安详，春华秋实，亘古不变。

现在，命运已定，我们怎么办？告诉我，我们该怎么办？我们如何分手，何时再见？把这个星期当作宿醒的夜？把这次心灵的风暴当作睡眠时出现、醒后即逝的一个梦？我们把爱情当作朝来晚走的一个过客？亲爱的，让我看着你的眼，亲爱的，对我讲话，跟我谈谈，告诉我，你会看见我的身影随风而来，随雾而散吗？你会感觉到我的气息在你周围萦绕吗？你会倾听我痛苦的呻吟和高声的叹息吗？你会在夜静更深之时听到我翅膀的扑翼声吗？当风暴弃沉我们的小船之后，你还会记得我吗？说吧，亲爱的，你已经是我眼中的光明、耳边的乐曲、灵魂的翅膀，你将怎样对待我？将成为怎样的人？"

她心灵的底蕴全部展现在我面前，我说：

"我是你的人，我将成为你希望的样子。"

她说：

"我希望你常来看我的父亲，他很孤独，很寂寞，我将要远离他，形同陌路，你要经常来看望他，给他关怀和慰藉。我希望你成为我的兄弟、朋友和同伴。我希望你会想到我，就像仁慈的君主想到他颁布赦令前便已死去的囚徒。我希望你记得我，就像母亲记得未曾出世便死去的婴儿。我希望你记得我，就像出门人记得平静的水塘，他在塘边饮水之前，曾在水中照过自己的面容。我希望你爱我，就像诗人爱他忧伤的思绪。我希望你爱我，直到世界末日。"

我回答说：

"我会做到这一切的，萨勒玛。我的胸怀将埋葬你的悲伤，我的心房将存放你的美丽，我的灵魂将依附你的灵魂。我会爱你，就像田野热爱春天，我将为你而活下去。我将像倾听浪涛的轰鸣那样倾听你心灵的诉说。我将默念你的芳名，就像山谷回荡着村庄教堂顶上的钟发出的清脆声响。我会想着你，就像品行端正的牧人想着绿油油的草地和甘冽的清泉。我会记得你，就像退位的国王怀念他荣耀煊赫的岁月，饥饿的穷汉记得摆满佳肴的餐桌，飘泊他乡的游子眷恋他的故乡。”

此时，萨勒玛凝望着深沉的夜色，不时发出叹息，如海潮涨落般，她的心跳时疾时徐，她接着说：

“到明天，事实将变成幻影。充满期望的人不会满足于拥抱幻影，一个干渴的人不能畅饮梦中的溪水。”

我回答说：

“在命运的安排下，明天你将投入一个安逸宁静的家庭怀抱，而我要进入一个奋斗厮杀的世界。我要去进行搏斗，而你要走向生活。我却投入渺茫的岁月，受忧愁的折磨和阴影的惊吓，而你要用美貌和纯洁的心灵使一个男子幸福。温柔亲昵将陪伴着你，而陪伴我的，只有寂寞与孤独。我要稽首膜拜死神在山谷中竖起来的爱情雕像。我要将爱神当作夜间聊天的对象，听她唱歌，把她当作美酒，当作衣裳。爱神在清晨将我从美梦中唤醒，带我到天涯海角。爱神在正午时把我领到树荫下，让我和鸟儿一起栖息。爱神在黄昏时分，让我于夕阳中聆听光明的歌曲，观赏宁静的幻影在空中悠游。爱神在夜晚拥抱着我，使我在恋人和诗人灵魂居住的天国仙境中翱翔。冬日，我与爱神相依相偎，阅历古今，详述世间沧桑。秋天，我们结伴去品味树木脱下金色的盛装，眺望鸟群向海岸迁徙。夏天，我们以地为枕，以苍穹为被，共邀明月群星过通宵之夜。春天，我们肩并肩去踏青，唱着歌儿，追寻生活的踪迹，共饮花香玉露。爱神是我青年时代的教师，是我中年时代的助手，是我垂暮之年的慰藉。她将一直伴我左右，直至天荒地老，直至上帝之手把我们结合在一起。”

这些话从我心底涌出，仿佛是火炬，愈燃愈旺，渐渐暗淡，在这花园的角落里熄灭。萨勒玛静静地听着，默默地流泪，用泪水回答了我的话语。

在这个既令人悲伤又令人快乐的时刻，我和萨勒玛的灵魂正在那世界里遨游。没有收到爱神馈赠的翅膀的人，不能飞向云天，不能目睹那神奇的世界。没有追随过爱神的人，是无缘听到爱神说话的。这个故事也不是为他们而写的，他们也许懂得这薄薄几张纸上的内容，可他们看不懂字里行间的幻像和身影，他们无法欣赏其中的真意内涵。然而，有哪条小溪迷途后不奔向大海？有哪朵花瓣不曾沾过晨露？有哪颗心没有在那座以心之底蕴铺地，以奥秘、梦境和情思砌顶的辉煌的神殿前虔敬地伫立过？有谁没有喝过爱情的美酒？

萨勒玛抬眼望着天空，天空闪闪烁烁，繁星满天，她伸出双手，心中的哀怨、绝望和痛苦从她的眼睛，嘴唇和脸上表露无遗。她喊道：

“主啊，你一手将我举起，一手又将我推入深渊，告诉我，你几时将我举起，又何时将我推落？你让我感受爱情，却又让她来将我毁灭。我盲目彷徨，你洞悉万物，为何要将我摧残？你威力无比，我凄惨之极，你为何要跟我过不去？你如狂风，我如尘埃，你为何要将我卷入冰雪？我匍匐在你伟大的宝座下，我为何就要被你用双脚踩死？主啊，你强大有力，我软弱无助，你为何要我痛苦不堪？我到底犯了什么过失，你要穷追不舍，不放过我？我难道犯了弥天大罪了？我是个女人，究竟做了什么事，竟要让你降怒于我？你给我带来生命的微风，却又在我心中播下死亡的种子。你在我睡着之时，让我安宁、平静，可却在睡榻四周布满了恐怖和艰辛。你用手指把欢乐和凄苦糅合在一起，在我欢乐的周围画上了痛苦的光晕。你在我的喉咙放了欢乐的歌，却用悲哀封住我的嘴，用忧愁拴住我的舌。你让苦难骑士在幸福的路上苦苦追捕我。按照你的法规，我的灵魂和一个姣美的躯体结合了，而我的躯体又成了软弱和羞辱的伴侣。根据你的愿望，我看见了你的创造物的美好，我却又对这美好的热爱变成了致命的饥饿。凭着你的意志，我情窦初开，而绵绵情意又造成了我的弱点和过失。你用泪水将我洗净的同时，也将我溶化。你用死亡之杯向我浇灌生命，又用生命之杯向我浇灌死亡。你用男子的爱情给我充饥，又把我的情意充填他的掌心。主啊，你在我心中栽下玫瑰的同时，又在玫瑰周围插遍了荆棘和蒺藜。你亲吻我的同时，又用双手打我的耳光。你用爱打开了我的双眼，又用爱使我失明。现在，你把我跟一个我倾心相爱的青年的灵魂连在一起，又让我去跟一个素不相识的人结婚。啊，帮助我吧，让我在这生死搏斗中成为强者吧；拯救我吧，让我忠诚、纯洁直至死亡吧。主啊，让人们世世代代受到你的祝福吧！”

萨勒玛沉默了，她垂下头，双臂松弛，身子微微前倾，此时的她就像被暴风雨吹折的树枝，枯萎、消失，她已丧失了活力。我用我的眼和嘴吻她的手指，我用发烫的手抓起她冰凉的手，我企图安慰她，可我发现自己更需要怜悯。我迷惘、沉默，我有万般感慨在心中，我内心在呻吟，我由衷地为自己担忧。

我们此刻沉默相对。人们创巨痛深，就会沉闷无语。我们的心已很脆弱，不愿听见对方的谈话，一声沉重的叹息也会使它绷断。我们木然地一声不吭，像被地震埋进土里的一对大理石柱。

夜深人静，恐惧在增长。从萨尼鲁山后升起一轮残缺不全的月光。它被群星环抱，就像一张灰白色的死人脸埋在尸床上的黑色枕头里，昏暗的烛光在尸床四周闪烁。黎巴嫩山像一位老人，岁月压弯了他的腰，悲哀让他佝偻着身子，如同一位被废黜的国王，在王宫的断壁残垣间，坐在他宝座的灰烬上，他的眼中没有丝毫的睡意，正在黑暗中期待着黎明。一个星期之前，黎巴嫩山显得壮丽雄伟，那时皓月当空，人心舒畅；而今晚，它伤心难过，萎靡寂寞，面对着在天边徘徊的光泽朦胧的残月和我恹恹伤感的心。清晨欢快跳跃、波光粼粼的小溪，宛如银白色的奶蜜。到了傍晚，它则变成了一条从山谷中流出的泪河，我们听见它像丧子的妇人那般悲伤哭泣。正午巍然屹立的巨石，好像一个藐视一切的勇士；到了夜间，却成了一位以天地为家的穷汉。白天高耸的白杨，像秀美的新娘，风轻轻撩起她的衣衫；到了夜晚，它就像一根烟柱，直升无垠的天空。啊，山岳、草木、河流会随着境况和时光的更替而变换形貌，好比一个人的容颜会随着思想和感情的变化而变化。

我起身告辞。爱情和绝望这两个巨大的黑影横亘在我们中间。爱情在惊惶地哭泣，失望在讥讽地狞笑，爱情在我们头上展开双翼，失望用利爪掐住我们的脖子。我亲吻萨勒玛的双手，为自己祈福，她靠近我，亲吻了一下我的发际，然后，缓缓退去，身子倒在那张木椅上，她闭着眼睛，低声缓缓地说：

“怜悯我吧，主啊，让所有被折断的翅膀变得坚强起来吧！”

我走出了花园，像雾气蒙住了湖面，一层厚厚的帷幕罩住了我的感官。我踽踽独行，一切的一切在我跟前晃动，仿佛是一群鬼魅在恫吓我。像由苍穹间飘游的精灵插上羽毛的一枝枝细箭，从树枝透过的微弱月光射向我的胸膛。我被一片深深的岑寂包围着，就像幽冥之中许多黑重的手按在我身上。

生活的意义，心灵的所有奥秘，世上的一切都变得丑陋可怕吓人。万物的音响汇集而成的歌，是天国的颂歌，此刻它变成了比狮吼更令人心悸，比从深渊传来的惨叫更深沉的噪音。

我像一只被猎人击中的鸟儿，坠落在栅栏中间，箭还插在心口上，我回到自己的卧室，倒在床上。我的理智在可怕的清醒和扰人的睡意之间挣扎，我的灵魂只是重复着萨勒玛的话：“主啊，怜悯吧，让所有被折断的翅膀变得坚强吧。”

在死亡的宝座前

在我们这个时代，婚姻是一桩可笑又可悲的交易。男青年和姑娘的父亲在一起做了这笔交易，并且交易总是以男青年为赢家，而父亲们总是蚀本。姑娘就像是旧家具，从一家到另一家，失去欢乐，在一个阴暗的角落慢慢死去。

现代文明使妇女们的意识稍有觉醒，所以她们的痛苦有增无减。从昨天到今天，妇女们由幸福的奴仆成了悲惨的女主人。昨天，她们像瞎子一样在大白天行走；今天，她成了明眼人，却在黑夜中迈步。过去，无知让她显得柔美，淳朴让她显得贤慧，懦弱让她楚楚可怜。现在，妖娆使她变得丑陋，感觉敏锐使她肤浅，由于有了知识而不近人情。妇女集美貌与知识、妖娆与品德、身材苗条与内心坚强于一身吗？我认为人类进步会带来人们精神的升华，存在一种积极的自然规律便是循序渐进，日臻完美。我们登山时，既有强盗的埋伏，又有豺狼的洞窟，充满了艰难险阻。这是一座有着自己爱好和愿望的奇山，山之侧，遍布了洪荒时代的泥土和孕育后代的种子。虽然在这座山上的一个城市里有象征时代精神的女性，但萨勒玛是这座老城中东方女性的代表，她成为时代的牺牲品，就像旧时代的许多人一样。她在生活的行列中被迫走向苦难，如同被洪水卷走的花朵。

她和曼苏尔·加利卜贝克结了婚，住在贝鲁特角海滨的一幢豪华阔绰的房子里。她的老父亲则独自留在那座位于树木花草丛中的孤零零的公馆中，就像孤独的牧羊人在他的羊群中，婚礼的欢乐过去了，“蜜月”也结束了，又酸又苦的岁月来到了，光荣煊赫的大战之后，尸骨遍野。青年男女的心被盛大的婚礼托入了云端，随后，又被扔进了海底。婚礼的豪华如同沙滩上的足迹，浪潮立即把它抹去。

春去秋来。我对萨勒玛的爱，从一种青年对少女的怀恋演变成为一种孤儿对亡母的无声崇拜。曾占据我整个身心的情思，转变成了顾影自怜的盲目忧伤。过去催我泪下的现实，刺得我心头淌血。曾经充满我心中的相思的呻吟，变成了深情的祈祷。我暗自祈求上苍让萨勒玛幸福，让她的父亲安康，让她的丈夫愉快。我的同情、祝福和祈祷是多么荒谬。心灵深处的创伤是她不幸的根源，只有死亡才能使它愈合。她的丈夫，贪心不足，永远不会满足，总是企求着不属于他们的东西，直到生命的末日，他们一直受着贪婪的煎熬。我曾祝福法里斯·克拉玛安宁，是多么荒谬。他的女婿刚刚把他女儿抓到手，窜夺了她的巨额财产，便喜新厌旧，只希望他寿终正寝，以便把她的财产全部吞掉。

曼苏尔·加利卜贝克不愧是他叔父的侄子，为人处事如出一辙。侄儿的心灵是叔父心灵的同胞兄弟。他们两个，只有伪善与堕落之别。在大主教紫色袍服和胸前金十字架的掩饰和遮挡之下，他为所欲为，不断满足自己的贪欲。而他的侄儿则是公开的为所欲为。大主教清晨去教堂，白天的时间，则榨取孤儿寡母的血汗；而曼苏尔·加利卜贝克的全部时间，都用来寻花问柳，纵情酒色，鱼肉百姓。

大主教是一个在夜幕下偷偷摸摸的小偷，而曼苏尔·加利卜贝克则是个十足的恶棍。礼拜日，大主教道貌岸然地站在祭坛前，向教徒们宣讲他自己并不遵守的戒律，其他时间里。他忙于搞国内政治。他的侄子则把全部时间都花在仗势欺人，对别人进行敲诈勒索上。

羊群在豺狼的利爪下和屠夫的刀刃下丧命，人民就这样在小偷、恶棍中间死去。这帮居心险恶、道德败坏的小人就屈服于欲望金钱之下，东方各国就屈服于这帮小人之下，向后倒退，每况愈下，被时光的脚步碾碎，就像铁锤把陶器砸成粉末。

这个弱女子正是这受凌辱民族的象征。我原先只打算记载一位薄命女子心灵的痛苦和遭遇，我的热泪原是为纪念一位还未拥抱生活便被命运吞噬的弱女子的生平而流，可那个苦苦追求爱情，身体却被牢牢禁锢住的女子，不正像那个清秀的少女驱向黑暗墓穴的风，不正像扬起灰沙使生灵涂炭的狂风吗？那个女子在一个民族中，就像一盏发光的灯，如果灯油充足，难道灯上的光芒会昏暗吗？

秋天过去了，黄叶落了满地，树木被风儿剥光了衣服，像飓风戏弄着海上的泡沫。冬天呼啸着到来了，我孤身一人在贝鲁特，梦时而把我的心带往星辰，时而又把它葬入地底。

就像受伤的羔羊离群索居，隐匿在山洞中，痊愈或死去。我悲伤的心只有躲在无人的角落，才能得到安宁。

终于我听说法里斯·克拉玛病了，我前去探望他。我择了一条僻静的小路，避开了车水马龙喧闹的大路。小路两边的橄榄树枝头上，铅色的叶子由于沾上了雨滴而闪闪发光。

我见到了老人。他躺在床上，身体虚弱，昔日容光焕发、常带笑脸的脸不见了，那双温暖、柔软的手也不见了，取而代之的是面容憔悴、脸色发黄，深陷进去的眼睛，看上去就像两个深而暗的窟窿。脸绷得紧紧的，就色一张灰色的皱巴巴纸，疾病在那里愤笔疾书。双手像在寒风中颤抖的秃树枝，瘦骨嶙峋，青筋虬结。

我走过去，悄声问候他。那张消瘦清癯的脸转过来望着我，抖动着双唇，微弱的声音仿佛是从墙外传进来的一般。

“去吧，孩子，替萨勒玛擦干眼泪，让她不要惊慌，然后让她来坐在我床边……”

我走入对面房间。看见了萨勒玛，她瘫坐在椅子上，为了不让父亲听见她的抽泣，她用双手抱住头，屏住气息。我轻唤了她一声，那声音不是低唤，而是叹息。她惶惶地一震，一下子坐正，盯着我，仿佛见到了幻影，不相信我真的会在这里。

深深的寂静产生了奇妙的影响，我们仿佛又回到了那被酒神灌得大醉的时刻，萨勒玛擦干泪，悲伤地说：

“岁月前行，时光让我们迷惘，让我们急速奔向恐怖的洞窟。在同一个地方，春天用爱神的手把我们聚合在一起，冬天又让我们在死亡的宝座前相晤，白昼多么绚丽，夜晚是多么阴沉啊……”

她双手捂住脸颊，十分痛苦，不愿见到历历在目的往事。我轻抚着她的头发：

“萨勒玛，来吧，让我们像高塔一样顶着风屹立，让我们像士兵一样挺立在敌人面前，用我们的胸膛去迎接刀剑的利刃。无论我们倒下还是胜利，我们都要活得像英雄，都要有价值。我们的心灵能顶住艰难困苦，宁可倍受折磨，也不甘心龟缩一边，享受安逸、舒适。飞蛾扑火虽然痛苦，可总比与世无争永远生活在黑暗中的鼹鼠崇高。种子经历了寒冬和各种磨难，可它终于钻出了地面，欣赏到了四月的美景。来吧，萨勒玛，我们要用坚实的步伐前进在崎岖的山路上，让我们蔑视乱石中、蒺藜丛中爬行的毒蛇。如果我们由于怯懦而中途而废，那么黑夜中的幽灵就会发出嘲讽的号叫；如果我们义无返顾地登上顶峰，那么天使会和我们一同高唱凯歌。不要悲伤，萨勒玛，拭干泪水，拂去愁容，让我们到你父亲床边去，你的微笑可以使他痊愈，他的生命就是你的生命。”

她望了我一眼，目光中饱含深情、温柔和怜悯，说：

“一个迫切需要药物的病人不该把自己的药物赠给别人，一个饥饿的穷人不能把面包分给另外一个饥饿者，你自己沮丧、绝望，又怎能劝我克制、忍耐?”

说着，她站起来，引领着我来到她父亲床边。在重病的老人身边，萨勒玛和老人竭力做出平静安详的样子，他们深知对方的痛苦和脆弱，听得懂对方心灵的呻吟。像是两股并行不悖的力量，他们在寂静之中共同消亡。病入膏肓的父亲因女儿不幸而衰竭，而挚爱父亲的女儿因他的重病而痛苦不堪。在爱神面前，一颗绝望的心和一颗即将离世的心紧紧拥抱。我悲凉的心夹在它们中间，感受着这两颗心的苦难。我们全是命运的玩具，老人是一幢被洪水冲垮的房子，姑娘就是断茎的百合花，而我则是被大雪压弯的弱者。命运把我们聚在一起，又狠狠地拿捏我们，直至我们粉身碎骨。

这时，老人动弹了一下，向萨勒玛颤抖着伸出瘦骨粼粼的手，他的心蕴含了父亲的慈爱和温情，而胸中却郁结了各种病痛。他说：

“把手放在我手里，萨勒玛。”

她照办了，父亲亲切地握着她的手说：

“孩子，我对我的人生感到十分满足，我经历了人间欢乐，享受了美好年华。少年的我，追逐蝴蝶嬉戏，青年的我拥抱了爱情，中年的我聚积了财富。人生的每个阶段我都幸福快活。萨勒玛，你两岁多的时候，你母亲先我们而去，她把你作为宝藏留给了我。你出落得婷婷玉立像一轮新月，你的音容笑貌像极了你母亲，就像静谧的池塘照出了灿烂的星光。你继承了她的秉性气质，就像透过薄纱能看出金手镯那样高贵、柔美，我为你骄傲，你美丽、智慧、善良。如今，我就要在死神的翅膀下安息了，就像所有的老人一样，你不要难过，孩子，我眼见着你从一个小女孩成长为聪明美丽的姑娘。无论我哪一天离开，在我死后我会仍然陪伴着你的生活。我的年华在阳光下坠落、飘散，上苍告诉我，我要奔向那永恒的境界去和你母亲相会了……”

老人悒郁的脸上闪烁着幼儿眼中动人的光亮，他的语调充满深情和期望。他伸出手在枕头下拿出了一帧精致小巧的旧肖像。镜框的四角已被手摩得十分光滑，上面的雕饰花纹也已被吻得模糊难辨。老人目不转睛地盯着肖像说：

“来，孩子，靠近点，看看你母亲，看看她印在这张纸上的倩影。”

萨勒玛走上前去，擦掉眼角的泪光，以免泪水妨碍她仔细端详这幅肖像。那仿佛是一面镜子，照出了她的精神和面目。她把画像贴近唇边，不断地吻着，喃喃道：“妈妈！妈妈！”她用颤抖的嘴唇吻着肖像，似乎要使母亲在她灼热的呼气下复生。

“母亲”是人们嘴唇所能发出的最甜美的字眼。“妈妈”是最美好的呼唤，它简单又意味深长，充满了希望、爱、抚慰和人的心灵中所有亲昵、甜蜜和美好的感情。软弱时，母亲是力量，是同情、慈爱、怜悯的源泉；沮丧时，她是希望；悲伤时，她是慰藉。在人生中，母亲是一切，失去了母亲，就意味着失去了可以休憩的胸膛，失去了为他祝福的手，失去了保护他的眼睛。

太阳是大地的母亲，她给大地以光明、以热量，傍晚，她通过海浪低吟、小鸟啁啾、溪水潺潺的和声哄着大地入眠。大地是花草树木的母亲，它以乳汁无私地哺育它们，直到它们结出香甜可口的果实和充满活力的种子。而宇宙间万物的母亲，则是充满美和爱的无始无终的永恒不灭的精神。

萨勒玛很小的时候，她母亲就去世了。可她见到母亲的肖像时，还是那么激动。母亲深藏在我们心中，就像果核深埋在土里。我们在悲伤欢乐的时刻，这个字眼会从我们唇中迸出，如同玫瑰花在微雨中溢出芳香。

萨勒玛把母亲的肖像贴近自己的胸膛，仿佛要从那里找到安慰。她深吸了一口气，她的气力随着声声叹息而消失，最后她的力气殆尽，瘫倒在父亲床前，老人轻抚着她的头，说：

“孩子，你已见到了她的形象，现在来听听她的话吧。”

好像伏在窝里的雏鸟听到了母鸟的翅膀在枝头的扑翼声，萨勒玛抬起头，她定定地看着父亲，静静地倾听，仿佛他整个身心都集中在这上面。

父亲对她说：

“你母亲失去父爱时，你还是个吃奶的婴儿，她悲痛极了，低着头默默地哭泣，就像个忍辱负重的人那样饮泣。她从父亲的坟前回来，就在这间屋子里，她就坐在我身边，拉着我的手说：“现在，我只有你了，法里斯，你是我的安慰。一株枝繁叶茂的杉树，如果折断了一根茁壮的树枝，它会感到疼痛，但是，它不会死去，它的活力会转移到其他的树枝上去，使之生长壮大，并用茂茂盛盛的枝叶盖住原来的伤疤。你母亲说过的话正是我在临终前要对你讲的话。记住它们吧，孩子。”

萨勒玛悲痛欲绝：

“母亲失去了父爱，可她还有一个挚爱她的丈夫，还有一个忠实、庇护她的爱人，还有一个婴孩需要她，用小小的脑袋拱她的乳房，用小胳臂搂着她的脖子。可我失去了你，我就一无所有了！父亲，你是我少年时代的伙伴，青年时代的良师，没人能替代你呀！”

她讲完这些话，用一双泪眼望着我，她的右手拉住我的衣角，说：

我只有这么一位朋友，如果你丢下我，我就只剩下他一个人了。他同我一样倍受折磨，可我怎能把他当作慰藉？一颗破碎的心无法安慰另一颗破碎的心。一个悲哀的女子也决计忍受不了另一个女子的悲哀。一只鸽子也无法借助被折断的翅膀飞翔。他是我的兄弟，我们彼此相爱，我们只能共担患难，却无法使之减轻，他只能陪哭，使眼泪更苦涩，心灵更焦灼。我的泪使他双眼模糊，他只能见到一团漆黑。他是我心中的伴侣，我的忧愁增加了他肩头的负担，压弯了他的背。”

此刻，我内心波涛汹涌，我感到五脏俱焚，我有许多话却说不出口。而老人却望着她，他消瘦的身体在床榻上缓缓瘫软，他呼吸越来越困难，颤颤悠悠，如同风中的残烛。他放开双臂，安详地说：

“让我平安地去吧，孩子。我已见到了云外的境界和仙洞；让我飞吧，我已挣断了这牢笼的栅栏……你母亲在召唤我，不要阻止我，让我和那些长眠的人一起休息吧，让我的灵魂苏醒吧，给我一个祝福的吻吧。海面上雾淡风轻，船只马上就要远航；晨光依稀可辨，梦已结束。不要把伤心的叹息画在我的额头上，神奇的微风拂过，看到时，就不会把我的骨灰吹到绿色的草原上去。不要把绝望的泪水滴在我手上，它会使我坟头长满荆棘。不要把悲痛的苦汁滴洒在我身上，这样花卉、青草就不会吸取我的养料了。我死后会如我生前一样地爱你，孩子，我的灵魂会永远在你身边，保护着你的。”

老人转过身来对着我，稍稍闭上了眼睛，我看到他的眼睛眯成了两道灰色的细缝。寂静的空间在偷听他说话：

“孩子，学学我和你父亲的样子，做萨勒玛的兄弟吧！无论何时，你都要做她终身的朋友与她相依为命，不要让她伤心，因为伤悼死者是从远古流传下来的一种弊病。你要让她愉快忘记忧愁，你要为她讲一些开心的话，唱些生活的赞歌。告诉你父亲，让他记得我，记得我们驾着青春的翅膀在云端翱翔的往日岁月，告诉他，在我生命的最后一刻，还将对他的挚爱之情寄托在他儿子身上。”

又是一阵沉默，他的话余音绕梁，他又看了看我和萨勒玛，低声说：

“我的灵魂正在寻求自由的空间，被奴役的日子已经过去了，我不想让医生的药粉延长我的受难期。不要让神父来为我祈祷，他的咒语不能为我的过去赎罪，也不会立即带我入天堂。星象家无法让星象改道而行，人的意志也不能改变天意。我死后，随便医生和神父们吧！小船在波涛汹涌的大海上总要前行，直至到达彼岸。”

这个可怕的夜，越来越深了。法里期·克拉玛在黑暗中最后一次挣扎着睁开眼睛，看着病塌旁的女儿，纵有千言万语也说不出来了，因为死亡已夺走了他的嗓音，他的话变成了深深的叹息：

“暗夜消失了，黎明来了，萨勒玛，萨勒玛……”

他咽了气，面带微笑，脸色惨白，头低垂下来了。

萨勒玛伸出手握着父亲冰冷的手，看着死亡的面纱慢慢地罩在他脸上。她一动不动，没有呼叫，没有叹息，似乎生命在她的躯体中凝滞了，泪水在她眼眶中干枯了。她木然地望着已安息的老人，她的四肢又冷又湿，颓然地倒下去，倒下去，额头触到了地面，她冷静得可怕，“主啊，怜悯吧，让所有被折断的翅膀变得坚强吧。”

永恒将法里斯·克拉玛的灵魂拥入怀中，他的躯体被泥土收回去了。他的财产全被曼苏尔·加利卜贝克霸占了。而他的女儿仍是苦难的俘虏。对她来说，生活是一出由恐怖主演的大悲剧。

我依旧在梦幻与忧虑中踯躅。如同兀鹰和猛鹫袭击猎物的肉，白昼和黑夜轮番向我进攻。我想通过书籍回到远古时代的舞台，忘掉自我，我想在书本中忘掉自我，也许这样便可以和老人的幻影作伴。可这一切对我都不起作用，倒像是火上浇油一般。我在古人的行列中看到的是黑影匆匆，听到的是号哭、饮泣。我觉得，大卫的诗歌不比《约伯记》美好；所罗门颂诗不比耶利米哀歌动听；阿拔斯人的伟绩在我心中引起的震动不比百尔麦克人之灾更巨大。哈姆雷特的故事比其他作品更合我心；哈亚姆的《鲁拜集》不比伊本·祖赖的诗歌动人心弦。

我们被绝望堵塞的耳朵，除了自己紊乱的心跳以外，什么也听不见；我们的视力被削弱，除了自己的身影，什么也看不见。

在阿什塔露特和耶稣之间

有一座精致玲珑历史悠久的神殿，坐落在黎巴嫩山麓的贝鲁特城尽头的山岭和园林之间。它矗立在巴旦杏村、橄榄树和杨树丛中的一块白色的悬崖中央。那里人迹罕至，它和叙利亚的许多被人淡忘的大事一样，被考古学家和许多人淡忘忽视了，因而它得以存留，成为寂寞恋人们的参观地，成为疲倦心灵的幽居地。

神奇殿堂中的壁画仍依稀可辨，它们镌刻在岩石上，具有明显的腓尼基风格，岁月使它们失去了一些线条，更迭的春秋让它五彩斑驳。壁画中的爱与美的女神阿什塔露特端坐在华贵的宝座上，七位裸体少女簇拥着她，她们姿态各异，亭亭玉立，有的举起桂冠，有的拿着一枝玫瑰，有的提着酒樽，有的捧着香炉，有的怀抱竖琴，有的手持火炬，还有一位张弓搭箭。她们全部恭顺驯服地望着阿什塔露特。

在另一幅年代较近、比较清晰的作品中，耶稣被钉在十字架上，旁边站着他的母亲，悲痛欲绝、伏倒在地的圣玛利亚，另外有两个哭泣的妇女。它的时间大约是公元五世纪或六世纪，属于拜占庭风格。

神殿中央的一块大理石，四侧均刻着古朴的图案，一块块血迹斑斑驳驳，不难看出古人在这石上宰杀牺牲，倒上美酒、油和香料等供品的迹象。

西墙上嵌着两个圆窗，夕阳透过它射入殿堂内，给两幅壁画涂上了一层金色。

小小的神殿吸引哲人超尘出世，它说服哲人相信人是宗教的创造物，人能感受到肉眼无法见到的事物，能想象出感官无法触及的领域；人能用语言、歌唱、雕塑、绘画来反映自己的想象，表达自己生前最神圣的感情和死后最美好的愿望。一片令人心驰神往的深沉静寂和一种神幻莫测的肃穆气氛，充斥着神殿，默然地泄露着神灵的隐私，述说着时代的变迁，述说着人民从一种状态到另一种状态，从信奉种宗教到另一种宗教的历程。

在这个不为人知的神殿里，我和萨勒玛·克拉玛月月相会一次。我们久久地注视着美妙的壁画，想像着腓尼基人的爱情生活，他们向美神表达自己对美的崇拜，他们在她的偶像前焚香，在她的祭坛上洒香水，但后来他们被大地吞噬了，什么都不剩。我们也遥想着髑髅地被钉在十字架上的世纪之子。

我们相聚的时光多么美妙，多么令人难以致信，多么难以描述啊！那几个小时，让人真实鲜活，让生活永恒，充满了欢愉和痛苦，充满了欢乐和忧伤、希望和沮丧。

我们坐在这古老神殿的门前，背靠着墙，回味着往昔的生活，探究今日的处境，担心未来的历程。我们逐渐向对方敞开心扉，诉说自己的苦闷、焦灼、不安和惆怅。我们再互相安慰，憧憬着甜蜜的梦想，在回忆中寻找安慰。我们此刻变得开朗起来了，心不再恐惧，泪也不再流。我们眼中只有爱情和欢乐，一切都不存在了，我们拥抱、亲吻，两情相悦。她真挚的亲吻我的头发，使我的心中充满了光明；我吻她白皙的指尖，她闭上双眼，低垂着头，脸上泛起一片可爱的红晕，宛如黎明划破天空的第一缕晨光。我们不作声，久久凝望着远方的晚霞，夕阳给云彩染上了橘红色的余辉。

我们的相会即是物质上的，也是心灵和精神上的，我们的话题十分广泛，交换彼此对这个世界的看法和意见，探讨我们看过的书籍，共述它们的长处和不足，以及其中包含的幻景和社会原理。萨勒玛谈起了人类社会中妇女的地位，谈起了我们今天婚姻关系中的陋习和弊病，谈起了前人对妇女的道德和爱好所产生的影响。记得有一次，她说："作家和诗人从情欲的角度看待妇女，并不真正了解她们内心世界的奥秘，他们只看到她的肉体和线条，只看到她们的软弱和驯顺。他们很失败。"

还有一次，她用手指着两幅镌刻在壁上的画，对我说："古人在这块岩石中央刻了两个概括地表达妇女意愿的形象，妇女们徘徊在爱与愁、怜悯和献身、坐在王座上的阿什塔露特与站在十字架前的圣玛利亚中间所产生的难以言传的心情，在此表露无遗。男人们要赢得荣誉、尊崇和名声，但付出代价的是妇女。"

只有上帝和飞翔于林间的小鸟知晓我们的秘密相会。每次，萨勒玛把她的马车停在帕夏花园，然后慢慢步行穿过幽深的小径，她安详坦然地撑着阳伞走进神殿，就会发现我已在那儿如饥似渴地企望、等待。

心灵一旦经过水和火的洗礼，就不会顾虑人们所谓的过失、羞辱，它会摆脱世俗偏见和清规戒律的奴役，在神的宝座前昂首挺立。因此，我们不怕密探，心里坦然平静。

被腐败的戒律统治的人类社会也不再能理解永恒的、天国中首要法则的含义了。心灵的残疾世代相传、相互影响，人们对此司空见惯，成了不可缺少的特性，人们把它当作上帝降予人类的本性。如果有人没有这类残疾，他们就会认为他有缺陷，精神不健全。人们的眼睛不再能直视太阳光芒，它们已习惯于昏暗的烛光。

有一群病魔缠身的弱者，健康人在他们眼里是罪人，心灵高尚的人在他们眼里是叛逆者，他们指责萨勒玛撇下合法的丈夫，去与别的男人幽会，竭力玷污她的名声，他们就像是暗地里蠕动的虫豸，不敢出来见阳光，生怕被别人踩死。

受冤枉的囚徒，有力气推倒牢墙而不去推，那他便是懦夫。萨勒玛正是这样一个囚徒。难道因为她从不属于她的家里出来，和我坐在神圣的阿什塔露特和被钉在十字架上的伟人中间，就要被当作叛逆的女人吗？难道因为她透过牢房的窗向外眺望绿色的原野和广阔的天空便要受到责备吗？萨勒玛越过了灵魂的沼泽，来到了一块宁静安全的地方，见过了死神的人，是不会害怕强盗的；见过了头上刀剑交叉、脚下血流成河的战士，是不会在乎巷子里的顽童扔来的石块的。让人们说去吧！

献身牺牲

六月底的一天，海滨又闷又热，人们纷纷来到高山上避暑。我拿着一本始终令我神往的安达卢西亚双韵诗集，怀着激动迫切的心情，到那座神殿去和萨勒玛·克拉玛相会。

黄昏时分，我坐在神殿前，观望着那条在柠檬和杨柳树间蜿蜒伸展的小路。我偶尔看着手中的书，我十分喜欢轻轻吟诵着那些辞句隽永、音韵和谐的引人入胜的佳句。它们告别了格拉纳达、科尔多瓦和塞维利亚，宫殿、学堂和花园里留下了伟大人物的毕生心血和生活足迹，这些伟大人物满含泪水、心痛欲裂地消失在岁月的屏障后面。这些诗句让我缅怀起了国王、诗人和骑士的光荣业绩。

一个小时之后，萨勒玛羸弱的身躯在树丛中摇摇晃晃地走进我的视线。她似乎背负了这世间的所有忧愁和苦难。她坐在我身边，她的那双大眼睛里，流露出了新的、奇怪的神色和奥秘，这使我警觉、关注，也引起了我的好奇心和欲望，想知道到底出了什么事。

她察觉了我的想法，便不让我瞎猜乱想，轻抚着我的头说：

“我们永远分离的时刻就要到了，亲爱的，靠近我，再靠近点，给我一些勇气和力量。”

“萨勒玛，你在说什么？有什么力量能使我们永远分离？”

她回答说：“过去曾拆散我们的那股势力，如今又要卷土重来；人间法律体现出来的那股无声的力量，已假手生活的奴隶在我们中间筑起了一道坚硬的埂坝；那股通过恶魔来主宰人们灵魂的势力，已不允许我再走出那个建筑在累累白骨的家中。”

我问：“你丈夫知道我们的相会了，你害怕他生气报复吗?”

她回答说：“我丈夫才不会来管我呢，他从不过问我的生活，他一心用在那些不幸的姑娘身上，她们因为穷而落入奴隶市场中，只好浓妆艳抹，靠出卖肉体去换取用血和泪和成的面包。”

“那么是什么阻止你来这儿呢？你已不愿再面对庄严的上帝和古老的幻影？你对于探索我内心世界是否已感到厌倦，你的灵魂在要求离别吗?”

她急切地说：“不，亲爱的，我与你心心相印，我的灵魂不愿离开你，我的眼睛一刻也不愿离开你。你是我的光明。可是我不会让你戴上沉重的桎梏和锁链，去度过生活的重重难关。”

“萨勒玛，你说吧，告诉我一切，别让我一无所知，说吧。”我说。

她回答说：“我的舌头因痛苦麻木而无法说话，我的嘴唇也绝望得不会再动了，我不能说出一切。我担心你会落入那些曾对我撒下罗网、捕获我的人的陷阱。”

我问：“你说什么，萨勒玛，你怕谁会加害于我?”

她双手捂着脸，焦灼地叹了一口气，嗫嚅着说：“我每月从那座坟墓中逃出去的事，大主教已经知道了。”

“他知道我们相会的地点吗?”

她回答说：“他如果确切的知道我们的事儿，我今天就不会坐在你身边了。他已经起疑了，他胡乱猜想，他派了人监视我，我的一举一动都在他的控制下，我无论在哪里，都有眼睛死死盯住我，对我指手划脚，窃听我的话语。”

她泪水横流地说：

“溺水的人是不怕潮湿的，我自己并不怕大主教，我唯一担忧的人就是你，如阳光一样，你健康自由，可他会把你网住，用狼牙咬死你。灾祸囊中所有的箭都已射进了我的胸膛，我并不怕灾祸，可你还年轻，毒蛇会蛟你的脚，阻止你向着前面，以欢乐和光荣等待你的峰顶攀登。”

我说：“听着，萨勒玛，我们不能仅仅为了防范小人和歹徒，就现在分离。难道爱情、生活、自由的路在我们面前全部堵死，我们就只能向死神屈服吗？一个白昼没有被毒蛇螫、黑夜没被豺狼咬的人，看待白昼和黑夜的危险总是漫不经心的。”

她绝望而忧伤地回答：“眼下我们只能是别离了？”

我猛地抓住她的手，内在的精神在反抗，青春的烈火在燃烧。我激动地说：

“我们从初次相逢到现在，一直在盲目服从，一直在屈从于别人的意志，对他们顶礼膜拜。我们被大主教捏在手里，被他像两只球那样随心所欲地玩弄，任意抛来抛去。上帝赋予我们自由，我们不能让它成为暴虐的阴影；上帝赐予我们生命的气息，我们不能把它交到死亡的脚下；我们不能对他永远俯首帖耳，让他那阴暗的心把我们吞下，黄土把我们盖住。谁要是对凌辱逆来顺受、不敢反抗压迫，谁就违背了公理，是屠杀无辜的刽子手的同伙。谁要是亲手熄灭了自己心灵的火焰，谁就背叛了点燃这火焰的苍天。我们相互爱恋，爱是上帝赐予高尚、敏感心灵的珍贵宝藏，我们不能把它随便扔进猎圈，玷污它。我们前面的世界，是一个广阔充满美好与神奇的舞台，我们不能在大主教和他的爪牙们挖开的狭窄小洞里苟且偷生。我们的生活中，有自由、欢乐和幸福，我们要甩掉肩头的枷锁，砸断脚上的镣铐，奔向和平、宁静的境界。萨勒玛，我们在黑夜的遮掩下，奔到海边，登上一条小船，到海外去开创我们崭新的生活，得到真正幸福的生活。让我们走出这小小的神殿，永远离开这奴役、愚昧的国家，到遥远的、盗贼的手伸不到的地方去吧！蛇蝎和猛兽再也不会向我们喷吐毒液，也不会再来蹂躏我们。别再犹豫了，时间短暂，它比王冠珍贵，比天使的心胸高尚，让我们走出荒漠，去追寻光明，到鲜花盛开、绿草如茵的田园中去吧！”

她凝视着天空，一丝苦笑泛上嘴角，摇摇头平静地说：

“不，亲爱的，上苍把一杯苦酒放在我手中，我已饮下了大半，我想看看杯底到底是什么东西，所以我要耐着性子喝光它。我不配享受那些充满爱情、和平和安宁的美妙日子，被折断双翅的鸟儿只能跳跃于岩石间，永远不能飞上蓝天，我同样也无力承受它的欢乐和情趣。不要对我谈论幸福，那样我会更加痛苦。不要向我描绘安逸，安逸的阴影像苦难似的得我胆战心惊……但是，上苍已将圣火燃烧在我心中，我要保护你，我爱你，这爱经过水火洗礼，它不允我现在随你闯天涯，要我斩断情丝，让你自由自在，清清白白地生活，不受人们的谩骂和恶意中伤。只要求占有对方的爱不是真正的爱，无限的爱只要求爱的本身。只满足于相会、相互联系，通过接吻、拥抱而发展的爱情是情窦初开的爱，只有求得永恒和无限才能满足的爱，才是在太极的怀抱中产生，随同夜的奥秘一起降临的爱。当我昨天得知大主教想要阻止我走出那个冰冷的家门时，我知道我不能失去这婚后唯一的乐趣，我站在窗前远眺大海，想象着自己生活在你身边，被你的精神幻影环抱，沉浸在你似水的柔情中，思忖着海外广袤的国土，精神上的自由和人格的独立。这些梦想，反抗陈规陋习的梦想，在真理和自由中生活下去的梦想刚在我脑海中出现，我便感到自惭形秽了，我一直觉得我们的爱是软弱的、有限的，是无法面对阳光的。我伤心极了，我哭了。可是，我看到了你的脸，看见了你凝视我的眼睛，你曾对我说：“来吧，萨勒玛，让我们挺起胸膛去迎接敌人的刀剑吧！无论我们倒下还是胜利，我们都要活得像英雄。如果心灵能够挡住苦困，那么它宁可受折磨，也不甘心龟缩到安全、舒适中去。亲爱的，这番话在父亲去世的时候鼓励我，昨天，当我心意倦殆的时候，它又鼓舞了我，使我获得了勇气。我感到了一种处变不惊的自由，我看到了我们深似海的爱情，它像星辰一样高远，像宇宙一样宽阔。我获得了一种新的力量，它给了我为达到更伟大的境界而牺牲伟大事物的勇气，所以今天我来和你相会，我要牺牲我跟你亲近的快乐，不让人们背弃你、迫害你，让你按世俗的眼光做一个体面的人。过去，坐在你对面的是一个战栗的阴影，今天我来，在神圣的阿什塔露特和被钉在十字架上的耶稣面前，告诉你，我是一株已经成熟的小树，细枝，在日光下摇曳。过去，我是个心惊胆寒的幽灵，而今天，我是一个充满生气的妇人，我已懂得献身，懂得痛苦的价值，知道要保护自己所爱的人不受无知者的欺侮和她自己饥渴心灵的牵累。昨天，我来到这里时，软弱的双腿上还钉着沉重的镣铐；今天，我来这里，已经决心把沉重的镣铐和漫长的路程置之不顾。亲爱的，我是来向你告别的，让我们的分别像烈焰一样，烈火炼真金，使之更加光彩熠熠。让我们的分别像我们的爱情一样庄严、伟大。”

她根本不给我留任何余地。她的脸上披了一层高贵庄严的面纱，俨然是一位令人肃然起敬的女王。她注视着我，眼中的光芒立刻抓住了我的心。忽然，她充满柔情，扑到我怀中，光洁的手臂搂住我的脖子，长久而热烈地吻我，她的吻唤起了我体内的活力，激起了我心中的万缕情丝，我想反叛整个世界，而对那把萨勒玛的胸膛当作神殿，把她的心灵当作祭坛的天条顶礼膜拜。

最后一抹光线隐去了，太阳落山了。萨勒玛哆嗦了一下，她哆嗦了一下，久久地凝望着神殿的墙和角落，仿佛要把这里的一切全部收在记忆里。随后，她又向前走了几步，伏在受难耶稣的像前，不断地吻着他受伤的脚，低声说：

“主啊，我放弃了爱情，选择了十字架。我在盛美酒的酒杯中吸吮苦水，我用血和泪洗擦自己；我用荆棘代替花环，戴在头上，主啊，我抛弃了阿什塔露特的快乐和欢愉。收下我吧，让我同那些你选择的、只求痛苦并把心灵的悲哀当作欢乐的人们一起，向髑髅地进发吧！让我进入因自身的软弱而变得强壮的你的门徒的行列中吧！”

她挺起身子，对我说：

“现在，我要高高兴兴地回到那可怕的鬼影幢幢的黑暗洞穴中去。领受过上帝恩惠的心灵不会再惧怕恶魔，见过天堂美景的眼睛再不会因尘世的痛苦而闭上。亲爱的，不要怜悯我，不要为我悲伤，相信我吧！”

萨勒玛不顾我的彷徨、迷惘，穿着丝绸衣裳，走出了这个神殿。仙女们此刻唱着爱情、悲愁和永生的歌，精灵们在朗读生活的悲剧，众天使记录着世人的功过，神祇们高踞宝座。

当我重新清醒过来的时候，天地已连成一体了。萨勒玛的声音仍然在我耳边回荡，她的一举一动仍然萦绕在我的脑海中。我看清了分离的事实时，我的心弦松弛了，有生以来，我第一次懂得：一个人，自由地活着，但他永远是祖辈制定的严酷无情的戒律的奴隶。我明白了，所谓命运，就是今天服从昨天的既成事实，明天向今天的倾向让步。我曾无数次比较高尚的献身和叛逆的幸福，想知道，哪个更好更崇高。我曾无数次思忖着那个促使萨勒玛选择死亡、放弃生命的心理规律。可是，我彻底明白的只有一点：忠诚，使一切行为都变得无比美好和高尚，而萨勒玛，就是忠诚的化身，虔诚的化身。

救　星

婚姻中的孩子，可以在夫妻双方间架起一座桥梁，孩子可以使两颗相互敌视的心灵接近，如同黎明连接了黑夜和白天。可萨勒玛结婚五年了，都不曾生育。

大多数男子会自私地认为，他们通过子嗣得以永生，为了他们自己在世上永生不灭，他们便要求子孙满堂。因此，不育的女子就成为不幸的女子，她们在任何地方都会遭到冷遇。

一个势力的男人看待他不育的妻子，如同对待慢性自杀一样，他厌恶她、遗弃她、盼她早死，似乎她就是要置他于死地的仇敌。而平庸的泥土、冷酷的钢铁、贪婪如坟墓的曼苏尔·加利卜贝克十分嫌恶萨勒玛，她成了十恶不赦的罪人，只因他希望有一个与他如出一辙的儿子来继承他的财产。

山洞里的树结不出果实，萨勒玛·克拉玛长期生活在抑郁中，也不可能生育。山谷中的鲜花，是大自然和太阳共同孕育的孩子；爱情可以孕育出人类的孩子。可是萨勒玛是苦难的囚徒，她的生命还没有被裂变为两个囚徒。在海滨的那座豪华的公馆里，她总是在深夜中祈祷，祈求上帝赐予她一个孩子，他玫瑰般的小手可以拂干她的泪水，他明亮的目光可以驱散她心中的阴影。可不幸之极，萨勒玛·克拉玛从未感受过温柔和爱情的气息。

天空中弥漫了她的央求和祷告，乌云听到了她的心声，苍穹听到了她的呼唤，在她腹内奏出了甜蜜的乐曲，她可以消除屈辱了，在萨勒玛结婚五年之后，上天赐给她一个小生命。

东风终于吹到了被遗弃的竖琴，微微的春风拨弄着残缺不全的琴弦。

禁锢在笼中的夜莺终于用它的羽毛筑巢了。长在山洞中的树，终于要开花结果了。

可怜的萨勒玛伸出了被束缚着的双臂，去接受上苍的馈赠。

生活中各种欢乐都无法与一个即将当母亲的女子所感受的欢乐那般美好。没有什么比一个关闭在幽暗母腹中的胎儿所射出的光芒更加炫目明亮的了。春回大地和黎明即起的所有快乐，都蕴蓄在曾被上帝剥夺权利，后又被上帝开恩的妇女心中。

姗姗来迟的岁月，宣告了萨勒玛即将生产的消息，大自然也欢乐得生出了花朵，孕育了青青草地当作温暖的襁褓。

萨勒玛急切地盼望着解脱，盼望着结束期盼，盼望着启明星的升起。前途在她的泪眼中，显得格外光明，可是通过泪眼去看晦暗的事物，总是显得十分明亮。

在黑夜笼罩了贝鲁特城的一个傍晚，萨勒玛躺在床上，一阵阵疼痛钻心而来。这个区里，万籁俱寂，只有尖利的叫喊声从曼苏尔·加利卜贝克的家中传出，那是一个生命即将诞生的信号，是对着虚无缥缈的太空表达求生愿望的呼喊，是人们在无垠天宇中的呼喊，萨勒玛躺在生与死两个巨人的脚下挣扎，生与死此刻正在她床边激烈搏斗。

清晨，萨勒玛生下了一个男孩，张开眼睛，她看到了屋子里的一张张笑脸，婴儿的初啼唤醒了她伟大的母爱，可她分明也看见了在她床边搏斗的生和死，她又闭上眼睛，第一次叫出了声："我的孩子！"

接生婆把用绸缎襁褓包裹好的孩子放在母亲身边，而大夫却面色凝重，忧心忡忡，目光忧郁地盯着萨勒玛母子。被欢乐声浪惊醒的邻居们穿着睡衣，去向孩子的父亲道喜。

大夫站着，目光绝望地盯着萨勒玛和她的乳婴，而仆人们争先向老爷们服喜，以便得到老爷的赏赐。

当太阳逐渐升起的时候，萨勒玛把孩子放在了乳房旁边，婴儿张开了双眼望着母亲的眼睛，一阵抽搐过后，便永远地闭上了眼睛。大夫流着泪抱走了孩子，他哽咽着：

“这是个匆匆的生命过客啊！”

区里的人还在客厅里同孩子的父亲一起庆祝，祝福孩子健康长寿。可是孩子死了。可怜的萨勒玛盯着大夫高声叫着：“还我孩子！”可是，她分明又看见生与死仍在她床边搏斗。

庆贺孩子诞生的宾客热热闹闹、吵吵嚷嚷。可是孩子死了，他和黎明共同诞生，却在日出时分死去。这从黎明到日出的短暂时间是否意味着一个民族从崛起到衰亡的短暂时间呢？

一个意念产生了，一声叹息消失了，一个阴影隐去了。孩子让萨勒玛尝到了做母亲的滋味，却没有使她品尝到幸福，也没有来得及从死神的手中把她夺回来。

夜的尽头这个生命来临，白天来临时，这个生命逝去。就像一滴朝露，从黑暗中滴落，又在晨光中消失。

一位贵客，萨勒玛正期待着他的到来，但他一来就走，大门刚敞开，他就立即消失了。

一朵百合，刚刚绽放在生活中，便在死神的脚下被踏成了碎片。

一颗珍珠被涨潮涌到岸边，落潮时又被海水卷入海中。

永恒的规律吐露一个字，立即感到后悔，于是便把它收回到永恒的沉寂之中去。

一个婴儿，刚入世便化为泥土。这就是太阳、星辰、月亮的一生，是人的一生，是民族的一生。萨勒玛看着大夫，怀着强烈的思念，哀求着：

“把孩子给我，让我抱抱他……把孩子给我，孩子要喂奶……”

大夫低着头，痛苦地说：“你的孩子已经死了，夫人。你要坚强，要忍耐，要活下去。”

萨勒玛一声惨叫，又深默片刻，忽然，她转哀为喜，容光焕发，她平静地说：

“把孩子的尸体放在我身边。”

大夫照办了，她把孩子搂在胸前，脸转向墙壁，说：

“孩子，你是来带我走的，你已为我指明了一条通向未来的路。我就在这儿，孩子，走在我前面，我们一块走出这黑暗的洞穴吧。”

阳光透过窗帘洒在了两具僵卧的尸体上。母性的庄严护卫着这张床，死亡的翅膀把它遮盖得严严实实的。

大夫哭着奔出房间，贺喜者的贺词霎时变成了惊呼和号叫。曼苏尔·加利卜贝克只是直立在那里，像一尊佛像，右手仍握着一只酒杯，他没有叫，没有哭泣，没有流泪，没有说话。

第二天，穿着初嫁时穿过的白色嫁衣的萨勒玛被安放在一具以雪白的天鹅绒装饰的棺材里。而那个孩子，襁褓成了殓衣，母亲的双臂成了棺木，母亲宁静的怀抱成了他的墓地。

人们组成的送葬队伍缓缓前行，一口棺材里放了两具尸体，行进的速度就像是垂危病人的心跳，我也在这队伍中，没有人认识我，没有人了解我的心情。

人们到达了墓地，大主教煞有介事地念着赞美诗和咒语。一群神父面无表情地附和着他，哼哼唧唧的。

有人悄声议论：“我第一回看见两具尸体合用一口棺材。”

有人说：“这孩子是来带她走的，从她丈夫的暴虐和冷酷之中把她救走了。”

有人说：“瞧瞧曼苏尔·加利卜贝克的脸，他的眼睛活像两只玻璃球，好像这件事与他无关似的。”

还有人说："明天，他的大主教叔叔会为他娶一个更有钱、更健壮的妻子的。"

神父们的祈祷、赞颂一直持续到墓坑被工人们填平。人们轮流向大主教叔侄两个表示哀悼，劝他们节哀、自遣。我孤零零地站在那里，没人安慰我苦难深重的心灵，仿佛萨勒玛和他的儿子跟我没有关系似的，仿佛他们不是我最亲近的人。

送殡的人们回去了，掘墓工人还站在这座新墓旁，手中仍拿着工具。我问他："你记得法里斯·克拉玛的墓在哪儿吗？"

他久久地望着我，然后对我说：

"也在这个墓坑里，他的胸口上躺着他女儿，他女儿怀里抱着的则是她儿子。我用铁锹把他们统统埋在土里了。"

我说："你把我的心也埋在了土里，你的手可真有劲啊！"

掘墓工人消失在树丛中。我扑到萨勒玛的坟上，放声大哭，我为她哭泣，为她哀伤。